THE

Far Side Of The Dollar

出逃

〔美〕罗斯·麦唐诺——著

曾瑶——译

ROSS

MacDonald

麦唐诺作品

人民文学出版社

PEOPLE'S LITERATURE PUBLISHING HOUSE

著作权合同登记号　图字 01-2019-0614

图书在版编目(CIP)数据

出逃/(美)罗斯·麦唐诺著;曾瑶译.—北京:人民文学出版社,2020
(麦唐诺作品)
ISBN 978-7-02-015316-9

Ⅰ.①出…　Ⅱ.①罗…②曾…　Ⅲ.①长篇小说-美国-现代　Ⅳ.①I712.45

中国版本图书馆 CIP 数据核字(2019)第 115598 号

责任编辑　**甘　慧　陶媛媛**
装帧设计　**汪佳诗**

出版发行　**人民文学出版社**
社　　址　**北京市朝内大街 166 号**
邮政编码　**100705**
网　　址　**http://www.rw-cn.com**

印　　制　**杭州钱江彩色印务有限公司**
经　　销　**全国新华书店等**

字　　数　**147 千字**
开　　本　**890 毫米×1240 毫米　1/32**
印　　张　**9.625**
版　　次　**2020 年 3 月北京第 1 版**
印　　次　**2020 年 3 月第 1 次印刷**

书　　号　**978-7-02-015316-9**
定　　价　**52.00 元**

如有印装质量问题,请与本社图书销售中心调换。电话:010－65233595

麦唐诺作品

献给阿尔弗雷德

本书所有人物及事件
均属虚构。

R. M.

1

时值八月，不应是雨季，却已下了好一阵子的雨。说是雨，倒也夸张了些，充其量只是绵绵的雨丝。雨刷不停摆动，远处的景色一片朦胧，我驾车一路向南，在洛杉矶和圣地亚哥之间的道路上驰骋。

占地广阔的学校就在公路右侧，沿着海岸坐落着一排校舍。朝海边驶去，映入眼帘的一切皆了无生气，如同这所学校的名字。迷湖中学到了，远处的海面水波荡漾，水边立着一只青鹭，好似一尊雕像。

车子辗压过一块踏板，标杆自动升了起来。进入学校，从亭子里走出一位头发灰白、身穿蓝色哔叽制服的保安，一瘸一拐走了过来。

“有通行证吗?”

“斯蓬提博士要我来的，我叫阿彻。”

“噢，是的，你在访客名单上。”他从夹克内袋里掏出一张打印的名单，煞有介事地看了看，好像识文认字对他来说是一件了不起的事，“你可以把车子停在行政楼前，斯蓬提的办公室就在楼里。”他指了指一百码开外的灰色建筑。

我向他道了谢。他转身一瘸一拐地朝亭子走回去，几步之后停了下来，转过身敲敲他的腿说：“膝盖不好，‘一战’落下的毛病。”

“你的年纪看起来不像是参加过‘一战’的人。”

“的确，我入伍的时候才十五岁，但我告诉他们我满十八了。真该让这儿的小子们也尝尝战火的滋味。”他说着，抬头巡视四周。

周围一个学生都没有，校舍散落在光秃秃的田地和厚密的桉树丛里，顶着灰蒙蒙的天，就像一座未完工的城市，四处散落着未完成的工程。

“你认识希尔曼家的小伙子吗？”我问保安。

“听说过，好一个捣蛋鬼！他逃跑之前把东楼搞得鸡飞狗跳，佩奇都要给气死了。”

“佩奇是？”

“佩奇先生，”他冷冷地说道，“东楼管理员，他和这些年轻人住在一块儿，整天提心吊胆的。”

“这孩子干什么了？”

“佩奇说他企图搞一场反抗运动，说什么学校里的学生也有公民权利。瞎说，这些毛头小子都是未成年，成天疯疯癫癫的。我在这儿守了十四年的门，你可想象不出我都见过什么事儿！”

“汤米·希尔曼①是从大门逃走的吗？”

“不，他是翻墙跑的，把宿舍楼的铁丝网剪了个口子，大半夜

① 汤米和下文中的汤姆都是托马斯·希尔曼的昵称。

溜走的。”

“前天夜里，是吧？”

“对，没准儿现在都到家了。”

他要是在家，我就不在这儿了。

斯蓬提博士肯定看见了我的车子。我进去的时候，他就在办公室外的秘书处等着，左手端着杯脱脂牛奶，右手拿着块低卡威化。见我到了，他把威化送进嘴里，和我握手，边嚼边说：“很高兴见到你。”

他黝黑、红润、强壮，脸上有一种不得不减肥的男人淡淡的绝望神色。他的眼里闪烁着亮光，我猜他是个感性的人，但也是一个能够控制情绪的人。他穿着一身昂贵而又保守的深色竖条纹西装，这件西装对他而言已经有点儿宽松了。他的手握起来软软的、冰冰的。

斯蓬提博士不禁让我想起送葬人，连同他办公室里的红木家具和透着微光的窗户，到处弥漫着葬礼的气息，就像整所学校及其校长时时刻刻都在为学生们默哀。

“请坐，”他的声音里带着忧伤，“就像电话里说的，我们遇到点儿小麻烦。一般我们不会专门请私家侦探来……呃，来说服离校学生回来。但这次，恐怕情况特殊。”

“怎么讲？”

斯蓬提抿了一口脱脂牛奶，舔舔下嘴唇说：“不好意思，你要来点儿午饭吗？”

“不了，谢谢。”

“当然不是这种玩意儿，”他烦躁地晃了晃杯里的牛奶，“我可以让食堂送点儿热腾腾的午饭来，今天中午有小牛排。”

“客气了，你还是把相关情况和我说一下，让我尽快展开工作。为什么专程打电话让我来寻找一名离校出走的学生？这样的学生应该不少吧。"

"没你想象的那么多，多数学生待上一段时间后都挺适应的，我们给他们安排了各种各样的活动。不过托马斯·希尔曼才来了不到一周，看得出来他不大适应集体生活，是个很难相处的年轻人。"

"这次的情况特殊在哪儿呢？"

"阿彻先生，我就老实和你说了，"他犹豫了一下，接着说道，"这次的事情对学校来说太棘手了，汤姆·希尔曼的这件事，我处理得不够明智，没有完全了解他的情况，仅仅因为他父亲坚持让他入学就接收了他。现在，拉尔夫·希尔曼把他儿子逃……呃，私自离校的行为怪罪到学校头上，还威胁说要是他儿子出了什么事，就起诉学校。当然了，这种控告在法庭上是站不住脚的，之前我们也遇到过，但这对我们学校的名誉而言是极大的损害。"他又补充了一句，更像是自说自话，"责任都在佩奇。"

"怎么说？"

"他在不必要的情况下使用了武力。当然了，作为男人，我不怪他。但你最好亲自和佩奇先生谈谈，他能给你汤姆……呃，出走的所有细节。"

"我之后会找他聊的，但我希望你能先给我讲讲这个男孩子的背景。"

"我掌握的情况也不多。一般在招生前，我们会和学生的家人及医生详细了解他们的情况。希尔曼先生答应提供一份书面文件，但至今都没交过来。我在和他本人对接的时候，也很难问出些什么。他是个自傲又易怒的人。"

"是有钱人？"

“我不清楚他的邓白氏评级①是多少，但我们这儿多数学生家长的财力都不弱。”他的脸上闪过一丝得意的笑。

“我想见见希尔曼先生，他住城里吗？”

“对。但还是别去打扰他了，至少今天别去。他刚给我打过电话，再叨扰的话，怕是会火上浇油。”

斯蓬提站起身朝窗边走去，从那儿可以俯瞰停车场。我也跟着他走过去。窗外的细雨好似阴郁的化身，在空气里飘浮。

“但我还是需要知道这个孩子详细的体貌特征及其习惯。”

“佩奇比我更能帮上忙，他每天都和他接触。你还可以找汤姆的舍监马洛夫人聊聊，她是个训练有素的观察员。”

“希望真的有人能帮上忙吧。”我对斯蓬提逐渐失去了耐心，他似乎觉得，对我透露得越少，汤姆失踪这件事就越不可能发生。

“他多大了，还是说这也得保密？”

他斜眼看了看我，下垂的双颊稍稍涨红了：“我不喜欢你这种语气。”

“那是你的权利。汤姆·希尔曼几岁了？”

“十七。”

“有照片吗？”

“入学时按程序是要提交照片的，可他们家一直没给。我可以给你简单描述一下，他是个很体面的年轻人，虽然总黑着脸。个头很高，六英尺高，看起来比实际年龄要成熟。”

“眼睛呢？”

“深蓝色，头发是暗金色，跟他父亲一样，有个鹰钩鼻。”

“身上有什么特征标记吗？”

---

① Dun and Bradstreet，邓白氏公司，历史悠久的国际知名信用评级机构，根据企业资产情况和运营状况打分，共 19 个级别。

斯蓬提耸耸肩："这我就不知道了。"

"他被送到这儿的目的是？"

"治疗。可惜没能待到治愈的那天。"

"他究竟有什么问题呢？你前面说他很难相处，但这个说法太笼统了。"

"没办法啊，这些小伙子都处于青春期，很难说他们有什么毛病，只能在不知道原因的情况下努力去帮他们而已。再说，我也不是医生。"

"我还以为你是医生。"

"不，我们有专门配合员工工作的医生，有医师，也有心理医生。不过你找他们没什么用，汤姆待的时间太短了，估计连治疗师的面都没见过。他的情绪很激动。"

"激动？"

"对，情绪不受控制。他父亲送他过来的时候，情况很糟糕，我们给他打了镇定剂，但镇定剂并非对谁都有效。"

"他在这儿惹了很多麻烦吗？"

"不瞒你说，是的。即便找到了他，我们也不会让他继续留下来了。"

"但你仍雇我去找他。"

"这不是没办法嘛。"

我们讨论了一下费用事宜，他给我写了张支票。之后我往东楼走，去找佩奇先生。我转头望向山谷的另一边，天空阴沉沉的，群山若隐若现，好似记忆里朦胧的面庞。那只孤独的青鹭拍拍翅膀，径直朝群山飞去。

2

东楼是巨大的平房建筑，灰色墙面，杵在那里显得格格不入。楼里的窗又高又小，把日光遮得严严实实，单调与压抑感扑面而来。不过一旦考虑到这其实是一座不是监狱的监狱，倒也不足为奇了。楼前种着一排火棘，与其说是装饰，不如说是围墙，连沐浴在雨水中的草儿都是一副萎靡不振的样子。

排队进门的男孩子们也是如此。他们的年龄从十二到二十岁不等，高矮胖瘦各不相同，唯一的共同点是：每个人都如同溃败的队伍一样垂头丧气地前进着，让我想起战争后期在莱茵河岸看到的年轻士兵。

两名学生干部负责让他们有序进入。我跟在队伍后面走进了一间休息室，里面的家具破破烂烂的。两名学生干部径直走向角落里的乒乓球桌，拿起球拍，其中一个从风衣口袋里掏出乒乓球，开始了激烈快速的对打。很快，周围聚拢了六七个人，还有四五个坐下来看漫画，其他人都盯着我看。

一个毛脸小子走了过来，冲着我笑，看起来到了该刮胡子的年龄。他的笑容很灿烂，但消失得也很快，快到令人觉得是灯光下产生的错觉。他挨我挨得特别近，肩膀都碰着了我的手臂，就像狗蹭，试探着对方是否友善。

“你是新来的管理员吗？”

“管理员不是佩奇先生吗？”

“他待不了多久了。”几个小子咯咯笑了起来。毛脸小子像个老练的喜剧演员，回了一句：“毕竟这是‘暴力病房’，谁都待不久。”

“我倒没看出有多暴力。佩奇先生呢？”

“他去食堂那边了，不过差不多也该过来组织大伙儿‘玩儿’了。”

“这种爱挖苦的调调和你的年龄不大相称吧，你多大了？”

“九十九了。”围观人群小声起哄说。

“佩奇先生才四十九，要对我行使父辈职权，真是难为他了。”

“要么我先找马洛夫人聊聊。”

“她在她房里豪饮呢，天天如此。”他这种明目张胆的恶意之中透露出一股阴郁，“你当爸爸了吗？”

“还没。”

后面的乒乓球一来一去，像一场单调无味的对话。

围观的人群里有人发话了：“还没当爸爸啊？”

“也许当妈妈了，”毛脸小子说，“你当妈妈了吗？”

“他看起来不像妈妈啊，没胸。”

“我妈妈也没胸，”另一个说，“怪不得我感受不到爱。”

“别闹了，孩子们。”从他们的眼神里可以看出，见鬼，他们希望我是个父亲，甚至是个母亲，是他们中任何人的父母。

“你们也不希望让我感受不到爱吧？”

没人说话。毛脸小子冲我笑了笑，这个笑比上一个笑持续的时间长了些。

“你叫什么？我叫弗雷德里克·廷德尔三世。”

“我是卢·阿彻一世。”

我把他从围观人群里拉出来。他抽出了手，跟着我走到一张开裂的皮沙发旁坐下。更小一点儿的孩子们放起了一张滥大街的唱片，有两人跟着喧嚣的音乐跳起舞来，这是一首带有些许自嘲意味的歌，副歌部分唱着：“冲浪不是罪……”

“弗雷德，你认识汤姆·希尔曼吗？”

“算认识吧，你是他爸爸？”

“不，我说了我没当爸爸。”

“大人说的不一定是实话。”他边说边拔自己下巴上的毛，好像这种长大的标志令他厌恶，“我父亲原来说要送我去军事学校，”又冷冷地补了一句，“他是政府里的大人物。”没有一丝骄傲的意味。

然后语气一转：“汤姆·希尔曼和他爸爸也处不好，所以被送到这儿来，上了通往魔法王国的单轨列车。”说罢，露出一个夸张的、绝望的咧嘴笑。

“是汤姆和你说的？”

“说了一点儿，不过他在这儿没待多久，只有五六天吧。他上周日晚上来的，这周六就跑了。”他不自在地动了动，沙发嘎吱作响，“你是警察？”

“不是。”

“你问问题的样子太像警察了。”

“汤姆做了什么会引起警察注意的事情吗？”

“呵！我们不都是嘛！”他用忽冷忽热的眼神环顾房间，眼光落在了那对男孩子身上，他们正用一种过时的古怪姿势跳着舞，“进东楼的都是失足少年。我以前可是犯事好手，在一张五十美元的支票上伪造了我家那位大人物的签名，然后去旧金山好好玩了个周末。”

“那么汤姆犯了什么事？”

“偷了辆车吧，他说因为是初犯，估计会缓刑。但他父亲不想让事情传出去，就把他送到这儿来了。但我估计汤姆和他父亲干了一架。”

“我知道。”

“你为什么对汤姆这么感兴趣？”

“我的任务是找到他，弗雷德。”

“然后再把他送回来？”

“学校估计不会再要他了。”

“真走运。”他下意识地又朝我靠过来，我能闻到他头发和身体上那股缺乏照顾的味道和孤独的气息，“要是有地方去，我也跑。不过我家那位大人物肯定就会把我送到少教所去了，还能给他省钱呢。”

“你是说汤姆有地方可去？”

他猝然一动，眼角的余光看着我的眼睛：“我可没那么说。”

“我在问你。”

“有的话，他也不会告诉我。”

“学校里谁和他关系最好？”

“他和谁都不亲近。刚来那会儿，他情绪很差，就被分到单人间了。我有天晚上去和他聊天，不过他没和我说什么。”

“没说他计划去哪儿？”

“他没什么计划。周六晚上，他想发起一场暴动，可我们全是胆小鬼，所以他跑了。他看起来很激动。”

“他情绪不好？”

“我们不都是嘛！”他用手指敲了敲太阳穴，做了个鬼脸，“你该看看我的罗夏测试。①”

“有空再看吧。”

“悉听尊便。”

“听着，弗雷德，这事儿很重要。汤姆太小了，而且你也说他的情绪很激动。现在他失踪了两个晚上，有可能遇到了大麻烦。”

“比待在这儿还麻烦？”

“你明白的，要不然你早就翻墙跑了。汤姆曾经说过要去哪儿吗？”

弗雷德没有回答。

“他肯定向你透露过什么吧？”

“没有。”他不肯看我的眼睛。

这时，佩奇先生走了进来，房间里轻松愉悦的气氛一下子变了。那对跳舞的男孩假装摔起跤来，漫画书一下子消失不见了，像一卷卷热钱蒸发掉。乒乓球也被收起来了。

佩奇是个中年人，头发稀疏，双颊垂着厚厚的肉，一身棕色的双排扣西装勉强包裹住肥胖的身躯，胸前皱巴巴的，崎岖不平。他的脸也是如此，带着威严的冷笑，和他小巧的嘴极为不符。他环视房间，能看到他的眼白泛着血丝。

他大步走向唱机，伸手关掉，对着一片寂静的房间说道：“孩子们，午餐时间不是用来听音乐的。要听音乐得等晚餐后，七点到七点半。”

---

① 知名的人格测试，由瑞士精神科医生罗夏创立，也称罗夏墨迹测试，以墨渍图测试人格。

然后他转向一个打乒乓的男孩子说："记好了，迪尔林，白天不能放任何音乐，否则唯你是问。"

"是的，先生。"

"你们刚刚在打乒乓球吗？"

"我们只是对打了一下，先生。"

"球从哪儿来？我记得球都锁在我的桌子里。"

"是的，先生。"

"那你们的球是从哪儿来的？"

"我不知道，先生。"迪尔林手足无措地摆弄着自己的风衣。他是个笨拙的年轻人，有着乒乓球般突兀的喉结。

"我捡到的。"

"从哪儿捡的？从我的桌子里？"

"不，先生，从地上捡到的。"

佩奇先生倏地朝他走去。他背后的学生有的做鬼脸，有的挥着拳头，有的撅着屁股做下流动作。其中一个跳舞的男孩儿用手比画着割喉，无声地倒在地上，像一个濒死的角斗士，之后又像什么都没发生过似的站了起来。

佩奇以一种痛心疾首的语气说道："是你买的吧？迪尔林。校规上写了，不得私自带乒乓球进校，你也清楚吧？你还是东楼纪检会的主席呢，规章制度的拟定，你也参与了，不是吗？"

"是的，先生。"

"那就把球给我，迪尔林。"

迪尔林把球递给了佩奇，佩奇把它放到了地上（站在佩奇背后的男孩儿作势踹他），然后踩扁。佩奇把扁球递给迪尔林。

"抱歉，迪尔林，跟你一样，我也得违反一下规章制度。"接着，他转向整屋的男孩子，在他的注视之下，孩子们都规规矩矩的。佩奇温和地说：“好了，今天的安排是？”

“今天怕是要占用一下你的时间。”我从沙发上站了起来，自我介绍了一下，询问能不能私下和他聊聊。

“当然。”他笑了笑，脸上透着一丝忧虑，好像我是来接替他工作的人，“来我的办公室吧，将就一下。迪尔林和布朗森，这里就交给你们了。”

他的办公室只是个小隔间，没有窗，摆着一张办公桌和两张直背椅，桌上乱糟糟的。佩奇把门关上，走廊那边传来的喧闹声被挡在了门外。他走过来打开台灯，叹着气坐了下来。

“得时刻保持威严啊。”佩奇说，听起来像是在自我祷告，“你找我是想谈哪个孩子？”

“汤姆·希尔曼。”

这个名字无疑令他沮丧。

“你是代表他父亲来的？”

“哦，不，斯蓬提博士让我来和你聊聊。我是私家侦探。”

“那我懂了。”他努了努嘴，“斯蓬提又把事情都怪到我头上了吧？”

“他提到过你曾在不必要的情况下使用了武力。”

“一派胡言！”他捶着桌子说，脸涨得通红，很快又变得煞白，跟黑白照片似的，只有眼白的血丝还保留着红色。

“斯蓬提不用亲自和这群畜生打交道，我知道什么时候该动手。我从事管教青少年的工作二十五年了。”

“但看起来这份工作令你很痛苦。”

他的脸抽动了几下，努力地控制住了自己。

“哦，不，我热爱我的工作，真的。而且这也是我唯一的技能了。我爱那些小子，他们也爱我。”

“看得出来。”

他没听出我的内涵。

“要是汤姆·希尔曼留下来，我们会成为好兄弟的。”

“那他为什么不留下来呢？”

“他跑了，你也知道，他从园丁那儿偷走了大剪子，把宿舍窗外的铁丝剪开了。”

“什么时候的事？”

“周六晚上，就在十一点熄灯检查和清早巡房之间。”

“之前发生了什么事？”

“周六晚上？他煽动其他孩子去攻击宿舍员工。我晚饭后就不在食堂了，但在办公室能听到他在发表长篇大论。他想让其他人相信是学校剥夺了他们应得的权利，要他们起来反抗，有些容易受影响的被他说动了。但当我过去让他们闭嘴时，只有希尔曼顶撞了我。”

“他打你了？”

“我先打了他，”佩奇说，“这没什么好羞愧的，在学生面前，我必须保持威严。”他揉了揉自己的拳头，“我把他打晕了，得给他们看看什么叫真正的男人。我一出手，他们只有认输的份。只有这样，他们才会尊重你。”

我打断了他：“之后呢？”

“我扶他回房，然后把事情上报给了斯蓬提。我觉得应该把他送去软垫房，但斯蓬提不同意。要是斯蓬提听了我的建议，希尔曼就不会逃跑了。我也就和你私下说说，这全是斯蓬提的错。”他顿了顿，压低声音说，“别让斯蓬提知道。”

“好的。”

我开始觉得从佩奇这儿也问不到什么有用的东西，他和休息室里的家具一样，毫无用处。从休息室传来的吵闹声越来越大，佩奇疲倦地站起身。

“我最好还是在他们闹翻天之前过去看看。”

“再问你一句，你觉得汤姆·希尔曼可能去哪儿了？”

佩奇思忖着我的问题，好像他想象不出外面的世界、希尔曼奔往的世界究竟是什么模样。“洛杉矶，”他终于动了动口，“他们一般都会跑去洛杉矶，要么就朝南走，去圣地亚哥和边境那儿。”

“有可能朝东吗？”

“如果父母家在东边，也是可能的。”

“朝西越洋而去呢？”我在试探他。

“也有道理，有个孩子就是偷了艘汽艇去群岛那儿了。”

“你们这儿逃跑的人不少嘛。”

“这么多年了，数字自然很可观。斯蓬提反对像少管所那样的严格安保措施。不过从我们这儿跑掉的孩子那么多，斯蓬提偏偏对希尔曼这么上心，我的确很惊讶。他最后会出现的，基本上总会这样。”

这话连他自己都不信。

背后传来敲门的声音。“佩奇先生？”一位女士透过门板说。

“在，马洛夫人。”

“孩子们要无法无天了，根本不听我的话，你在这儿做什么呢？”

“谈公务，斯蓬提博士派了人来。”

“好事啊，我们缺人手呢。”

“真的吗？”他从我身边走过，打开门，“不要乱开玩笑了，马洛夫人，我可知道你那么一两件斯蓬提博士会很感兴趣的事。”

“我也是。”这位女士回道。

她涂着厚厚的脂粉，额前有刘海，头发染成了红色，穿着一件黑色的礼裙，大概是十年前的样式，戴着几串人造珍珠项链。

人看起来很和善，迷蒙的双眼透着恐惧。

一见到我，她顿时活跃了起来。“你好啊。”

“我叫阿彻，斯蓬提博士让我来调查汤姆·希尔曼失踪一事。”

“他是个好看的男孩子。”她说，“至少在我们的萨德侯爵①揍他之前是如此。”

“我那是自卫，”佩奇大声说道，“我不喜欢伤害别人，但我代表东楼的权威。我要是被攻击了，父亲的形象也就毁了。”

“你最好还是快去发挥你的权威作用吧，父亲。但这个星期你要是再伤害一个人，我就把你的心剜出来。”

佩奇看着她，好像她真干得出这种事一样。然后转身向吵吵闹闹的源头走去。喧闹声戛然而止，就像佩奇关上了一扇隔音门。

“可怜的老佩奇，”马洛夫人说，“他在这儿待太久了，不过谁不是呢？我们都很可怜。这么多年来一直在和疯疯癫癫的孩子打交道，我们早晚会疯的。”

“那干吗还留在这儿呢？”

“因为我们再也适应不了外面的世界，跟老囚犯一样，外面的世界对我们而言反而是地狱。”

“这儿的人似乎都很愿意聊自己的问题。”

“毕竟这是治疗心理问题的地方，有这种氛围。”

“但是，”我接着说，“我想知道的，他们却不怎么愿意告诉我。你能给我好好讲讲汤姆·希尔曼给人的印象吗？”

“只能讲讲他给我的印象。”

这件事对她来说好像有点儿难，甚至影响到了她的平衡感。她走进佩奇的办公室，靠在他的桌前，面对着我，脸一半在阴影

① 法国情色作家，宣扬性暴力及违反伦理的哲学。

里，一半被台灯照亮，让我想起女巫。

“汤姆·希尔曼是个很好的孩子，他不属于这儿。他很快弄明白了这一点，然后就走了。”

“为什么说他不属于这儿？”

“你想让我往细里讲？东楼是给那些性格有问题或者有反社会倾向的孩子准备的；那些有严重心理问题的年轻人，包括男孩和女孩，全住在西楼。”

“你是说，汤姆属于西楼？”

“不不不，他根本就不该被送来迷湖。不过这也只是我个人的看法，但总归有点儿道理。我过去是个很不错的临床心理学家。”她低头看地上的光。

“但斯蓬提博士好像觉得汤姆的心理有问题。”

“他看谁都觉得有问题。你知道这些孩子的父母付多少钱吗？一个月一千美元，还有额外费用，什么音乐课、集体治疗之类的。”她说着发出了刺耳的笑声，“其实是一半的父母有问题，该来接受治疗的是他们！”

“一个月一千美元啊！”她又重复了一遍，“也就是说，所谓的斯蓬提博士，一年净赚两万五，是我工资的整整六倍，而我才是那个握着孩子们的手的人。”

她是个内心有所不满的女人。有时，正是不满引出了真相，但也并非总是如此。

“所谓的斯蓬提博士？什么意思？”

“他不是什么医学博士，反正跟医学沾不了边。他的专业是教育管理，南部一所野鸡大学毕业的。你知道他毕业论文写了什么吗？中等规模寄宿学校的厨房后勤工作。”

“我们说回汤姆吧。如果他没有问题，为什么他父亲还要送他来接受心理治疗？”

“我不清楚。我不认识他父亲，也许他只是不想看到他。”

“此话怎讲？”我想问个水落石出。

“这孩子惹上麻烦了。”

“汤姆告诉你的？”

“他才不会说呢，但我看得出来。”

“你听说过他偷车的事情吗？”

“没。如果真是这样，那么他的行为也就说得通了。他是个很不开心的年轻人，总是很内疚。他不是什么少年罪犯，其实这群孩子都不是。”

“看得出来你很喜欢汤姆·希尔曼。”

“我很少见到他，他上周显得不是很想讲话。我一般也不会强迫他们开口。除了上课，他大部分时间都待在自己的宿舍里，我觉得他在忙活着什么事儿。”

“比如策划一场革命？”

她饶有兴味地看着我：“你听说了吧？那孩子比我想的有魄力。别惊讶啊，我一直都站在孩子们这边，否则我在这儿干吗？”

我开始喜欢马洛夫人了。她好像察觉到了这一点，靠了过来，碰碰我的手，说：“我希望你也是，站在汤姆这边。”

“等我对他有所了解之后再说吧，站哪边不重要。”

“很重要，一直都很重要。”

“周六晚上，汤姆和佩奇先生之间究竟发生了什么事？”

“这个我真不知道，周六我不当班。这个你可以记下来，阿彻先生。”

她笑了笑。我突然明白了她的人生。她在乎别人，却没人在乎她。

3

她带我从一扇带锁的侧门离开。雨下大了，打湿了我的脸。乌云聚集在群山上方，雨看着没有停的意思。

我走回行政楼。我要告诉斯蓬提，无论他同不同意，我都要见汤姆·希尔曼的父母。目前和我谈过话的这些人，无论喜不喜欢汤姆，给我的信息都根本无法呈现他的习惯和个性特点。他可能是个受压迫的青少年，也可能是个懂得取悦年长女性的精神病人，又或者像弗雷德三世一样，介乎两者之间。

我走路时没留神，在停车场差点被一辆黄色出租车撞倒。一个穿粗花呢上衣的男人从后座走了下来，我以为他是出来向我道歉的，结果他看都没看我一眼。

他很高，银白色的头发，看得出来养尊处优，生活过得很滋润，正常情况下应该是个英俊的男人，可他看起来憔悴极了。他跑进了行政楼，我跟进去，发现他在和斯蓬提的秘书争吵着什么。

“很抱歉，希尔曼先生，”她轻声说道，“斯蓬提博士正在开会，我不能贸贸然进去打断他。”

“你最好照我说的去做。”希尔曼粗声粗气地说。

“对不起，你还是在外面等一下。”

“我等不了！我儿子在坏人手里，他们在向我勒索赎金呢！”

“真的吗？”她的声音听起来很刺耳，显得非常不专业。

“我不是爱撒谎的人。”

女秘书这才进了斯蓬提的办公室，小心翼翼地把门带上。我走上去和希尔曼打招呼，告诉他我的名字和职业。

“斯蓬提博士让我帮忙找你的儿子，我一直想和你聊聊，现在恰好碰上了。”

“当然。”

他握了握我的手。他身材高大，气宇轩昂，有着贵族式的面部线条——有这种线条不一定代表这个人有头脑、有才干或者讲体面，但一般都能代表很有钱。他胸膛结实，肩膀宽厚，可握住我的手却是那么无力，全身都在颤抖，像一条受惊的狗。

“你说有坏人勒索你？”

“是。”他那青灰色的眼睛不停地瞥向斯蓬提的办公室，想和某个他可以怪罪的人说话。

“他们还在里面磨蹭什么啊！”他暴躁地说。

“他们也做不了什么。如果你儿子被绑架了，斯蓬提帮不上什么忙，得交给警察来办。”

“万万不可！不能让警察介入，对方明说了，不能报警。”他第一次盯着我看，脸上露出了怀疑的神色，“你不是警察吧？”

“我刚说了，我是私家侦探，一小时前刚从洛杉矶过来。你怎么知道汤姆被绑架了？谁和你联系了？”

“他们团伙的一名成员打电话到我家来，当时我们刚坐下来吃午饭。他警告我不许声张，要不然汤姆就再也回不来了。”

“他那么说了？”

“千真万确。”

“还说了什么？”

“他们想把关于汤姆去向的消息卖给我，这就是在变相向我要赎金。”

“要多少？”

“两万五千美元。”

“你有吗？”

“傍晚的时候能凑齐，我在出售一些股票，刚从经纪人那儿过来。”

“你的动作很迅速啊，希尔曼先生。”他需要得到一些尊重，我说，“但我不是很明白你为什么还到这儿来。”

“我不相信这里的人，”他压低声音说，很明显，他要么忘记了，要么是没听到我说过我给斯蓬提办事，“我觉得汤姆是被骗走的，也许是内鬼，他们正互相包庇呢。”

“我觉得不大可能，我和相关职员谈过，他周六晚和汤姆打了一架，之后汤姆剪断铁丝网翻墙跑了。也有学生多少证实了这一点。”

“这个学生肯定不敢反对校方说法。”

“不会的，希尔曼先生。如果你的儿子被绑架了，那也是他离开这儿之后的事。告诉我，他和某些不良团伙有什么牵连吗？”

“汤姆？你疯了吧！”

“我听说他偷了辆车。”

“斯蓬提告诉你的？他没这个权利！”

“不，我从别的渠道得知的。孩子们不会随随便便就去偷车，除非他们和一些不法分子有牵连，也许是什么青少年犯罪团伙？”

“他没偷车，”希尔曼的眼神躲躲闪闪，“他是向一个邻居借的，车子坏掉完全是意外，他当时的情绪很不好。”

希尔曼的情绪也不怎么好，呼吸急促，话都说不清，像一条肥鱼突然被拉出水面，嘴巴一张一合。我说：“这两万五千美元你打算怎么办？等待对方的进一步指示吗？”

希尔曼点点头，然后重重地瘫坐在椅子上。办公室的门开了，斯蓬提博士肯定在里头听着，但我不知道他听了多久。他在秘书的陪同下走进了接待室，后面跟着一个面色惨白的长脸男人。

“绑架是怎么回事？”斯蓬提声音很尖，他努力克制了一下，以安慰的口吻说道，“很抱歉，希尔曼先生。”

希尔曼抱住了自己的头：“你的确该感到抱歉。我想知道是谁把我儿子带走了，出于什么目的，又是谁纵容的。”

“你儿子是自己跑掉的，希尔曼先生。”

“然后你打算袖手旁观？”

“我们收取了学费，怎么会袖手旁观？即便他们只待了很短的一段时间。我已经请了阿彻先生来帮忙，刚刚也在和我们的审计官斯凯里先生谈这件事情。”

面色惨白的男人沉重地鞠了个躬，仅有的几根头发服服帖帖地粘在头上。他严肃地说道：“斯蓬提博士和我决定全额退回你上周缴纳的费用，支票已经写好了，请拿好。”

他递过来一张黄色的纸。希尔曼把它揉成一团，扔到了斯凯里先生的身上，纸团砸在他不堪一击的胸前，掉落在地上。我捡了起来，是一张两千美元的支票。

希尔曼跑出了接待室，我赶在斯蓬提解雇我之前跟了出去，在希尔曼跨进出租车之前拦下了他。

“你去哪儿？”

“回家，我夫人现在状况很差。”

“我送你。”

“不了，你是斯蓬提的人。”

“我不是谁的人，斯蓬提雇我找你儿子，只要力所能及，我都会帮忙。但我需要你和希尔曼夫人的协助。”

“我们又能做什么？”他无助地摊了摊手。

“告诉我他是一个什么样的孩子，有哪些朋友，一般都去哪儿玩儿。”

“这又有什么意义？他在坏人手里，他们想要钱，我就给他们钱。”

下车准备给希尔曼开门的出租车司机听着我们的对话，嘴巴和眼睛都张得老大。

“可能没那么简单，”我说，“我们换个地方谈吧。”

“你可以相信我，”司机急忙说道，“我姐夫是高速公路巡警，我既然收了客人的钱就不会乱说话。”

“最好是这样。”

希尔曼付了车钱给他，上了我的车。

他和我一起坐在前排。我说：“说到钱，你也不想白白扔掉两千美元吧？”说着，我整了整那张皱巴巴的支票，递给他。

谁都说不准一个男人会被什么击垮，也许是漫长的孤寂、一声电话铃，也许是女人说话时不小心用错了音调。对希尔曼而言，是一张两千美元的支票。他把支票收进鳄鱼皮钱包，然后大声呜咽起来。他捂着双眼趴在仪表板上，嘴里发出痛苦的叫声，就像有一只乌鸦正在撕扯他的动脉。

过了一阵，他说：“我就不该送他到这儿来。”他的声音从未如此富有人性，好像突破了他自以为深刻的自我认知。

“事已至此，流泪也是徒劳。”

他直起身子。“我没哭。”的确，他的眼睛是干的。

“我们不争吵，希尔曼先生。你住哪儿？”

“大牧场那边，距市里半程路，我告诉你怎么走最近。”

保安一瘸一拐地从亭子里出来，我们互相挥了挥手，他开了门。跟着希尔曼的指引，我开上了一条路，穿过一片荒地，那儿芦苇丛生，不时传来乌鸦的叫声。之后又穿过一片城郊野地，满是新建的楼房，附近还有一所学院。之后经过了一座机场，有架飞机刚刚起飞。希尔曼看着飞机，露出了向往的神情。

“你为什么把儿子送到迷湖中学去？”

他回得很慢，答得断断续续：“我很担心，我觉得他就要走偏了，得阻止这种事发生。我送他去是希望他们能治好他，下个月好回普通学校上课。他快上高年级了。”

“能仔细和我讲讲他惹了什么麻烦吗？是偷车的事情？”

“那只是其中一件事，不过我也说了，他并没有偷车。”

“但你没解释清楚。”

“车是瑞亚·卡尔森的，瑞亚和杰就住我们隔壁。你想想，一辆全新的达特停在露天车棚里，钥匙还插在上面，不就是邀人去兜个风吗？我也是这么和他们说的。要不是杰不喜欢汤姆，他准会同意我的看法。又或者汤姆没把车撞坏，事情也好办多了。他们太意气用事了。其实他们买了全额保险，我也买了，这辆车的维修费用根本不成问题。”

“车子撞坏了？”

“撞得稀巴烂，都不知道他是怎么翻的车。好在人没受伤。”

“他那会儿是要去哪儿？”

“他要回家，就在家门口撞的，我一会儿指给你看。”

“回家前他去哪儿了？”

“他不肯说。他一晚上都在外面，但什么都不肯告诉我。”

“那是什么时候的事？”

“一周前的周六夜里，第二天早上六点被警察送回了家。警察要我找家庭医生给他看看，我照办了。他身上没受伤，但精神好像出了问题。我问他前一晚的事情时，他的情绪非常激动，我从没见过他这个样子。他本是个话不多的孩子，却不停地说胡话，说我没有权利了解他，说我不是他父亲。我听了特别生气，没控制住，打了他一巴掌，之后他再也不理我，也不肯说话，一句话都不说。”

“他喝了酒？”

“应该没有，否则我能闻出来。”

“会不会吸了毒？”

我眼角的余光瞥见他转过身，直勾勾地盯着我：“绝不可能。”

“我也希望，可斯蓬提博士告诉我，他对镇静剂的反应非常奇怪，有时吸毒的人也会出现这种情况。”

“我儿子不吸毒。”

“现在很多年轻人都吸毒，父母永远是最后一个知道的。”

“不可能！绝对不是这样的！”他急切地否定了这种情况，“他变成这个样子是受车祸的影响，是精神受损。”

“医生这么说？”

“尚利医生是骨科医师，他不了解精神障碍之类的东西，况且他也不知道周日早上我去法院办理保释的时候发生了什么。这件事我对谁都没说。”

我静静等着，听着雨刷的声音。路肩竖着一块绿白相间的牌子，上面写着“大牧场”。“再开四分之一英里就可以拐弯了。”好不容易找到不带感情色彩的话题，希尔曼的声音听起来明亮了不少。

我放慢了车速。“告诉我那天早上发生了什么。”

“我不会说，那和眼下的事情一点关系没有。”

“你怎么知道？”

他没回答，也许是因为离家越来越近了。

“你说卡尔森他们不喜欢汤姆？”

“是的。”

“知道为什么吗？”

“他们有个女儿叫斯特拉。汤姆和斯特拉·卡尔森走得很近。杰和瑞亚不同意，至少瑞亚很不赞同他们在一起。说到这个，我夫人伊莱恩也是。”

我开下了主干道，经过了高高的石门柱，拐进了另一条路，两旁整整齐齐种着棕榈。这条路把整个大农场分成了两半。这个地方是很典型的富人区，住在这里的人基本没有生活烦恼。大片的草坪后面坐落着富丽堂皇的房子，私家高尔夫球场就在路对面，远处，沙滩俱乐部崭新的跳水台泛着银光。

但如同这毛毛雨落在每个人身上一样，麻烦事对所有人一视同仁。

我们顺着道路在高尔夫球场的一角转了个弯，希尔曼指着人行道一个深深凹进去的地方说：“这就是他翻车的地方。”凹陷处一览无遗，能看见里面的土，前面是棵松树，树干被撞坏了，有些地方变成了褐色。

我停了车。“他说过事故是怎么发生的吗？”

希尔曼假装没听到。我们下了车，周围没有其他车子，只有两辆小车从球道上缓缓开来，车上是四名高尔夫狂热爱好者。

“没看见刹车的痕迹，你儿子的开车技术好吗？”

“很好，我手把手教的，花了很长时间。几年前，我特意减少上班时间，好尽情享受他成长的时光。”

他的措辞有点怪，就好像孩子的成长过程对父母而言是一种娱乐。我不禁想，希尔曼和他儿子是否真的如他所说的那么亲密？为什么在汤姆初次犯错时就把他关到迷湖中学那种地方去？还是说汤姆之前也有过其他举动，只是希尔曼不想让外人知道。

小车经过时，车里的一名高尔夫球手朝我们招了招手，希尔曼冷冷地挥了下手就进了我的车。被人看见他在事发现场似乎令他很难堪。

“我就和你直说了，”继续往前开的时候，我这样对他说，“我希望你能开诚布公地和我交流，去迷湖中学的都是些心智失常、犯了事的孩子，我不明白汤姆为什么会被送到那儿去，或者说需要去那种地方。”

“我这么做是为了保护他，我们的卡尔森老好人威胁说要告他偷车。”

“没那么严重吧？就算上了法庭，他也是缓刑，如果是初犯的话。他这是第一次吧？”

“当然。”

“那你还担心什么？”

“我没……”他本来要说什么，但可能是不愿意撒谎，又或者是太清楚自己的恐惧，便不再往下说。

“周日早上你去法院的时候，他做了什么事？”

“没什么，真的。”

“你说没什么，可那天早上的事对你的打击大到你不想谈。”

“是的，我不会和任何人讨论那天早上的事。无论上周日发生了什么，或者说可能发生什么，跟现在的情况比起来完全不重要。我儿子被绑架了，他是受害者，你明白吗？”

这还真说不准，虽说两万五千美元对我来说是笔巨款，可对希尔曼来说不算什么。如果汤姆真落在职业罪犯手里，他们索要的肯定不止这么点儿。

“希尔曼先生，不惜一切代价的话，你最多能拿出多少钱？”

他抬头看了我一眼：“我不懂你问这个的意义。”

“绑匪一般会尽可能多地要钱，我在想，带走你儿子的人是否也是这样。你尽全力的话，不止能拿出两万五吧？”

“当然，不过得靠我夫人帮忙。”

“希望不至于走到那一步。”

4

希尔曼家的私人车道经过一个种满橡树的坡，环绕着屋前的草坪。他们的房子是一座西班牙老式宅邸，粉白的墙，窗上点缀着铁饰，红瓦屋顶在湿气里显得无精打采。一辆黑色凯迪拉克停在草坪的另一侧。

“我早上本来想自己开车，”希尔曼说，“但想想现在的状态，实在不适合。谢谢你送我回来。”

这句话听起来像是在打发我走。他踏上了门前的台阶。一股失望涌上心头，但我硬生生地咽了回去，紧跟在他后面，在他关门之前闪了进去。

他一路上惦记的是他的夫人，她就在门厅等他回家。只见她坐在一张西班牙高背椅上，俯着身子，看起来更加弱小了，蛇皮鞋清晰地映在擦得发亮的瓷砖地上。她是个非常漂亮的金发女郎，很小巧，四十几岁的样子，散发着孤独的气息，有一种无用的感觉，就像一个褪色的娃娃，身上的绿色裙子把她衬得更加苍白。

“伊莱恩？”

她一动不动，手攥着拳头放在膝盖上。她抬头看了看她的丈夫，然后看向他头顶悬着的西班牙枝形吊灯。吊灯用一根链子挂在屋顶的梁上，距地面有两层楼高。灯上装饰着铁制的叶子，灯泡凸出来，看起来就像盛满了水果。

“别站在那下面，”她说，“真怕它哪天就砸下来。拉尔夫，把灯拆掉吧。”

“是你要买的，挂在那儿也是你的意思。”

“那都是多久前的事情了？”她说，“当时那个地方空荡荡的。”

“现在也很空，而且灯挂在那里很安全。”他朝她走去，摸了摸她的头，“头发都淋湿了，你这个样子不该出门。”

“我只是沿着车道走了走，看看你回来了没。你出去很久了。”

“没办法。”

她抓住他的手，放在心口上。“有消息吗？”

“没那么快，我去打点钱的事了，迪克·莱昂德罗晚些时候会把钱送过来，现在就等绑匪来电话了。”

“等待是多么可怕的事啊。”

“我知道。你想点别的吧。”

“还有什么好想的？”

“很多啊。”他努力想说点什么，可最后还是放弃了，“不管怎样，坐在冰冷的门厅里对你不是什么好事，你又要把自己搞出肺炎了。”

“没人专门把自己搞出病，拉尔夫。”

“好了好了，不吵了，我们进客厅坐吧，我给你倒点儿喝的。”

他想起我还在，于是邀请我进去，却没把我介绍给他夫人。也许他觉得我不值得这种待遇，又或者他不想让我和他夫人有太多交流。我觉得被冷落了，但也只能跟着他们踏上三级楼梯，来到一个稍小的房间里，房里生着火。伊莱恩·希尔曼背对着壁炉，她丈夫去了吧台，那是一间凹室，贴着西班牙斗牛海报。

她和我握了握手，手冷冰冰的。“我不是故意占着壁炉不放。你是警察吗？我还以为我们不能报警呢。”

“我是私家侦探，叫卢·阿彻。”

她丈夫从吧台那头喊道：“亲爱的，你喝什么？”

“苦艾酒。”

“你确定？”

“虽然里头的苦艾正好衬我的心情，不过，还是来杯苏格兰威士忌吧。”

“阿彻先生，你呢？”

我要了杯一样的。我需要喝上一杯。我挺喜欢希尔曼夫妇，但他们着实让我头疼。他们处理焦虑的方式太专业了，就像是两个演员在给我这个观众表演一出即兴悲剧。当然，不是说他们的焦虑和痛苦不真实，相反，他们快被折磨死了。

希尔曼托着托盘走了过来，上面放着三个杯子。他把托盘放在壁炉前的长桌上，然后一一把杯子递给我们。他用拨火棍拨了拨柴火，火苗蹿上了烟囱。旺起来的炉火把他的脸照得通红，就像一张红色的野人面具。

他的夫人端着酒杯，苍白的脸就像一轮死气沉沉的月。“儿子是我们的心肝宝贝，阿彻先生，你能帮我们救救他吗？”

“我会尽力，但我觉得不让警方插手不是什么明智的做法。现在我单枪匹马，人生地不熟。”

“这有什么影响吗？”

“我在这儿没有线人。”

“听到了吗，拉尔夫？”她转向垂着头的丈夫说，“阿彻先生觉得我们应该报警。”

“我听到了，但这不可能。”他直起身子，叹了口气，好像整栋房子的重量都压在他肩上，“我不会拿汤姆的生命冒险。”

“我也是，”她说，“我宁可给他们钱，好让孩子平安回来。如果钱不能花在儿子身上又有什么用？”

又是一个稍显奇怪的说法，我开始觉得汤姆是整个家的重心，同时又是一个不被理解的重心，像被他们供起来的神。他们做着牺牲，希望从他身上得到回报，或者惩罚。我开始同情汤姆。

“和我讲讲汤姆吧，希尔曼夫人。”

她死人一般的脸上突然有了生气，但还没开口，希尔曼就打断了：“不，别让她受那种苦。”

“但我对汤姆一点儿都不了解，我现在需要弄清他昨天可能去的地方，以及怎么和绑匪扯上关系。”

“我不知道他去哪儿了。”希尔曼夫人说。

“我也不知道，要是知道，”希尔曼答道，“我昨天就去找他了。”

“那我只能出去跑跑腿了，给我一张汤姆的照片总可以吧？”

希尔曼走进了隔壁房间，紧闭的窗帘斜斜地透进一点光亮，照在敞开的钢琴琴盖上。他手上拿着一张镶银框的相馆照片出来了，照片上的男孩儿和他很像。可能是希尔曼夫妇给我的先入印象，我觉得这孩子的黑色双眸透着一股子叛逆，当然了，看着也很机灵，很有创造力，嘴角带着被宠坏的笑。

“我能把相框拆掉吗？还是说你有尺寸小一点的照片，这样我方便拿着到处问问。”

“到处问问？”

“对的，希尔曼先生，我不是要拿去贴在纪念册里面。”

伊莱恩·希尔曼说："我有张小一点的照片，放在楼上的梳妆台里。我去拿。"

"我和你一起上去吧，顺便看看他的房间。"

"看房间可以，"希尔曼说，"但请不要乱翻。"

"为什么？"

"我不想你这么做，汤姆有权保护自己的隐私，即便是在现在这种情况下。"

我们三个一起上了楼，互相监督着。我在想希尔曼是不是怕我发现什么，但不好问。虽然眼下进行得挺顺利，但希尔曼说不定什么时候就会勃然大怒，把我赶出门去。

希尔曼在门口盯着我，我快速地看了一眼汤姆的房间。这是个前卧室，很大，放着样式简洁的五斗柜、椅子、桌子和床，家具看起来都是手工打造的，散发着昂贵的气息。床头柜上放着一台大红色的电话，墙上刻有帆船图案，整整齐齐地挂满了奥杜邦①的画作。地上铺着纳瓦霍②地毯，羊毛床单和其中一张地毯的图案是配套的。

我转向希尔曼："他是不是喜欢船、海之类的东西？"

"也不是特别喜欢，以前我找不到人出海时就会叫上他，开着帆船一起出去。这重要吗？"

"我只是在想他会不会经常去海港附近玩儿。"

"不会。"

"他喜欢鸟儿吗？"

"不喜欢。"

"墙上的画是谁挑的？"

---

① 奥杜邦，美国著名画家及博物学家，擅长画鸟类图鉴。
② 美国最大的印第安部落。

"我。"走廊上传来伊莱恩·希尔曼的声音,"我给汤姆布置了房间,他很喜欢。是吧,拉尔夫?"

希尔曼嘟囔了句什么。我穿过房间,来到了飘窗前,从这儿可以俯瞰半条车道。我抬头望去,树木繁茂的坡道再过去是高尔夫球场,然后是公路,远处的汽车来来去去,就像玩具一样。我能想象汤姆夜晚坐在窗台上,看着远处公路的灯。

皮沙发上摊开着厚厚的乐谱,我看了一下封面,《平均律键盘曲集》①,乐谱已旧了。

"汤姆弹钢琴吗?希尔曼先生。"

"弹得很好。他学了十年,但后来……"这时,他夫人慌忙在他耳边说了句:"谈这个做什么!"

"做什么?"我说,"要从你们嘴里撬出点儿消息就像要把石头榨出血一样难。"

"我现在就像石头一样,感受不到血液的流动。"她说着,露出痛苦的表情,"现在不是讨论家庭纠纷的时候。"

"我们没吵架,"她的丈夫说,"我和汤姆只是就这件事意见不合。之后他听从了我的意见,没什么好说的。"

"好吧。他不在家的时候都去哪儿?"

希尔曼夫妇互相看了看,似乎汤姆的下落藏在彼此的脸上。这时,红色电话响了起来,打断了这无声的交流,就像谁的心里话突然被大声地说了出来。伊莱恩·希尔曼倒吸了一口气,失魂落魄地倚在丈夫身上,手里的照片掉到了地板上。

他扶她起来。"不会是找我们的,那是汤姆的私人电话。"

"要我接吗?"电话响了第二声。

---

① 巴赫作品。

“麻烦了。”

我坐在床边，拿起听筒：“喂？”

“汤姆？”电话那头传来女孩子的声音，“是你吗，汤米？”

“你是？”我试着装出男孩的声音。

女孩失望地“啊”了一声，挂断了电话。

我放下电话：“是个女孩，或是年轻的女性，找汤姆。”

“不稀奇，肯定是斯特拉·卡尔森，她打电话打了一周。”希尔曼夫人说，声音里带着一丝厌恶，好似恢复了点儿力气。

“如果不是汤姆接，她就挂电话？”

“不，我昨天和她聊了聊。她的问题真多，不过我没回答。我只想弄清楚她有没有见过他，她说没有。”

“她知道绑架的事吗？”

“希望她不知道，”希尔曼说，“不能传到外面去，越多人知道，后果可能越……”这句没讲完的话飘荡在空气里。

我从床上站起来，去捡那张掉在地上的照片。突然，伊莱恩·希尔曼蹬蹬蹬地走到床边，抚平我刚刚坐过的地方。房间里的一切必须保持完美，要不然神会不高兴的，可能再也不回来了。我心里想着。她整理完，面朝下扑倒在了床上，一动不动地躺着。

希尔曼和我悄悄地下了楼，去等那个至关重要的电话。吧台那儿有台电话，餐具室也有一台，我们可以同时听。去餐具室要穿过琴房，偌大的钢琴沉甸甸地立在那儿，然后是餐厅，这儿嗅不到什么人气，就像博物馆新落成的展厅。

整栋宅子里布满了过去的痕迹，有一股无处安放的气息。这栋房子的历史好像已经深深融入了每一个角落，渗入了每根房梁、每堵墙和每扇窗户里，一切都在逼迫房子的主人带上封建领主的气息。可惜西班牙贵族的影子只是松松垮垮地罩在希尔曼身上，像从化装舞会上借来的不合身的服装。我想，汤姆出事前，夫妻二人也经常在大房子里茫然地游荡吧。

回到客厅，坐在忽明忽暗的炉火前，我抓住机会问希尔曼更多的问题。家里有两名仆人，是一对叫佩雷兹的西班牙夫妇，从汤姆还是个小宝宝的时候就开始照顾他。佩雷兹夫人估计在厨房里忙活，她丈夫这会儿在墨西哥探亲。

“你确定他在墨西哥？”

“是的，”希尔曼说，“他夫人接到一张从锡那罗亚州[①]寄来的明信片。再说了，佩雷兹夫妇对我们很忠心，对汤姆也很好。自从我们买下这栋房子搬进来，就一直跟着我们。”

“那是多久以前了？”

“至少有十六年了吧，我从海军退役之后，一家三口就搬来了这儿。我和另一个工程师一起创办了自己的公司，科技企业，取得了巨大的成功，给军队和NASA[②]提供零部件。不久前，我总算是半退休了。”

“你这个年纪退休有点早了啊，希尔曼先生。”

“也许吧。”他有些不安地看了看四周，好像不是很喜欢谈论自己的事情，“当然了，我仍是董事长，一周大概有几个早上会去一下办公室。余下的时间就打高尔夫、打猎或出海。”他听起来似乎很厌倦自己的生活，“这个夏天我一直在教汤姆微积分，他读的中学不教这个，但我觉得他要是以后进了加州理工或者麻省理工，微积分迟早用得着。我自己就是麻省理工毕业的，伊莱恩则是拉德克利夫学院[③]的学生。你知道，她家在灯塔街上。”

① 墨西哥的一个州。
② 美国国家航空和航天局。
③ 美国马萨诸塞州一所女子文理学院，美国七姐妹学院之一。

感觉他是在说，我们都是富足的、有教养的人家，是一等公民，世界怎么忍心对我们下此毒手？他的大脸庞向前倾着，直到用双手再次将它托起。

吧台的电话响了起来，响第二声的时候，我正转到餐厅桌子的一角。我赶忙向餐具室跑去，在门口狠狠地撞到了一个矮胖的女人。她正往围裙上擦手，被我吓了一跳，黑色的眼珠透着惊魂未定。

"我正要接电话。"她说。

"交给我，佩雷兹夫人。"

她退回了厨房。我走进餐具室，带上门。餐具室里唯一的光来自一扇连接着餐厅的半圆形天窗。电话就放在柜子上，现在铃声停了。我轻轻地拿起了话筒。

"怎么搞那么久？"一个男声说道，"你让中情局掺和进来了？"他带着西部口音，拖着长长的腔调，声音里透着一丝不满。

"当然没有，我严格按照你的指示办事。"

"希望你靠谱啊，希尔曼先生。要是让我发现有人在追踪这条线，我马上挂断，你也可以和汤姆说拜拜了。"对方轻松地抛出了这个威胁，带点儿洋洋得意，好像很享受这个过程。

"别挂。"希尔曼恳求的声音里带着一股嫌恶，"我给你钱，你要的数目很快就能筹到了。你什么时候说要，我就给你送过去。"

"两万五千美元的小额钞票？"

"面额最大的也就二十美元。"

"没做记号吧？"

"我说了，一切都严格地照你的指示来。只要我儿子安全，怎样都行。"

"很高兴你通情达理，希尔曼先生。你很聪明，这一点我喜欢。

老实说，我不想逼你，也不愿意做任何伤害这个好孩子的事儿。”

“汤姆现在和你在一起吗？”希尔曼问道。

“算是吧，他就在附近。”

“我能和他说说话吗？”

“不能。”

“那我怎么知道他还活着？”

对面好一阵子没传来声音。

“你不信任我，希尔曼先生，这让我不喜欢。”

“要我怎么信任……”希尔曼把后半句咽了回去。

“我知道你要说什么，要你怎么信任我这样一个讨厌的家伙呢？那可不是我们的问题，希尔曼。我们的问题是，要我怎么信任你这种人？我对你的了解比你以为的还要多，希尔曼。”

一片寂静，听筒里只剩下呼吸声。

“那么……”

“那么什么？”希尔曼近乎绝望地问道。

“那么，我能信任你吗，希尔曼？”

“你能信任我。”

听筒里一片寂静，直到对方再次发话：“那我就相信你，希尔曼。虽然你可能想花一天的时间来唠叨我这个家伙有多讨厌，但我们还是聊点儿实际的东西好。我要钱，但不是什么赎金，你给我搞清楚了，我们没绑架你儿子，是他自己来找我们的。”

“我不……”希尔曼再次把话咽了回去。

“你不信？你自己问他好了，前提是你得有机会。你正在让大好机会溜走，知道吗？我在帮你把钱交给我，权当作信息费，但你一直在骂我，叫我大话精、讨厌的家伙……天知道还有什么。”

“没，我并没有针对你。”

“那只是你自己觉得。”

“听着，”希尔曼说道，“你说来谈实际的东西，就简单告诉我，你什么时候要钱？钱送到哪里？我保证会给你送过去。”

希尔曼的声音很尖锐，可电话那头的人不为所动。

“急什么？别忘了，我才是话事人。”

“那你倒是发号施令啊！”希尔曼说。

“等时候到了，我自然会告诉你该做什么。我觉得还是给你一个机会好好琢磨琢磨，希尔曼。少给我趾高气扬的，要学会求别人，那才是你要做的。”说完就挂了电话。

我回到客厅里，希尔曼仍站在吧台那里，手里攥着话筒。他失了魂一般默默把听筒放了回去，然后向我走来，摇着他那满是银发的头。

“他不肯做任何保证。”

“我听到了，这种人从不会保证什么，只能期望他还有点怜悯之心。”

“怜悯之心！他说话就跟个疯子似的，他好像……好像陶醉在他人的痛苦里。”

“我同意，他乐在其中，希望他能满足于当前的欢乐和即将到手的钱。”

希尔曼的头重重地垂下。“你觉得汤姆现在很危险，对吧？”

“是的，和你交手的不是什么疯子，不过听起来情绪有点儿不稳定，我觉得应该是个业余犯，或者是想借此机会干一大票的小贼。这么说吧，一个有点儿天赋的业余犯。他是不是今早打电话来的那个人？”

“是的。”

“那他可能是单枪匹马。你辨得出他的声音吗？他的言辞给我感觉这件事是出于私人目的，可能是出于什么不满。会不会是你的前员工之类的？”

“不大可能，我们的员工都训练有素，这个人听起来就是个社会渣滓！”他抬起憔悴的脸，“你是说，我只能听凭他摆布了？”

“听他摆布的是你的儿子。他说是汤姆主动去找了他，你觉得可能吗？”

“当然不可能，汤姆是个好孩子。”

“他的判断力怎么样？”

希尔曼没有回答，不过他的行为多少暗示了点儿什么——他走向吧台，给自己倒了杯波旁酒，仰头一饮而尽。我也走了过去。

“有没有可能这场绑架勒索是汤姆自己想出来的？然后让自己的兄弟帮忙，又或者是雇了人来做？”

他举起了手里的杯子，好像想铆足了力朝我砸过来一般。在他别过头之前，我瞥见他气得满脸通红。“说了不可能！你为什么还要拿这些无厘头的推测来折磨我？”

“了解你儿子的人不是我，是你。”

“他绝对不会对我做这种事。”

“可你把他送到了迷湖中学。”

“我没得选。”

“为什么？”

他一脸恼怒地冲我嚷道：“你不停地问同一个愚蠢的问题有什么意义！这和汤姆被绑架又有什么关系？”

“我在分析汤姆的情况，如果说这整件事是他为了报复你或为了钱而策划的闹剧，那就得让警察介入了。”

“你疯了！”

“回答我，有没有可能是汤姆自己策划的？”

“当然不可能。老实说，阿彻先生，我受不了你和你的问题了。你要是想留在我家，就得按我的规则办事。”

我本来想撒手不管，但冥冥中有什么东西阻止了我，这件案子令我很感兴趣。

希尔曼倒了满满一杯威士忌，一口气吞下了半杯。

“我要是你，就不会碰酒了。”我说，“毕竟你是要做决定的人，今天可能是你一生中最重要的一天。”

他慢慢点了点头。“你说得对。”他把剩下的威士忌倒进了水槽，然后上楼去看他的妻子。

5

我悄悄出了门，从后备厢里拿出帽子和雨衣，沿着蜿蜒的车道走了下去。橡树下铺满了落叶，雨水落在上面沙沙作响，散发着雨天的气息，让人不禁陷入回忆。十七岁的那个夏天，我在内华达山脚下一个度假牧场打工，在那儿，我遇见了一个女孩儿，整个夏天我们都在森林里见面，季节一过就没了后续。

成长是件麻烦事。我也摸不清现在的年轻人在想些什么，要是能和斯特拉·卡尔森聊聊，我或许能更加了解汤姆。

能看到几百码开外处卡尔森家的邮箱。卡尔森家的房子是仿殖民屋建造的：白色的墙体，绿色的百叶窗，像品味糟糕的广告，看着令人心烦气闷。门廊是砖铺成的。我走进去，敲了敲门。

来应门的是一位红发女士，长得很美，穿着亚麻裙。

她漠然地看了我一眼：“什么事？”

我觉得不撒点谎的话过不了她这关：“我是保险公司……”

“大牧场这边不允许推销。”

“我不是来推销的，卡尔森夫人，我是理赔人。”我从钱包里拿出一张旧名片给她看，那是我在保险公司工作时留下的。

“你要是为了我被撞坏的车而来，”她说，“那事儿不是上周就解决了吗？”

“我们想了解一下事故发生的原因，收集点儿数据。”

“我可不想被你们当作数据。”

“我们只是调查一下车的状况，据我了解，你的车被偷了。”

她迟疑了一下，回头看了一眼背后，好像门厅那儿有什么智慧之神在指引她。“是的，”她终于开了口，“车被偷了。”

“被邻居的某个小混混偷了，对吧？”

我刻意这么说，她一听就红了脸。“是的，我敢说肯定不是什么事故，他故意把我的车撞烂。”这些话就像在她心里慢炖了好几天，这下终于沸腾了。

“这个假设挺有趣的，卡尔森夫人，我能进去和你好好地谈谈吗？”

“行吧。”

她领我走过了门厅，我在一张摆有电话的桌子旁坐下，拿出了我的黑色笔记本。她站在旁边，一只手搭在楼梯口的柱子上。

“有证据支持你的观点吗？”我握着笔说。

“说车是被故意撞坏的？”

“没错。”

她咬了咬嘴唇，雪白的牙齿在红唇上留下了浅浅的印子。“这和你要收集的数据没什么关系。偷车的孩子，汤姆·希尔曼，对我们女儿有意思。他过去是挺好的孩子，还经常来我们家。我们对他视如己出。但之后关系变了质，变得非常差。”她听起来既生气又惋惜。

“因为什么变差了呢？”

她用力做了个打断的手势：“我不想谈论这件事，况且这也不是保险公司或其他什么人需要了解的事。”

“我去和这个孩子聊聊吧，他就住在隔壁，是吧？”

“他父母住在隔壁，他们把孩子送到什么地方去了。我们现在不和希尔曼夫妇来往了，”她的声音里不带一丝感情，“他们都是体面人，但在处理自己孩子的问题上洋相百出。”

“他们把孩子送到哪儿去了？”

“管教所之类的吧。这孩子现在不好管，送走也好。”

“不好管，怎么说？”

“没法管教了呀。你看，车撞成那样，肯定喝了酒。我知道他去了下缅因街的酒吧。”

“就在你的车子被撞坏的前一晚？”

“整个夏天他都在那儿流连，还想带坏我们的斯特拉，这就是他和我家关系变差的原因。”

我做了点儿笔记。“你能说得详细点儿吗？卡尔森夫人，我们需要分析一下事故的背景。”

“他有一次硬拉着斯特拉和他一起去，你能想象吗？拉着一个十六岁的小姑娘去下缅因街那些满是酒鬼的地方！当时我们就觉得和汤姆·希尔曼没什么值得来往的了。”

“斯特拉怎么了？”

“她是个敏感的孩子。”她往楼梯上方看了看，“我和她父亲告诉她，这段感情对她没有任何益处。”

“她和你的车被偷没有任何关系？”

“当然没有。”

“不是这样的，妈妈，你知道，我说了……”楼上传来小而清脆的声音。

“别说话，斯特拉。回去睡觉。你要是病得去不了学校，就给我待在床上。”

卡尔森夫人一边说一边上了楼。她的小腿很好看，有着结实的肌肉。她女儿朝她走了下来。斯特拉是个苗条的少女，眼睛又大又漂亮，占了脸庞的很大一部分，棕色的头发紧紧地梳了起来，扎成了马尾。她穿着宽松长裤和蓝色高领毛衣，胸部刚刚开始发育。

“我好多了，谢谢关心，”她冷冰冰的语气里带着一丝稚气，“但听见你在汤姆的事情上撒谎，我又不舒服了。”

“你竟然这样对我说话！回房间去。”

“要是你在汤姆的事情上实话实说，我就回去。”

“给我闭嘴。”

卡尔森夫人冲上几级阶梯，抓着斯特拉的肩膀，把她推出了我的视线。斯特拉不断喊着“你撒谎”，直到房门被重重关上。

五分钟后，卡尔森夫人下来了，换了一身打扮。她戴着一顶插着羽毛的绿帽子，穿着格子外套，戴上了手套。她径直走向门口，打开了门。

“很抱歉，我得走了，我要是迟到的话，美发师会生气的。而且我们怕是给不了你什么有用的信息。”

“恰恰相反，我对你女儿说的话很感兴趣。”

她出于礼貌，强扭出一个微笑：“别听斯特拉胡说八道，她发着烧，情绪又激动。事故之后，这孩子的心情一直很差。”

“是因为事故和她有关吗？”

“别傻了。”她拧着门把说，“我真得走了。”

我出了门，她跟在我后面，重重把门关上。她在甩门这件事上怕是经验丰富。

“你的车停在哪儿？”她冲我问道。

“我是跳伞来的。”

她就站在那儿，一直目送我走上车道。然后转身回了房。我慢慢朝着希尔曼家的邮箱走过去，走上了他们的私家车道。林子里的沙沙声越来越大，我还以为是红颜雀在灌木丛里扑腾，结果是斯特拉。

她突然从一棵树后面走了出来，穿着蓝色滑雪衫，把兜帽戴在头上，系得紧紧的，看起来也就十二岁。她像一名成年女性那样不失礼貌地招呼我过去，然后做了个“嘘”的手势。

“我得藏起来，妈妈肯定会到处找我。”

“她不是约了美发师？”

“那不过是她撒的又一个谎而已，”她干净利落地回答，“这些天她一直在撒谎。”

“为什么？”

“人一旦开始撒谎就停不下来。妈妈之前是个直爽的人，爸爸也是，但从汤姆的事情之后就都变了。”又补充道，“当然了，我也变了。”说完，她掩着嘴咳嗽了起来。

“你生病了，不该出来淋雨。”我说。

“我的身体没什么问题，就是不想去学校见同学，他们肯定要抓着我问。”

“问汤姆的事？”

她点点头：“我不知道他在哪儿。你知道吗？”

“不，不知道。”

“你是警察还是什么？”

“我过去是警察，现在是‘什么’。”

她皱了皱鼻子，咯咯笑了起来。而后突然露出了警觉的神色，像竖起耳朵的小鹿。她掀掉兜帽，仔细听着什么。

“听到了吗？妈妈在喊我。”

在林子的另一边，我听到一个声音在喊：“斯特拉。”

“她会杀了我，”女孩儿说道，“但总得有人说出真相。汤姆在斜坡上面有个树屋，他小时候经常去。我们去那儿说吧。”

我跟着她穿过一条脚踩出来的小路。橡树上的红木小树屋映入眼帘，屋子坐落在树上一个小平台上，屋顶是沥青纸糊成的。平台斜斜地连着一架自制的梯子，和屋子一样，因年久而泛着灰色。斯特拉爬了上去，先进了屋。窗户落了灰，原本栖息在上面的一只红顶啄木鸟飞到了旁边的树上，大声冲我们叫着，像是在责备我们。卡尔森夫人的声音从斜坡下传来，很洪亮，不过这会儿开始变得沙哑了。

“我们的海角乐园①树屋。”我走进去的时候斯特拉说了这样一句话。她坐在小床上，上面有床垫，但没有毯子。“汤姆和我小时候经常在这里一待就是一整天。”虽然只是十六岁的小姑娘，她的声音里却带有追忆过去的味道，“当然，长大后再这么独处就不合适了，也就不来了。”

“你喜欢汤姆。”

“是的，我爱他。我们准备结婚了。但你别想歪，我们还没稳定下来，没做不该做的事。”她皱了皱鼻子，好像她不喜欢这些用词的味道，“时候到了我们就结婚，等汤姆读完大学，或者至少等他步入正轨。你也看到了，我们不存在任何经济问题。”

我觉得她是借和我讲清事情缘由的机会，拿一个简单的、结

① 出自约翰·大卫·怀斯的小说《海角乐园》，故事主人公一家就住在树屋里。

局美满的故事来安慰自己。“不存在经济问题，这怎么说?”

“汤姆的爸妈很有钱。”

“那你的爸妈呢？他们会同意你嫁给汤姆吗?”

“他们阻止不了我。”

这一点我倒是相信的，前提是汤姆能活着回来。“汤姆没事吧?”她说话的声音变了。她是个洞察力很强的孩子，捕捉住了我眼里闪过的一丝忧虑。

“希望吧。”

她站起来，扯了扯我的袖子：“他在哪儿？哦，对了，你怎么称呼?”

“我不知道他在哪儿，斯特拉。我叫卢·阿彻。我是私家侦探，在帮忙找汤姆。你能把事故的实情告诉我吗?”

“好的，都是我的错。爸爸妈妈觉得他们能帮我瞒过去，可这样一来，汤姆的处境就更加糟糕了。整件事的责任都在我，真的。”她露出的这种真诚和认真，不禁让我想起虔诚祈祷的孩子。

“当时是你在开车?”

“不，我当时没和他在一起。我说错在我，是因为我告诉他车子可以给他开，我还从妈妈房间里拿了车钥匙给他，因为这辆车我本来就可以开。”

“你妈妈知道这件事?”

“是的，我周日跟她和爸爸说了，但他们那会儿已经报了警，不想改口，也不准我说出来。他们说这并不能改变汤姆把车开走的事实。”

“你为什么要让汤姆把车开走?”

“我承认这不是什么好主意，他得去某个地方见个人，但他父亲不许他开车，让他好好待在家里。我爸妈那天晚上刚好出门了，汤姆说他几个小时之内就能回来。那会儿才八点左右，我觉得不会有问题。但我真没想到他一去就是整晚。”她闭上了眼睛，两手环抱着自己，“我整个晚上都睡不着，在听他回来了没。”

“他去了哪儿？”

“我不知道。”

“他去干吗？”

“我也不知道。他说是人生的头等大事。”

“会不会是去喝酒？”

“汤姆不喝酒。他去见一个人，一个很重要的人。”

“毒贩？”

她睁开了美丽的双眼。“你在曲解我的话，就像我爸爸生气时做的那样。你生气了吗，阿彻先生？”

“不，我很感激你的坦诚。”

“那你为什么总把事情往肮脏不堪的方面想？”

“可能是因为我面对的一般都是肮脏不堪的人吧！而且有时候瘾君子的妈妈和女友都不知道他们在吸毒。”

“我确定汤姆不是那种人，他死都不会碰。他知道一旦碰了那些东西……”她捂住了自己的嘴，她的指甲被咬得参差不齐。

“你刚刚想说什么？”

“没什么。”

我们之间的那层信任正在瓦解，我只能努力挽救。“听我说，斯特拉，我打破砂锅问到底不是为了好玩。汤姆现在很危险，如果他真和毒贩有联系，你一定得告诉我。”

“只是一些玩音乐的朋友而已，”她嘟囔着说，“他们不会伤害他的。”

“但他们的朋友可能会。那些人都是谁？”

“夏天的时候他们在一块儿弹钢琴，不过汤姆的爸爸后来不让他弹了。他以前每周日下午都会去博伦酒吧和他们即兴演出。”

“是你母亲说的那些乱七八糟的酒吧？”

“不是什么乱七八糟的酒吧，他从没带我去过那种地方。他们去博伦酒吧只是为了玩音乐，他带我去是因为他想让我听听他们的演出。”

“汤姆和这群人一起演出，对吧？”

她用力点了点头。“他钢琴弹得很好，都能靠这个赚钱了。他们还给他提供了一份周末的活儿。”

“他们？”

“博伦的爵士乐团。不过他爸爸不同意。”

“跟我讲讲这个爵士乐团里……”

“我只认识山姆·杰克曼，他原来在沙滩俱乐部打杂，负责吹长号。团里还有萨克斯管手、小号手和鼓手，不过我记不得他们的名字了。”

“你觉得他们怎么样？”

“我没觉得他们的音乐有多好，但汤姆说他们在计划录制一张专辑。”

“每个乐团都这么说。不，我的意思是，他们是什么样的人？”

“他们只是音乐家而已，汤姆很喜欢他们。”

“汤姆和他们待在一起的时间长吗？”

“只有周日下午。不过有时候晚上也去听他们演出。他说这个乐团是他的另一种生活。”

“另一种生活？”

“嗯，你知道的，在家里，他就是那种乖孩子，认真读书，好让父母满意。我在家里也是这样。不过事故之后一切都变了，大家的心情都差差。”

她打了个寒颤。湿冷的空气透过树屋的窗子吹了进来，听不到卡尔森夫人的声音了。我觉得留这个孩子太久不好，但我希望等到她把所有事情都告诉我之后再放她走。

我蹲在她面前。“斯特拉，你觉得周六晚上汤米是不是去见这些音乐家朋友了？”

“不，如果是这样，他早告诉我了……是更加秘密的事情。”

“他是这么说的？”

“他用不着说，肯定是很重要的事情，他特别激动。”

“激动？好的激动还是坏的激动？”

“我不知道，如果你是指害怕，那倒没有。”

“我的意思是，他是不是很不好？”

“很不好？”

“情绪有问题。”

“不，别犯傻了。”

“要不他父亲怎么会把他送走？”

“你是说他被送去精神病院了？”她靠了过来，靠得很近，我能感受到她的呼吸。

“差不多，迷湖中学。我没想告诉你的，现在也请你不要告诉你的父母。”

“别担心，我什么都不和他们说。原来他去了那儿啊！那些伪君子！”她双眼发直，泪水在眼里打转，“你说他有危险，他们难不成要像田纳西·威廉斯①剧本里写的那样，给汤姆做什么前脑叶白质切除手术？”

① 美国著名剧作家，代表作《欲望号街车》《热铁皮屋顶上的猫》。

“别担心，学校对他毫无危险可言，只是他逃走之后，怕是落到盗贼手里了。抱歉，我不该告诉你这些的，给你徒增负担，不说了。”

“没事儿，”从她的眼里，我再次看到了一名正走向成熟的女性，“发生在汤姆身上的任何事，就跟发生在我身上的一样。”她的食指落在胸口处，隔着衣服，敲了敲，“你说他落到盗贼手里了，那些人是谁？”

“这正是我想赶紧弄清的问题，会不会是他在博伦酒吧结交的朋友？”

她摇了摇头。“他们把他关起来了吗？”

“是的，我得赶在他们对汤姆做出更不好的事情前找到他们。如果你知道他在‘另一种生活’里还跟谁有接触，特别是那些地下关系……”

“没有，他没和那种人有接触，而且那也算不上什么‘另一种生活’。真的，他只是和那些音乐家聊聊天、玩玩音乐而已。”

她的嘴唇有点发紫，我突然觉得自己简直是邪恶的化身，正在折磨一个早已被苦痛淹没的孩子。有时出于好意而做的事，稍不小心便办成了坏事。

“你还是回家吧，斯特拉。”

她抱着双臂看着我说：“除非你把所有事情都告诉我，我已经不是小孩儿了。”

“但这些都是机密啊，我不能乱说，万一被不该知道的人得知道，后果就严重了。”

“你一直拐弯抹角，”她带着责备的语气说，“跟我爸一样。汤姆是不是被绑架了？”

“是的，但我肯定这不是一起普通的绑架，他是自愿去找那些人的。”

“谁说的？”

“其中一名绑匪。”

她皱了皱眉头：“如果是这样，汤姆又怎么会有危险？”

“如果他认识他们，他们就不会放他回家，因为他可能会指认他们。”

“我懂了。”仿佛全世界的恐惧一时间都涌进了她大大的眼睛里，倏地吞噬了她眼里的所有光明，“我就担心他遭遇了什么不测，他妈妈不肯跟我透露任何消息。我还以为他自杀了。”

“你怎么会这么想？”

“事故发生后的第二天早上，他把我叫到树屋这儿来。这件事我对谁都不该说，可你对我这么坦诚……他说他想最后再见我一面，见见我这个好朋友，然后和我永别。我问他是不是要去哪儿，或者打算做什么事，可他不肯告诉我。”

“他有自杀倾向吗？”

“我不知道，所以我很怕他那天的意思是要了结生命，之后他音信全无，我就更担心了。不过自从你告诉我真实情况之后，我反而没那么焦虑了。”看来她心里的结解开了一个，“但他为什么跑去自投罗网？”

“还不清楚，可能他不知道那些人是罪犯。你要是想起觉得可疑的人……”

“我努力想想。”她紧锁眉头，想了起来，最后还是摇了摇头，“真没有，除非那个人就是他周六晚要去见的人。”

“关于他要去见的那个人，他曾和你说过什么吗？”

“只是说他特别想见到他们。”

“他们是男的还是女的？”

“这我真不知道。”

“那么周日早上，你来这儿见他的时候，他曾提起前一天晚上的事吗？”

“没有，他的情绪很低落，除了发生事故，他和家里也闹得不可开交。我什么都没问。我那会儿就该问问他，对吧？我总是做错事，要么是听别人的话做了错事，要么是自己该做的事没做。”

“我觉得多数情况下你都能做出正确的选择。”

“妈妈可不这么想，爸爸也是。”

“父母也有想错的时候。”

“你当父亲了吗？”这问题让我想起迷湖中学那些忧伤的小子。

“没，还没造孽呢。”

“你这是在拿我开玩笑呢！”她黑着脸说。

“不不不，别当真。”

她冲我很快地笑了一下。“你真是打破了我的印象，我都不知道侦探是像你这样的。”

“大部分侦探的确和我不一样。”我们之间的信任再度巩固起来。

“还有一件事，斯特拉，我一直想问你，你妈妈好像觉得汤姆是故意撞坏她的车子。”

“是的。”

“会不会真是这样？”

她想了想这个问题。“我觉得汤米没理由那么做，他才不会对我、对妈妈做这样的事，除非——”她脸上浮起一丝阴郁。

“除非？”

“除非他想自杀，那样的话他就没什么好顾虑的了。”

“他有自杀的打算吗？”

“可能吧，他不想回家。他是这么跟我说的，但没说为什么。”

“要是能检查一下车子，可能会找到些线索。你知道那辆车放在哪儿了吗？”

“在林戈废车场，妈妈前几天去看了。”

“她为什么跑去看？”

“为了保持怒气吧，她真的很讨厌汤姆，至少过去是这样，爸爸也是。这件事令他们心烦意乱，加上我现在又不好好待家里，事情迟早会变得更严重。”她站起身来，跺了跺脚，“妈妈估计要报警了，我完蛋了。”

“不会的。”

“会的。”不过她并不在意自己的事，“关于汤姆，你要是有任何消息，告诉我好吗？”

“以你妈妈现在的态度，我去找你估计有点困难。要不这样吧，你有空的时候打这个电话跟我联系。”我给了她一张名片。

她顺着梯子爬了下去，穿过树丛。多好的年轻人，令人不禁想为这个世界给予他们的苦痛而道歉。

6

我回了希尔曼家。在漆黑的天空下，这栋房子就像一座阴郁的白色堡垒。我不想进去面对那沉重的、令人窒息的恐惧。好在我终于有点头绪了，其实这些事情希尔曼早就可以告诉我，只是他不愿意。

上车之前，我抬头看了看汤姆房间的窗子，希尔曼夫妇坐在窗台上，紧紧依靠在一起，向外眺望着。希尔曼摇了摇头：没来电话。

我驱车前往市中心，在高速路出口右拐，进了下缅因街。高速公路和铁轨之间的灰泥楼房不知道伫立了多少年，任凭风雨将它们侵蚀。街上有墨西哥粉蒸肉店、台球房、旧货店和酒吧。这会儿路上湿漉漉的，一个行人都没有，典型的加州雨天。

我把车停在一家卖二手货和体育用品的店前，锁好，问店主博伦酒吧在哪儿。他朝西，也就是大海那边指了指，说：“他家白天不开门，你还是去别家吧。”

“那你知道林戈废车场在哪儿吗？”

“朝南走三个街区，就在桑格街上，第一个轨道灯处。”

我谢了谢他。

“不客气。”店主是个中年人，留着茶色的小胡子，是那种即使一事无成也能乐呵呵地过活的人。“你不妨买一顶防雨罩，要不帽子都要被淋坏了。”

“多少钱？”

“九十八美分，加上税是一美金二十美分。”

我向他买了一顶，他帮我罩到帽子上。“虽然看上去不怎么美观，但……”

“光美观不顶用。”

他笑着点了点头：“说出了我的心里话啊，你肯定是个聪明人。我叫博特金，约瑟夫·博特金。”

“卢·阿彻。”我们握了握手。

“很荣幸认识你，阿彻先生。多嘴问一句，你这种身份的人怎么会想去博伦酒吧那种地方喝东西啊？”

“博伦酒吧有什么问题吗？”

“我不是很喜欢他们做生意的方式，仅此而已。他们拉低了整个地方的档次，本来档次就够低了。”

“他们是怎么做生意的？”

“就说一件事吧，他们让小孩随便进去。我不是说他们卖酒给小孩儿，只是那种地方就不该放小孩进去。”

“还有呢？”

“我就是管不住我这张嘴呀。”他狡黠地看了我一眼，“你问的问题很多，该不是税务委员会的吧？”

“不是。就算是，我也不会告诉你吧？博伦酒吧是在接受调查吗?”

“是也不奇怪，我听说有人投诉。”

“叫希尔曼的人?”

“是的，你还真是税务委员会的！你要是想过去看看，五点去吧，那会儿开门。”

现在已经是四点二十分。我沿街行走，两旁的当铺里摆满了从可怜可悲之人身上搜刮来的战利品。博伦酒吧大门紧闭，好像再也不打算营业。透过红格子窗帘的缝隙，我往里头窥视。小小的舞池周围摆着铺有红格子桌布的桌子和椅子，舞池后便是舞台，贴着俗气的装饰纸。舞台太破旧了，难免让人觉得乐队是不是好几年前就把乐器典当，离开了这里。

我折回去取了车，沿着桑格街开，前往林戈废车场。废车场四周围着高高的木板栅栏，上面用白色油漆写着“林戈”。我推开门走进去，一条黑色的德国牧羊犬突然从敞开的栅栏里悄无声息地窜出来，优雅地用它黄色的大牙咬住了我的右手腕。它没吠，就那样咬着我，警惕地盯着我。

“好了，雷奥。”

牧羊犬放开我的手，向一个胖男人跑过去。

“它的牙太脏了，”我说，“你得给它点儿骨头磨磨。当然了，不是人的手骨。”

“抱歉，我们没想到有客人上门。不过它不会伤害你，对吧，雷奥?”

雷奥眼睛滴溜溜地看着我，吐着舌头。

“来吧，拍拍它。”

“我喜欢狗，”我说，“但它喜欢人吗?”

“当然了，没事儿，拍拍它。”

我走过去拍了拍它，雷奥四脚朝天地躺了下来，露着大牙冲我笑。

“有什么能帮到你，先生？”林戈问。

“我想看看一辆车。”

他朝车场那边指了指，说：“我这儿有几百辆车，但全都废得上不了路。你是想拆点儿零件还是？”

“不，我来检查一辆特定的车，”我拿出保险理赔人的名片，“是一辆新的道奇，注册在卡尔森夫人名下，大概一周前被撞坏了。”

“噢，有的，你跟我来。”

他套上了一件黑色的橡胶雨衣，雷奥和我跟在他后面，沿着一条窄路走，两旁堆满了报废的车。看着被压皱的进风格栅窗和引擎盖、支离破碎的挡风玻璃和挡板、稀烂的顶棚、被拆掉的座椅和破轮胎……感觉像在看高速公路大灾难的残局。我觉得那些擅长捕捉细节的人士真该好好来废车场看一看，研究下这些废墟以及文明的碎片，也许就能弄明白为什么我们的文明正在消失。

“这排全是整车，”林戈说，“那边数过来第二辆就是卡尔森的车。那辆庞蒂克是在它之后送过来的，和另一辆车正面相撞，死了两人。”他耸耸肩，“所以我能不上高速就不上。”

“卡尔森的车是怎么搞成这样的？”

“邻居家的小孩儿开着去兜风，姓希尔曼。现在的小年轻，你也知道，只要不是自己的东西，怎么折腾都无所谓。根据事故细节，他开过了一个弯道，可能是想掉头。结果车翻了好几下，最后撞上了树。”

我走过去，仔细看了看那辆车。顶篷、引擎盖和四边的挡板都有深深的凹痕，就像被大锤毫不留情地捶过一样。挡风玻璃不见了，门弹开着。

我靠近左边的门看了看，注意到驾驶座和后座之间夹着一个椭圆的白色塑料片，上面印有字迹。我把它拔了出来，连着的是一把铜色的门钥匙，白色塑料标签上印着：达克汽车旅馆 7 号。

“小心碎玻璃，”林戈在我后面提醒道，“你是在找什么吗？”

我把钥匙放进口袋里，转身说：“撞成这样，那个孩子居然毫发无损。”

“不是有方向盘抓着嘛。方向盘没断掉也是万幸。”

“有没有可能他是故意把车撞坏的？”

“不可能。除非他疯了。不过现在的孩子也难讲，什么事做不出来？是吧，雷奥？”他摸了摸牧羊犬的头，继续说下去，不知道是对狗还是对我，“我儿子，我手把手教他干活儿，结果从上大学到现在已经有好几年没回家过圣诞了，没人来继承家业。”他直了直身子，看了一圈周围的废车，脸上带着凝重的神色，就像一位荒野之王。

“车里可能有其他人吗？”

“不，有的话早被撞死了，你看，车里的安全带、座椅都毁了。”他抬头看了看天，不耐烦地补了一句，“先生，我倒是不介意站在这儿回答问题，但你若想了解事故详情，还是去找交警吧，我这儿要关门了。”

还有十分钟就到五点了，我开回了博伦酒吧。店里已经开了灯，但前门还是锁着的。我回到车里等着，拿出达克汽车旅馆的钥匙端详起来，不知道能不能找到什么线索。虽说概率很小，但万一貌美的卡尔森夫人对自己的丈夫不忠呢？

五点刚过，一个穿着红色夹克、皮肤黝黑的矮子打开了博伦酒吧的前门，然后走去吧台。我走进去，在他面前坐下。吧台后面的他看起来变高大了。我探头看了看，原来他站在一个木制台上。

“你没看错，”他说，“这样我才看得到外面，不踩着它的话，我会被吧台挡住。”然后笑了笑，“我妻子高达五英尺六英寸①，身材匀称。”末了，又不满地补了句，“她早该到了。”看来是个很有原则的人。他抬起瘦小的手腕看了眼上面的小手表：“你要喝点什么吗？”

“威士忌酸。这店是你开的？”

“我和我妻子，我们都喜欢酒吧。”

“挺好的地方，”我说，虽然实际并不怎么样。比起一般的酒吧和卡巴莱餐馆，这儿既不干净，氛围也不佳。厨房门边，靠墙倚着一名老年服务员，像是站着睡着了。

“谢谢，我们曾细细划划过的。”他一边说一边娴熟地调起酒来，“你是第一次来吧？之前没见过你。”

“我从好莱坞过来的。听说你这儿有个很不错的爵士乐团。”

“没错。”

“今晚有演出吗？”

“他们只在周五和周六晚演出，工作日我们不请他们过来。”

“周末的即兴演出还有？”

“有，昨天才演过一次。孩子们的状态特别好，你错过了真是可惜。”他轻轻地把调好的酒推给我，“你是做音乐的？”

“我有时也代理音乐家，在长街②上有一间办公室。”

“那山姆肯定很愿意和你聊聊，他是乐团的领队。”

“有办法联系到他吗？”

---

① 一米七左右。
② 指拉斯维加斯大道。

“我有他的地址。你稍等，我找找。”

几个穿西装的年轻人坐在吧台的另一端，肩膀被雨打湿了。他们高声谈论着一宗涉及百万美元的房地产交易，听起来这宗交易并不是他们做的，而是别人的，但他们乐在其中。

老板问也没问就给他们端上了小杯威士忌。一个身材高大的年轻女人走了进来，手忙脚乱地脱下透明雨衣，卷了卷，扔进了吧台下。她有着西西里人式的鼻子，脖子上挂着黑帮女老大风格的珠宝。

小个子老板严厉地看着她：“你迟到了。没有女主人，我怎么忙得过来？”

“对不起，托尼，瑞秋今天又迟到了。”

“重新找个保姆。”

“但她对宝宝真的特别有一手，要别人来照顾，真不放心。”

“现在先不说这个，该干什么干什么去。”

“是的，拿破仑先生。”

她走到门边，屁股一扭一扭的，像是在表达不满。客人们三三两两地来了，多是年轻人和刚步入中年的人，看起来都是体面人。女主人站在门边，活泼地和客人聊天，发出银铃般的笑声，晃动着身上的珠宝，把他们引到红格子布面的桌前。

过了一会儿，她丈夫总算记起我的事：“山姆·杰克曼没有电话，这是他的地址，离这儿不远。”

他递给我一张便笺纸，上面用铅笔写着：“含羞草路169号，2号房。”

这是一座老旧的木屋，就在铁轨附近，外部那些维多利亚式的浮夸装饰早被风霜吞噬了大半。厚重的大门敞开着，我进了门厅，踩着变了形的镶木地板。右手边有一扇关上的门，一只金属牌就挂在钉子上。牌子挂颠倒了，但可以看出是2号。我敲门时，牌子碰着门，发出咔啦咔啦的声音。

一个穿衬衫的黄脸男人探了探头："找谁？"

"山姆·杰克曼。"

"我就是。"听到有人找他，他一脸意外，"是工作的事情吗？"问这问题时，他的脸上透着空虚与绝望。

"不是，但我想和你谈一些要紧事，杰克曼先生。"

听到"先生"这个称呼，他侧了侧头。"好吧。"

"能进来吗？我叫卢·阿彻，私家侦探。"

"我不知道，这儿太乱了，我老婆整天在外面干活，没空打理。不过你还是进来吧。"

他径直退回了房间，好像害怕被人看见他的侧脸。房间很大，估计原来是客厅，高高的天花板只是粗粗地粉刷过，窗上挂着破破烂烂的窗帘。除了这些，整个房间的格局还是不错的。有一只硬纸板衣柜，靠墙的隔板后面摆着一台煤气炉。家具都很破旧，角落里是一张乱糟糟的双人床，木质地板没有丝毫保养过的痕迹。床边的桌上放着一台小电视，正播报着这一天发生的灾难。

杰克曼把电视关了。桌上摆着一只咖啡罐盖子，上面架着一支没抽完的烟，没闻见大麻味儿，是一支普通的烟。他拿起烟，坐到了床边，一动不动，也不说话，等着我先开口。我在他对面坐了下来。

"我在找汤姆·希尔曼。"

他很快瞥了我一眼，眼神中带着些恐惧，然后慌忙灭了烟，把烟蒂塞进自己的衣服兜里。

"我不知道他失踪了。"

"他失踪了。"

“太糟糕了。你怎么会觉得他在这儿？”他四下张望了一下，眼睛睁得老大，一眨不眨，“是希尔曼先生让你过来的？”

“不是。”

他不相信：“希尔曼先生一直盯着我不放。”

“为什么？”

“我对他家孩子感兴趣。”他小心翼翼地说。

“怎么个感兴趣法？”

“我觉得他很有天赋。”他两手摊开，放在膝盖上，“有一天，我在沙滩俱乐部遇见他在随意地弹钢琴，那是去年春天的事了。我自己也弹了一会儿。钢琴不是我最拿手的，但是他对我弹的一些和弦很感兴趣，我就教他怎么弹。正因为这个，我成了一种对他不好的影响。”

“是吗？”

“希尔曼先生是这样想的，于是让俱乐部把我开除了。他不想让自家的宝贝孩子和我这种人混在一起。”他摊着双手，就像动物露出自己的粉色肚皮一样脆弱无助，“如果不是希尔曼先生，那么是谁派你来的？”

“一个叫斯蓬提博士的人。”

我以为他肯定没听过这个名字，结果他又投来惊恐的一瞥。“斯蓬提？你是说……”他一句话也说不出来了。

“说下去，杰克曼先生。”

他整个人突然缩成一团，好像瞬间衰老。他无力地吐出这样一句话：“先生，我真的什么什么都不知道。”他咧嘴露出傻子般的笑，看不见牙。

“我觉得你知道得肯定不少。你要是不说，我就在这儿常坐不起了。”

“那是你的权利。”他说，虽然我并没有这种权利。

他从兜里掏出刚才的半支烟，用粗头火柴点上，把烧黑的火柴棍扔到了咖啡盖上。我们在烟雾里对视着，烟从他嘴里喷出来，如同空灵诞生。

“你认识斯蓬提博士，对吧？”

“我听说过这个名字。”杰克曼答道。

“过去两天里，你见过汤姆·希尔曼吗？”

他摇摇头。不过，他一直以一种奇怪的眼神盯着我，像在等着我反驳他。

“你是从哪儿听到斯蓬提这个名字的？”

“一个亲戚，她过去在迷湖中学的厨房干活。”他突然带着讽刺的意味补了一句，“这样我就顺理成章地成了从犯。”

“什么从犯？”

“现在无论出了什么事，都能和我扯上关系了，我都不需要知道是什么事，对吧？”他把烟熄了，看得出他在努力克制自己的怒气。

“这样的对话一点用处都没有。”

“那你想怎么聊？我无论告诉你什么，都只能证明我有罪，不是吗？”

“你这样说，会让人觉得你有前科。”

“我有我自己的麻烦。”过了好一会儿，他终于打破了沉默，“汤姆·希尔曼遇到了麻烦，我也很难过。”

“你看起来很喜欢他。”

“我们都很喜欢对方。”他终于敞开了心扉。

“我希望你能多和我说说汤姆的事情，这才是我来的目的。”

我的话听起来有点虚情假意，因为我怀疑杰克曼，杰克曼也清楚。他是个善于察言观色的人。

“关于你的目的，我倒有别的看法，”他说，“我觉得你找汤姆是为了把他送回迷湖中学。如果我说错了，还请指正。”

“你说错了。”

“我不相信你。”他盯着我的手，生怕我打他。他脸上有被人揍过的伤痕。“没有别的意思，可我就是不相信你。你叫……”

我又报了一遍自己的名字。“你知道汤姆在哪儿吗？”

“不，我不知道。如果希尔曼先生把他送到了迷湖中学，那么他逃跑了要比回家好。他父亲没有权利对他做那样的事。”

“之前有人和我说过类似的话。”

“谁？”

“那儿的一个女职员。她说在她看来，汤姆并没有精神问题，不该待在那种学校里。汤姆看来和她有一样的想法，于是在周六晚逃走了。”

“很好。”

“没那么好，待在学校里至少安全。”

“他很安全，”杰克曼说，很快他就后悔了。他张着嘴，又露出了愚蠢的笑，就像一张悲剧脸努力营造喜剧效果。

“他现在究竟在哪儿？”

杰克曼耸耸他那瘦弱的肩：“我之前已经和你说过了，现在再说一次，我不知道。”

“那你怎么知道他逃跑了？”

“要不然斯蓬提不会让你来。”

“你很能理清个中关系啊。”

“我尽力理清而已，”他说，“你说得虽多，但实质的东西也就那么点儿。”

“你说的实质性的东西怕是比我更少，山姆，但你会开口的。”

他突然起身走向门边，我以为他要赶我走，结果却没有。他绝望地倚着门，就像面对着一排齐刷刷朝他举起的步枪。

“你究竟想要我怎样？”他大声喊道，“给脖子套上绳索，好让希尔曼绞死我吗？”

我向他走过去。

“给我走开！”他眼里的恐惧越烧越旺，也许是过去的某些经历一直牵扯着他的神经。他抬起弯曲的臂膀挡在头上：“别碰我！”

“冷静，那些都是胡话。”

“这个世界本来就疯了！教一个小子学音乐居然让我丢了饭碗。现在希尔曼还下了血本，说吧，这次又想给我安什么罪名？”

“只要那孩子没事，就无罪可言。你刚刚不是说他很安全吗？”

他没说话，透过他举起的手，我看见了他的眼睛。他看着我，眼睛里全是泪。

“天啊，山姆，我们好好聊一聊吧。我觉得你喜欢这个孩子，不想他遇上坏事。”

“这个世界除了坏事还是坏事。”他的手稍稍放低了些，眼神仍在努力解读我的表情。

“我知道这个世界没什么好事，”我说，“但要知道，事与事之间的界限不在于曲直，所有事情也并不是非黑即白。我知道你喜欢汤姆，不喜欢他的父亲。你不希望他父亲阻碍你与汤姆来往，或者阻碍汤姆接受你喜欢的音乐。而且你觉得我的工作是把汤姆送回他不该去的地方。”

“不是吗？”

“我的工作是救他。我觉得在这件事上你能帮我。”

“怎么帮？”

“我们坐下来，冷静地聊一聊吧。来吧，别再觉得我是希尔曼派来的。”

杰克曼回到了床边，我挨着他坐了下来。

“好了，山姆，过去两天你见过他吗？”

“谁？希尔曼先生？”

“别装傻了，你是聪明人，回答问题就好。”

“在我回答你的问题前，你能先回答我吗？”

“能答就答。”

“你说你在救他，意思是让他免受不好的影响，对吧？让他待在规规矩矩的老派世界里？”

“比不好的影响严重的事有很多。”

“你没有回答我的问题。”

“那是因为你没问对问题。我的意思是，首先要保住他的性命。现在和他在一起的人，有可能杀他，也有可能让他活命，说不准，因为这种人都是凭一时冲动行事。我现在说的事情，你是不是不知道？”

“是的，天啊。”他的声音非常真实，眼里满是愧疚。遗憾的是，即便我俩这样聊上一年，他对我还是会有所保留，因为他不相信我。

“你为什么不相信我，山姆？”

“我没这么说。”

“你没必要说，你的行动已经表示得清清楚楚，你宁可把秘密藏在屁股底下也不告诉我。”

“我没有藏什么，我屁股底下除了这张脏兮兮的床，什么也没有！”他生气地说。

“可是现在我知道你肯定藏着掖着什么。你对音乐有着敏锐的耳力，同理，我对某些东西也敏感得很。你吹长号，对吧？”

“是的。”他看起来很吃惊。

“听说你吹得很好。”

“别说好听话了，我可不是J. C. 希金博特姆。[1]”

“我也不是福尔摩斯，但你迟早得告诉我，你最后一次见汤姆是什么时候。你不会干坐在脏兮兮的床上，等着新闻告诉你在沟里发现了汤姆的尸体吧？”

“会吗？”

“还没到那一步，但他今晚可能就没命了。你究竟什么时候见过他？”

他深深吸了口气：“昨天，他那会儿还好好的。”

“他来这儿找你？”

“不，先生，他从没来过这儿。昨天下午他去了博伦酒吧，走后门，只待了五分钟。”

“他穿什么衣服？”

“休闲裤和黑色毛衣。他有一次告诉我说，那毛衣是他妈妈织的。”

“你昨天下午和他说话了吗？”

“我特别为了他表演了一段，结束后他上台来谢谢我，仅此而已。我那会儿不知道他逃跑了。唉，他还带着女朋友呢。”

“斯特拉？”

“另一个，年纪大的那个。”

“叫什么名字？”

“他没告诉过我，我只见过她一两次。他知道我不会赞成他俩

① 美国著名的爵士长号手。

来往，她都能当他妈妈了！”

“她长什么样？”

“染着金发，头发是披下来的，你知道现在流兴怎么打扮。”他用手在满是皱纹的前额上比画了一下，“蓝眼睛，眼影很浓，画那么浓的妆，很难看清她究竟长什么样。”

我拿出了笔记本，记了点儿东西。“她是什么背景？”

“可能是娱乐圈吧，我也不知道，没和她说过话，但她有一种娱乐圈的气派。”

“也就是说很迷人？”

“对汤姆来说是这样，估计是他的第一个对象。很多男孩一开始都会选择年纪大一点儿的女性。但是，”他突然压低了嗓子，“也不至于找这么老的。”

“她多大？”

“三十岁，她又没给我看身份证。她打扮得很年轻，穿着没过膝的裙子，个头不高，光线不好的时候也许还能骗骗人。”

“她昨天穿什么？”

“深色裙子，蓝色绸缎之类的，上面有亮片。戴一条垂到这儿的项链。”他指了指心口处，“汤姆搂着她，让我很是难过。”

“她对汤姆是什么意思？”

“你这问题我没法儿答啊。他是个帅小伙儿，她看上去也很喜欢他，不过这种人，想想你也知道。”

“她可能是骗子吗？”

“可能。”

“你见过她和其他男人在一起吗？”

“没有，只在汤姆带她来的时候见过一两次。”

“究竟是一次还是两次？”

他思考了一会儿："在昨天之前，见过两次。第一次是两周前的周日，他带她来看我们下午的即兴演奏。那女的喝了不少，先是想唱歌，然后又想跳舞。我们即兴演奏的时候是不让人跳舞的，得交娱乐税。有人对她说了，结果她气得不行，直接把汤姆拖走了。"

"谁告诉她不能跳舞？"

"我不记得了，估计是坐着的爵士乐手，他们反对跳舞。我们周日下午演奏音乐也不是为了让人跳舞，是为了赞美上帝。"他说的话令我很是意外。

"那你第二次看到她是什么时候？"

他又努力想了起来："十天前的晚上，周五。他们大概是午夜来的，吃了个三明治。我中场休息的时候去了他们那桌，但是汤姆没有向她介绍我，也没请我坐下。这对我来说也没什么，他们看上去有事要谈。"

"你听到他们在说什么了吗？"

"听到了。"他的脸沉了下来，"她在说，离开她的丈夫需要钱。"

"你确定？"

"千真万确。"

"汤姆的态度怎么样？"

"在我看来，他倒是很兴奋。"

"他喝酒了吗？"

"喝酒的是她，不是他。博伦酒吧从不卖酒给未成年人。不，先生，那个女人向他兜售的是比酒更可怕的东西。"

"毒品？"

"你知道我指的是什么。"他比了比女性凹凸有致的曲线。

"你刚刚说兜售。"

“我只是打个比方。”他紧张地说，隔着衣服揉了揉上臂。

“你不会在注射毒品吧？”

“没有，先生，我是中了电视的毒。”他露出了苦笑。

“给我看看你的手臂。”

“你没这个权利。”

“让我看看你有没有对我说实话，好吗？”

他解开了袖口，把袖子卷了上去，露出了瘦瘦黄黄的胳膊。上面的伤疤有些年头了。

“我七年前从列克星敦监狱出来，”他说，“自那之后再也没有重蹈覆辙。感谢上帝。”

他郑重地碰了碰那些伤疤。这些伤疤看起来就像小小的、熄灭了的火山。他放下了袖子。

“你做得很好，杰克曼先生。以你的眼力，如果汤姆嗑药吸毒，你多半会发现的。”

“是的，他没碰那些东西。关于毒品，我和他聊过不少。搞音乐的难免要面对某些诱惑，但可以看出，他听进了我说的话。”他摸了摸自己的胸口，“早知道我也和他聊聊女人了。”

“估计没用。你还见过其他人和汤姆及那个金发女人在一起吗？”

“没有。”

“他把她介绍给谁过吗？”

“应该没有，他不想让别人认识她。他很骄傲地带她出来炫耀，又想独自占有她。”

“你当真不知道她的名字？”

“不知道。”

我站起身，谢了谢他：“抱歉要你受这种煎熬。”

“比起其他的折磨，这不算什么。”

7

达克汽车旅馆位于一处叫海景的破落郊区。临海的断崖上有一大块平坦处，坐落着大概十几座小平房，那就是汽车旅馆。都是水泥房子，墙体漆着显眼的绿色。泥泞的碎石路上停着三四辆车，车型都比较旧。

雨过天青，一缕金黄的斜阳透过云层从西边洒下，好似在进一步佐证汽车旅馆的确毫无美感。一间小房子的顶部写着“办公室”，背光处有一棵病恹恹的棕榈树。我把车停在树旁，走进了办公室。

前台贴着一张手写卡片：有事请按铃。我用力拍了拍旁边的手铃，坏了。我趴过柜台向里张望，柜台下面有一台电话，还有一个金属文件盒，一共有十五个编码的格子。7 号房最新的入住登记卡是三周前的，入住者写着“罗伯特·布朗夫妇”，每周支付十六美元。卡片上的家庭住址和驾照栏都空着。

我身后的纱门被推开了，发出了嘎吱嘎吱的声音。一个高高大大、顶着地中海式脱发的老人气势汹汹地走了进来。他一把抽走我手上的卡片，对我怒目而视："你在干什么！"

"我只是看看。"

"看什么？"

"看看我认识的人是不是住在这儿，鲍勃①·布朗和他妻子。"

他把卡片拿到灯光下，看了看，费力地读着上面的字："他们是住这儿，"他闷闷不乐地说道，"至少早上还在。"

他对我仍很有戒心，声称认识布朗夫妇对我的形象并没什么帮助。我努力想讨好他："这儿还有空房间吗？"

"还有十间，你自己选。"

"价格呢？"

"要看你是按天租还是按周租。一天是三百五十美分，一周是十六美元。"

"我先和布朗他们商量一下，看看他们是不是继续在这儿住。"

"这我就不知道了，他们在这儿住了三周。"他的嘴和下巴十分不和谐，看起来时刻都在打架。他拍了拍自己的下巴，像是要让它安分一点。"要住的话，我给你安排在 8 号房，一周只收你十二美元，那间房就挨着布朗夫妇。"

"我还是先和他们商量一下。"

"他们应该不在，要么你去碰碰运气吧。"

我出了门，沿着那排沉闷的小平房走。7 号房锁着门，我不停地敲门，没有人来应门。

我走开的时候，那老人正站在 8 号房前面。他示意我过去，开了门，热情地说："进来看看吧，你如果真喜欢，我就便宜租给

---

① 鲍勃是罗伯特的昵称。

你，一周十美元。”

我走了进去，房间里很阴冷。房间里头和外头简直没区别，都是混凝土墙，扎眼的绿。夕阳透过百叶窗的缝隙钻了进来，落在空荡荡的床和破破烂烂的地毯上。这种罪我已经受够了，完全不想再感受一次。

“房间很干净。”老人说。

“当然，达克先生。”

“全是我亲自打扫的。不过我不叫达克，我叫斯坦尼斯洛斯。好几年前，达克把这地方卖给了我，我只是一直没有换牌子。干吗费那工夫，这地方迟早被拆掉盖上高楼大厦。”他笑着摸摸自己的秃头，好像在摸一颗金蛋，“你租吗？”

“我真得先和布朗家商量。”

“我要是你，就不会让他牵着鼻子走。”

“斯坦尼斯洛斯先生，此话怎讲？”

“那家伙脾气可大了，不是吗？你看看他是怎么对待他那金发娇妻的。虽然那是夫妻之间的事，我管不着，可看着太让人生气了，”他忿忿不平地说，“我是很尊敬女性的。”

“的确，我一直都不喜欢他对待女性的方式。”

“很高兴听到你这么说。男人，就要爱自己的妻子，把对方当成好朋友。我妻子几年前过世了，我明白失去爱人的感觉。我也劝过他，可他让我少管闲事。我知道他是你朋友……”

“算不上是朋友。他现在变本加厉了吗？”

“我不知道怎样算是变本加厉，今天他一直在抽她嘴巴，只因为她打了个电话。我真想把他赶走，可这对那可怜的女人又有什么好处呢？她总被他关在屋子里，跟蹲监狱差不多。”说到这儿，他停了下来，竖起耳朵听了听，好像“监狱”这个词和他有什么关系，“你认识布朗有多久了？”

“不算久，”我含含糊糊地答道，“我在洛杉矶偶然认识了他。”

“在好莱坞那边？”

“对。”

“他妻子真的是演员吗？她有一次告诉我她以前演过电影，结果布朗让她闭嘴。”

“他们的关系看来很不好啊。”

“没错。”他向我靠过来，“你对她很感兴趣吧？我见过很多伴侣，什么样儿的都有，我告诉你，她就快受不了了。我要是像你这样年轻，早就向她示爱了。”他轻轻推了推我，这种接触好像令他更兴奋了，“好一个性感尤物！”

“可惜我不是小年轻了。”

“瞧你说的，你还年轻。”他抓着我的手臂，笑了起来，“不过她确实好小年轻那口，我时不时见她和学生模样的人在一起。”

我拿出伊莱恩·希尔曼给我的汤姆的照片：“是这个人吗？”

老人把照片拿到阳光下，举着端详：“没错没错，这照片照得真好，那孩子长得真好看。”他把照片还给我，摸着自己的下巴说，“你怎么有他的照片？”

我把真实情况和他讲了讲，嗯，一部分真实情况。“他从寄宿学校跑掉了，我是学校请的私家侦探。”

斯坦尼斯洛斯眼里闪烁的调戏神色不见了，取而代之的是一种沮丧，可能在想自己会因此受动什么惩罚。他的表情就像速凝水泥一样，经历了一系列的变化。

“你可别指望我为租客做的事担责。”

“当然不用你担责。”

他好像没听见我说话。“再把照片给我看看。”他又看了看，这次摇起头来，说，“我眼神不好，认错了，我从没见过这孩子。”

“你之前很肯定呢。”

“我收回之前说的话。你那会儿没对我说实话，企图让我卷入乱七八糟的事儿，敲我的竹杠。我跟你说，这儿没什么好让你敲竹杠的，没用。”他生气地说，“赶紧离开我的地盘。”

“你不是要租房间给我吗？”

他犹豫了一会儿，默默地向十美元告别：“不了，先生，我不当间谍，也不偷窥别人的家务事。”

“你这么做，有可能让事态变得更加严重。”

这一点他应该也想到了，因此更加生气。

“那我管不着。现在给我走，你再多留一分钟，我就报警！”

不能报警。我已经拿赎金和汤姆的安全冒了太多险。

8

希尔曼的凯迪拉克后方停着一辆蓝色跑车。我走上门口的台阶时，一个健壮的年轻人从屋里走出来，看来是跑车的主人，他把我拦住了。这个小伙子穿着常春藤联盟的校服，手上搭着鳄鱼皮外套，外套下面有枪一样的东西。

“把那玩意儿给我拿开，我身上没带武器。”

“你……你是谁?”他有点儿口吃。

“卢·阿彻，你又是谁?”

“迪克·莱昂德罗。”他说话的语气非常不确定，好像自己也不知道迪克·莱昂德罗这个名字有什么意义。

“把枪放下，”我提醒他说，“别对着我。”

他垂下了手，外套滑落在石板台阶上。他拿的是一把又重又旧的左轮手枪。他捡起外套，看着我，一脸困惑。这是个二十出头的年轻小伙，很英俊，有着棕色眼睛和黑色鬈发。看上去，他深知自己长得好看。

“既然你来了，”我说，“肯定筹到钱了吧？”

“是的，我几个小时前把筹到的钱从办公室带过来了。”

“希尔曼等到了要钱的通知？”

他摇摇头：“我们还在等。”

拉尔夫和伊莱恩·希尔曼在楼下有电话的房间里等着。他们坐在窗户附近一张长靠椅上，取暖般依偎在一起。漫长的等待让他们苍老了不少。

天色渐渐暗去，像是给他们的脸抹上了一层灰。她正用红色的羊毛线织着什么东西，双手快而准地动着，像一个独处的生命体。

希尔曼站了起来。他手里捧着一个用报纸包着的东西，轻轻地把它放到椅子上，就像一个父亲放下手中的婴孩。

“你好，阿彻。”他用单调的声音说道。

我向他走去，想安慰他，可一看到他的眼睛，我便打消了这个念头。他的眼里写满了痛苦、骄傲与孤寂。

“这一天过得很煎熬吧？”

他慢慢地点了下头。他的妻子干哭般地说道：“那个人为什么还不给我们打电话？”

“很难说，看样子是在故意施加压力。”

她放下了手中的毛线，毛线静静地滚落到了地上。她美丽的脸庞扭曲了起来，像受了酷刑。“他这是让我们受地狱之苦啊！太痛苦了！为什么要这样对我们？”

“对方可能在等天黑，”我说，“他应该很快会联系你们。两万五千美元是极大的诱惑。”

“他要钱，拿走就是。为什么不直接把钱拿走，把我们的孩子还给我们？”她一边说一边拍着那捆用报纸包着的钱。

“别折磨自己，艾丽[1]。”希尔曼靠过去，抚着她淡金色的头发，“问这些问题没有用，谁都答不上来。记住，一切都会过去的。”这些安慰之词听起来如此空洞，如此无力。

“再这样下去，”她冷漠而痛苦地说，“我怕自己熬不过去了。”

她揉了揉脸，双手祷告似的撑着下巴。她全身都在发抖，我真怕她像小提琴弦一样，啪的一声断了。我对希尔曼说：“能借一步说话吗？我有些发现。”

“你可以当着伊莱恩和迪克的面说，没事的。”

我这才发现迪克也在房里。

“还是私下说吧。”

“你可不是话事人。”这句话像极了绑匪电话里的腔调，“说吧，有什么发现？”

我只能恭敬不如从命：“你儿子一直和一名姓布朗的已婚女性在一起，对方的年龄比他大很多，而且看起来她是为了他的钱才和他在一起的。就目前的情况来看，很有可能是这个布朗夫人和她丈夫一起在敲诈你，他们看起来非常缺钱。”

伊莱恩捂住了脸，仿佛我说的话令她非常不解：“在一起？你在说什么？”

“他一直和她厮混在一起，一起出去玩儿，私下的交往也很多。昨天下午还有人看到他们。”

“在哪儿？”希尔曼问道。

“博伦酒吧。”

“谁说的？”

“酒吧的员工，他之前也见过他们，还说布朗夫人是‘汤姆的女朋友中年纪大的那个’。租房子给布朗夫妇的房东也证实了这一

---

① 伊莱恩的昵称。

点，汤姆经常去那儿。”

“这个女人年纪多大了？”

“至少有三十岁，据说非常有魅力。”

伊莱恩张开了双眼，眼中写满了实实在在的恐惧：“你是说，汤姆和她有不伦之情？”

“我只是把查到的东西告诉你们。”

“我不信你的这些鬼话。”

“你觉得我在撒谎？”

“也许你不是有意要撒谎，但这其中肯定有什么可怕的误会。”

“我同意。”迪克·莱昂德罗在门口说道，“汤姆一直都是洁身自好的孩子。”

希尔曼没说话，也许他知道点儿什么。他在他妻子身边坐了下来，紧紧地抱住那捆钱。

“现在不是讨论汤姆品行的时候，”我说，“我们要弄清的是他究竟跟什么人混在一起，这些人又在对汤姆打什么算盘——或者说，有了汤姆的帮助，这些人想从你们这儿得到什么。”

“你这话是什么意思？”希尔曼说。

“我们得重新思考一下，汤姆是不是有可能参与了敲诈。他昨天和布朗夫人在一起，那个打电话来的男人可能就是布朗本人，他也说汤姆是自愿去找他们的。”

伊莱恩·希尔曼两眼直勾勾地盯着我，这一切对她来说太难以接受了。她闭上了双眼，重重地摇摇头，发丝落到了前额上。她用手把散落的头发捋了回去，然后用一种令我发寒的细小声音说道：“你撒谎，我了解我儿子，他是无辜的受害者。你这是别有用心，在我们痛苦不堪的时候拿这些肮脏的谣言往我们伤口上撒盐。”

她的丈夫拍拍她的肩膀，试图让她冷静下来：“别这样，伊莱恩，阿彻先生是在帮忙。”

她把他推开：“我们不需要这种帮忙，他没有权利这样说汤姆。汤姆在这件事上只是无辜的受害者而已，现在都不知道他在遭什么罪。”她双手扶着头，发丝从指缝中落了出来，“我受不了，拉尔夫，这个可怕的人尽说些可怕的事。”

“对不起，希尔曼夫人，我本来也不想让你听到这些事情。”

“我懂，你根本就不想让我知道，这样你给我儿子抹黑的时候就没人替他说话了！”

“不能这么说话，伊莱恩，”希尔曼说，“我们还是上楼吧，给你吃点儿镇静药。”

他搀扶着她站起来，从我面前经过时，希尔曼夫人隔着乱糟糟的头发向我投来悲伤的眼光。她一点儿力气都没有，几乎是倚着他在走路。

他们离开房间的时候，迪克·莱昂德罗走了进来，坐到了那捆钱的旁边。他语带抱怨地说：“你说的话给伊莱恩的打击太大了，她是个敏感的女人，对性这种东西非常保守。而且她很爱汤姆，听不得一点说他不好的话。”

“有人说过他什么不好？”

“这我倒不知道，但他近来惹的麻烦太多了。你知道的，车祸那些事。现在你……你又在说他过着纸醉金迷的生活。”

“我可没那么说。”

“你没说得那么直白，但我能听出来。那个女……女孩住哪儿？得有人去问问她啊。”

“你的想法很多嘛。”

这会儿他倒听不出我的语气了：“怎么样？这事儿我能办。”

“你在这儿守着钱更合适。希尔曼为什么挑了你来送钱？你是这家人的旧交？”

“可以这么说吧。我这么高的时候就跟着他出海了。”他比画了一下自己膝盖的位置，“希尔曼先生人特别好，你知道他原来是海军上校吗？不过除了出海的时候，他一概不准别人喊他上校。”

“他也特别慷慨，”这个年轻人继续说道，“他资助我读完了大学，还帮我在他的经纪公司里找了份工作。我欠他的实在太多了，他对我就像对儿子一样。”他说话的声音里饱含情感，很真实，但也是有意而为，像一名演员，“这么说吧，我是个孤儿，很小的时候，家庭就四分五裂了，我父亲离开了这个地方，他原本在工厂给希尔曼先生打工。”

“你很了解汤姆·希尔曼吗？”

“当然，他是个好孩子，不过太书呆子气了，这也是他不怎么受欢迎的原因，难怪遇到了麻烦事。”莱昂德罗用指关节敲着太阳穴说，“话说，希尔曼先生送他去精神——呃，疗养院，是真的吗？”

“你自己问他。”

这个年轻人太无聊了，我走到了酒吧那边，给自己倒了杯酒。天越来越黑了，墙上花里胡哨的斗牛海报渐渐消失在黑暗里，就像斗牛被人遗忘了那样。吧台后面落下一团团阴影，我向它们举了举杯。我也不明白自己为什么这么做。黑暗、寂静与威士忌，好似都松了一口气。

我听到希尔曼下楼的声音。电话铃突然响起，希尔曼的脚步声也更响了。电话铃响第二声的时候，他小跑进了酒吧，拿手肘把我推开。

我向餐具室的电话走去，他在后面喊道：“别去！我自己处理。”

我听出了他的命令口吻，于是停下脚步，站在那里看他拿起了听筒，就像面对一只毒蝎子般，战战兢兢地把脑袋贴了过去。

“喂，我是希尔曼，请等一会儿。”他从内袋掏出了商业信封和圆珠笔，打开头顶的灯，把信封摊在吧台上准备记东西，“请讲。”

他一边听一边记了大概半分钟，然后说：“是的，那儿是不是有通往沙滩的台阶？”

“那我往哪边走？”他把信封翻了个面又继续写，“好的，”他说，“我把车停在两个街区外，在塞尼卡附近，然后走过去。把钱放在最高一级台阶的右边，然后去沙滩那儿散步半小时。还有其他要求吗？”

还有，他还在听。最后他说：“好的，那就这样说定了，我九点准时到。”

他的声音里带着一丝悲哀，就像推销员拼尽全力在和刁钻的客户约时间见面一样。

“等等……”他急忙说，可电话那头早已挂断，他发出了一声痛苦的呻吟。

迪克·莱昂德罗就像猫儿一样在房间里悄无声息地走动，不知道什么时候走进了酒吧，站在了我前面。“怎么了？希尔曼先生，出问题了吗？”

“我想问问汤姆的情况，可他连问的机会都不给我。”他抬头望着灰泥天花板，“我甚至不知道他是死是活。”

“他们不会杀了他吧？”这个年轻人说道，听起来就像他第一次为自己的安危担惊受怕。

“我不知道，迪克，我不知道。”希尔曼摇了摇头。

年轻人把手放到希尔曼的肩上：“没事的，船长，他会平安回家的。”

希尔曼给自己倒了满满一杯波旁酒，一饮而尽。酒精给他的脸染上了些许红色。

“是同一个人吗？”我问。

“是的。”

“他跟你讲了送钱的地点？”

“是的。”

“要我陪你去吗？”

“我得一个人去，他说他会在附近盯着。”

“去哪儿？”

希尔曼挨个儿看了看我们的脸，看了好一会儿，就像在和我们道别：“我不能说，我不想破坏和他的交易。”

“你这是在冒险。具体什么地方？还是得说一下，万一出了差错……”

“我宁可拿自己的命冒险，也不会让我儿子有任何不测。”他很认真，而这番话说出来好像更加坚定了他的想法。他看了一眼手表：“八点三十五了，去那儿要花二十分钟，他把时间卡得很紧。”

“你现在能开车吗？”莱昂德罗问道。

“没事，我去和艾丽说一声。你在家陪她，好吗？”

“没问题。”

希尔曼上了楼，手里紧紧攥着写满了字的信封。我问莱昂德罗：“塞尼卡在哪儿？”

“是塞尼卡路，海景区那边。”

“那附近有通往海滩的阶梯？”

“是的。不过你不该去，你听到希尔曼先生说的了。”

“我知道。”

希尔曼下楼，从莱昂德罗手里拿走了钱。他谢了谢这个年轻人，声音是那么深沉，那么温柔，那么悲伤。

我们站在门口台阶上目送他从树下驶过，消失在漆黑的远方。西边的天空还有一小片区域亮着，如同最后一盏明灯。

9

我进了楼，去厨房，麻烦佩雷兹夫人给我做个芝士三明治。她不满地嘟囔了几句，但还是给我做了一个。我倚着冰箱吃了起来。佩雷兹夫人不愿谈汤姆的事，她有点儿迷信，觉得坏事越谈越严重。我试着问她汤姆的爱好，结果她好像连英语都听不懂了。

迪克·莱昂德罗上楼陪伊莱恩去了，看起来他比汤姆更能融入这个家。我去了客厅，九点了，不能再耗下去。

我沿着高速公路开往海景区。我对自己说，这样我就没掺和到送钱的过程中，也就不算违背希尔曼的意思。再说了，希尔曼不是我的客户，我手上也没有证据显示布朗夫人和她丈夫与此次敲诈有关。

海上的夜很深沉，看不见月亮，也没有星星。我把车停在达克汽车旅馆附近一处视野开阔的地方。面前的海徒有声音，却一片空洞。我沿着通向汽车旅馆的小路走，没开手电筒。

办公室的灯亮着，门上的霓虹灯闪烁着“有房”。我避开了有光处，直接走进 7 号房。里面黑漆漆的。我敲了敲门，没人答应。我拿出钥匙开门进去，然后把门关上。

布朗夫人就在房间里。我被她绊倒了，差点压在她身上。我打开了手电筒，她穿着亮闪闪的长裙躺在那里，头发里有血，黏黏的，像焦油。脸上青一块紫一块，有的地方都变形了，看起来是被活活打死的。

我摸了摸她的手，冷冰冰的。她的嘴斜咧着，我把手电筒移开。

我拿手电筒照了照房间。绿色的墙、地上散落的报纸，床脚有一只捆起来的帆布箱，旁边放有两个纸袋：一个装着一瓶廉价红酒，另一个装着快干透的三明治。

我打开了帆布箱。一股酸臭味扑面而来。男女衣物混绑在了一起，里头有脏衣服、穿过的衬裙、一把生锈的剃刀、一罐雪花膏、一瓶睫毛膏、几条裙子和内衣，还有一件穿破了的蓝色西服，上面有连锁店的商标，口袋里只有烟灰。在下方的衣袋里，塞有一张皱巴巴的黄色名片，廉价的纸上印着：

哈罗德·“哈尔”·哈利 证件照专家

在窗边的椅子上，我找到了她的仿蛇皮手袋，里头塞了一堆化妆品和蓝筹印花①。没有钱包，没有身份证，除了包底躺着的一枚银币，再没有别的钱了。包里还放着一捆牌，牌面被摸得十分

① 一种礼品赠券。

光滑。还有颗骰子，我扔了三次全是六点。

有汽车朝这边驶来，车灯扫过窗户。我赶忙关上手电筒。车轮轧过了碎石路，直接停在了门前。车里的人走了下来，拧了拧门把，门打不开。一个男人的声音响起："让我进去。"

这个人喘着气，声音里略带不耐烦，听起来正是下午给希尔曼打电话的人。我握着手电筒向门口移动，门口的人使劲扭起门把来。

"我知道你在里面，我看见灯了，没时间闹别扭了，亲爱的。"

屋里的女人躺在寂静里。我从她身边绕过，靠着门边的墙站着。我把手电筒换到了左手，右手悄悄摸索着门把。

"我听到你在里面，真该死。你还想尝尝今天的滋味？"他顿了顿，又说，"再不开门，我就用枪崩开了。"

外面有子弹上膛的声音。我不敢乱动，紧紧握着电筒。但他没有开枪。

"话说回来，"他说，"里面也没什么我需要的东西了，包括你。你想留在这儿随你。现在就给我一个答案吧。"

他在门外等着，可他没能等到她。

"最后一次机会，我数三下，你要是不开门，我就一个人走了。"他开始数，一、二、三。要让她开门怕是神仙都做不到。"可喜可贺，我算是自由了。"

脚步声渐渐远去，车门被打开。可我不能让他跑了。

我猛地把门打开，朝他跑去。他半个身子进了车，还有一只脚踩在地上。他转过身，手里拿着枪。他开了一枪，我感到烈焰擦过我。

我挣扎着跑过碎石路，按住他扭动的身体，他用枪狠狠砸开了我的手。血流进了我眼里，什么也看不见，只能任由枪托砸向我的头。我眼前闪过一阵亮光，就像有人拧开了我脑子里的大吊灯，之后的事便不记得了。

醒来后，我发现自己成了警车上的贵宾乘客。头被包了起来，用手一摸，脑子里一团糨糊，觉得自己不是印度大君就是爪哇国酋长。前面是红灯，警车却直直地闯了过去。我突然有些兴奋，难道要带我去见后宫三千佳丽?

我两旁各坐着一名警官，车停时，他们温柔而有力地扶我下车，带我穿过一道道门，门边站着白衣人。我进入一个亮堂堂的地方，满是消毒水的味道。

他们说服我躺到台子上。我的头很痛，用手摸了摸，头上包着的毛巾渗出血来。

一张年轻的脸庞靠了过来，蓄着小胡子。一双毛茸茸的大手解开了我头上的毛巾，检查了我的头。好疼。

“算你走运，只是擦破了头皮，会留个疤，正好帮你分了头路。”

“医生，有多严重?”

“枪伤还好，只是擦伤而已，所以说你走运。另一处的伤要花更长时间痊愈。这伤是怎么弄的?”

“应该是被枪托打的。”

“玩得有点儿大。”他说。

“人抓到了吗?”

“这得问警察，他们什么都没跟我说。”

他剪掉了我的一些头发，拿什么东西在我头上固定了一下，递给我一杯水和一片阿司匹林，然后留下我独自一人躺在白色的小隔间里。我的两名护卫很快走了进来。

这两人是县里的警官，戴着尖顶帽，穿着棕褐色制服。很年轻，朝气蓬勃，身体非常壮实，脸嘛，就有些粗犷了。这两个小伙子很认真，但脑子不大灵活。他们说想帮帮我。

“你为什么要杀她?”黑人警官问道。

“不是我干的，我发现她时，她已经死了好一阵子。”

“这不能帮你脱罪，斯坦尼斯洛斯先生说你早些时候曾去过那儿。”

“我去的时候他全程都在。”

“那只是你一面之词。”白人警官说。

这种你问我答持续了好一阵，就像在播放一盘年代久远的杂耍录像带。我试着盘问他们，但他们什么都不肯透露。我的头更疼了，奇怪的是脑子却更清楚了。我甚至挣扎着撑起身子和他们对视。

“我是有执照的私家侦探，从洛杉矶来的。”

“我们知道。”黑人警官说。

我摸了摸身上，钱包不见了：“把钱包还给我。”

“时候到了，自然还给你。没人会贪图你的东西。”

“我要找治安官。”

“他在睡觉。”

“有值班的警监或者警督吗?”

“警督在犯罪现场忙着呢，你明早可以和他谈。医生说你有脑震荡，晚上得留院观察。说起来，那女人拿什么东西把你打得这么厉害?”

“打我的是她丈夫，用枪托。”

“不能怪他，”白人警官阴阳怪气地说，“毕竟你对人家老婆做了那样的事。”

“你是不是和她睡了?”黑人警官接话。

我看了看这两张健康、温和的脸，不像是内心阴暗的人，也不像是腐败的警察。虽然我一点儿都不担心，这件事迟早能解决，但我现在的确很慌。

“听着，”我说，“你们这是在浪费时间，我的工作是合法的。我当时是去调查……”恐惧袭上心头，我把话咽了回去。我害怕给汤姆招来危险。

“调查什么？”黑人警官问。

“调查这个地方的执法情况。太糟糕了。”我嘟囔着接了这么一句。

“我们会好好对你执法的。”黑人警官回敬道。他体格高大，肩膀肌肉发达。他故意活动活动肩膀，装作抓苍蝇，在我眼前抡了一拳。

“悠着点儿，大家伙。”我说。

医生那张蓄着小胡子的大脸出现在隔间门口：“有事吗？”

那俩警官笑了笑表示没事儿，我紧接着说：“我要打电话。”

医生迟疑地看了看我，又把眼光投向两个警官：“我不知道行不行。”

“我是一名私家侦探，在调查一宗案子，不经委托人同意，我是不能透露任何信息的。我必须打电话给他。”

“这里的条件不允许。”黑人警官说。

“医生，能让我用一下电话吗？这儿归你管，我有权利打电话。”

小胡子有一张很年轻的脸：“我不知道，但楼下大厅有电话亭，你能走下去吗？”

“我这辈子从没这么精神过。”

可当我努力拖着腿下楼时，楼梯看起来摇摇晃晃的，似乎没有尽头。两名警官扶我走到了电话亭，托着我坐上了里头的小凳子。我把门关上了。他们的脸映在铁格玻璃上，像两条浮动的大头鱼。我像是坐在深海潜艇里，看着一黑一白两条大头鱼在外面好奇地窥视。

按理说，斯蓬提博士才是我的委托人，但我向信息台要的是希尔曼家的电话。我的口袋里只有一枚硬币，幸好希尔曼在家，刚响了一声他就接了。

“喂？”

“我是阿彻。”

他叹了口气。

“有汤姆的消息吗？”我问。

“没有，我照着对方的指示走，从海滩回来的时候，钱被拿走了。他肯定是要我。”他咬牙切齿地说。

“你看见他了？”

“没有，我没刻意去找。”

“我找了。”我向希尔曼说了事情的经过，包括我受了伤和布朗夫人死了的事。

电话那头，他的声音变得又细又冷：“你觉得他们就是绑匪？”

“我觉得布朗就是绑匪。布朗这个名字估计也是假的。哈罗德·哈利，这个名字听过吗？”

“什么？”

“哈罗德·哈利或者哈尔·哈利，摄影师。”

“没听过。”

倒也正常，那种广告卡片一下能发出去几百张，不一定和布朗有关系。

“还有别的事吗？”希尔曼说，“我的电话得保持畅通。”

“最重要的事还没说，现在警察盯着我呢。我得向他们解释自己去汽车旅馆做什么，但这样一来，敲诈勒索的事、你儿子的事就都瞒不住了。”

“你就不能随便编个故事?”

“这样不大好，毕竟是重罪，双重的重罪。”

“你是说汤姆也死了?”

“我的意思是，绑架和杀人都是重罪。你现在面对的是杀人犯，是时候对警方说实话了，好让他们介入。我早晚也得向他们坦白。”

“不准……”他顿住了，换了换语气说，“求你了，再拖一拖，等到明天早上汤姆回家再说，他是我唯一的儿子。”

“好吧，到明天早上。不能瞒太久，也不该瞒太久。”

我挂了电话，出了电话亭来到走廊上。我的护卫没把我送回急诊病房，反而用电梯把我送到一间特殊的房间，窗户被遮得严严实实。他们让我躺在一张床上，轮番审问我。对话非常无趣，就没必要写了，况且我也没认真听。

差不多午夜时分，名叫巴斯蒂安的警督走了进来，命令那两名警官去大厅等着。警督个子很高，一头铁灰色的头发剪得短短的，颧骨很高，就像是用军刀笔直削出来的，看得出来是个很自律的人。

他站在那儿俯视着我，皱着眉。“墨菲医生说你对县里的执法有意见。”

“是的，理由充分。”

“凭上级支付的这点工资，能招到人已属不易。新手工人赚的都比我们多，况且警务工作不好做。”

“话虽如此，还是有油水。”

“什么意思?”

“我的钱包不见了。”

巴斯蒂安的脸沉了下来，他快步走向了大厅，外头传来他说话的声音，嗡嗡嗡，像大黄蜂。随后他又走了回来，手上拿着我的钱包。我拿过来，直接清点里头的钱。

“拿走你的钱包是为了查明你的身份，”巴斯蒂安说，“洛杉矶那边给你的评价很高。如果你没有受到公正的对待，我很抱歉。”

“别介意，我经常被新手工人欺负。”

“我刚刚向你道道歉了。”他说，就此结束了这个话题。

巴斯蒂安问了我几个关于布朗夫人的问题，以及我调查她的原因。我告诉他我得等到明天早上和委托人联系了才能回答。然后他让我向他细细描述布朗的长相和车子的相关信息。

中枪前后的记忆很模糊，但我努力地回忆着。布朗比中等身材高大一点儿，很壮实，不年轻，也不太老。穿着深灰色或者蓝色的夹克，戴着一顶宽边帽，帽檐盖住了他的眼睛，我只看到他脸的下半部分。他的下颚很大，声音很粗，说话时带有一丝“嗞嗞”的喘气声。车子很脏，是白色或棕色的双门小轿车，可能是一辆福特，车龄大概有八年。

我从巴斯蒂安警督那儿知道了两件事：一、据汽车旅馆的其他房客所说，布朗的车牌是爱达荷州的。二、斯坦尼斯洛斯没有登记住客的车牌，现在有了大麻烦。巴斯蒂安向我透露这些信息是想让我松口，但最后他还是同意等到明天早上。

他们把我转移到同一层的另一间房，没有再安排人盯着我。我整个晚上醒醒睡睡，脑子里走马灯似的闪过许多人脸，偶尔能清晰地看见达克汽车旅馆，落日下那抹丑陋的绿色好像在接受审判。我也是。

10

头还是很疼，不过总算熬到了早晨。昨天早上吃了佩雷兹夫人做的芝士三明治之后粒米未进，医院里温凉的咖啡和炒得太老的鸡蛋对我来说已经是佳酿美食。

刚吃完早饭，斯蓬提博士就到了，他喘着气走了进来。一脸浮肿，显然没睡好。眼圈发黑，上唇有一道深深的伤痕，大概刮脸的时候手滑了。他伸过来一只手，触感冰凉，让我想到了那个死掉的女人。我把手抽了回来。

“你居然找到这儿来了。”

“我也没想到。名叫巴斯蒂安的警督大半夜打电话给我，他手上有我昨天早上写给你的支票，问了我一堆问题。”

“关于我的问题？”

“什么都问，包括你和汤姆·希尔曼的事。”

“你说了汤姆·希尔曼的事？”

“我没有选择。”他抠了抠唇上那道血痂，“海景区那儿死了个女人，向警方提供我所掌握的信息也是一种义务，毕竟……”

“你说了绑架勒索的事?”

“当然，巴斯蒂安警督很重视这件事，他很感谢我，也保证不会把学校的名字泄露出去。”

“这才是头等大事吧。”

“对我来说就是这样，”斯蓬提说，“我毕竟管理这所学校呢。”

一整晚的努力白费了，真令人泄气，现在手上没有筹码可以和巴斯蒂安交换信息了。但我也松了口气，不用守着秘密了，该告诉警方的，警方都知道了。希尔曼强行要求保守秘密这个要求搞得我在调查上束手束脚。

“拉尔夫·希尔曼那边有消息吗?”我问道。

“他今天很早的时候来过电话，孩子还没回家。”斯蓬提的声音里充满了悲哀，双眼直勾勾地看着我，“父母现在肯定都特别难熬。希尔曼先生今早说了些话，他以后会为之后悔的。”

“他还觉得汤姆被绑架都是你的错?”

“是的，还怪我让你掺和进来。这么说吧，他好像觉得你言而无信。”

“我去汽车旅馆挨枪子儿是言而无信?”

“他觉得你把绑匪吓跑了，所以对方不让汤姆回家。阿彻先生，我觉得希尔曼不想和你再有任何来往了。”

“你也是?”

斯蓬提博士撇撇嘴，把十指拱成一座三角形城门：“你肯定能理解我的压力，这种情况下，我必须顺着希尔曼先生的意思。”

“当然。”

“我不会要你退钱的，那两百五十美元都是你的，虽然我只让你工作了……”他低头看看手表，“不到二十四小时。多出来的费用就当是医疗补贴。”他向门口走去，“我得走了。”

“去死吧。”他出门的时候，我说道。

他把头探了进来：“你会后悔的，我可以把支票作废。”

我对他做了个非常不礼貌的动作。斯蓬提博士满脸通红，像个李子似的，气冲冲地走了。我躺了回去，尽情享受着怒气。怒气和头痛和谐共处起来，让我没有精力去思考别的东西。走到这一步真是自作孽，我就不该再去达克汽车旅馆，至少不该在那个时候去。

一名护士助理进来把我的托盘拿走。之后来了位医生，检查了一下我的头，用小手电筒照了照我的眼睛，对我说，我应该是有轻微的脑震荡，但没什么大碍，慢慢会好的。我向一名护工借了把剃刀，刮了脸，穿好衣服，然后去楼下付费窗口用斯蓬提的支票把医疗费结了。

我拿回找我的两百块钱，打车去市中心。不管斯蓬提了，我决定多花一天时间调查这个案子。我让司机送我去电话公司。

“你不是说去县警局？”

“电话公司，计划有变。”

“那你就该早点儿说啊。”

“真抱歉，我这人没什么远见。”

我自觉苦中作乐。做出这个决定多少和天气有点儿关系，天放晴了。但最重要的是，我下决心为那个素未谋面的男孩多做点儿什么。我没给司机小费。

大厅的一头立着很多长途电话间，架子上摆满了外地号码电话簿。不过上面只能找到爱达荷州的大城市，比如博伊西、波卡特洛和福尔斯的电话号码。我仔细地翻起了电话簿，想找到一个叫哈罗德·哈利的摄影师，但没找到。罗伯特·布朗倒是有一大堆，但这没什么好找的，肯定是个假名。

我进了一个电话间，给阿尼·沃尔特斯拨了个电话，他是里诺的一名侦探，我们经常合作。我在爱达荷州这边没有什么人脉，而里诺是距离这儿最近的城市，而且是发了横财的窃贼最喜欢去的地方。

“你好，沃尔特斯侦探社。”阿尼接了电话。

“我是卢。”我和他说了自己在哪儿以及为什么给他打电话。

“哟，遇到好事了呀！谋杀和绑架。”

“绑架估计是假的。汤姆·希尔曼，所谓的受害者，和被谋杀的那个女人混在一起好几周了。”

“你说他多大来着？”

“十七，不过看起来比实际年龄要高大。”我仔细地向他描述了汤姆的情况，“他现在无论是自愿还是被迫，估计都和布朗在路上逃亡。”

“有没有可能躲起来了？”

“也有可能。”

“你认识这孩子？”

“不认识。”

“还以为是你认识的人呢。好了，这个叫哈罗德·哈利的摄影师又是怎么牵扯进来的？”

“哈利可能就是布朗，也可能是认识布朗的人。他的名片是我现在掌握的唯一真实的线索。哦，对了，我还有他在爱达荷州的车牌号。我想让你帮我做两件事。在爱达荷州和邻近州查一下哈利这个人，你有企业电话簿，对吧？”

“有，我让菲丽斯去办。”菲丽斯是他的妻子兼合伙人。

“还有，让你在塔霍和拉斯维加斯的线人留心一下布朗和那个男孩，他们有可能去那儿。”

“为什么这么说?”

“直觉，死掉的那个女人的包里有一枚银币和动过手脚的骰子。”

“没有身份证?”

“凶手把相关证件都拿走了，不过迟早能弄清她的身份，毕竟人都在我们手上了。”

“搞清楚身份后知会我一声。”

我穿过市中心，来到县警局。经过昨日雨水的冲刷，今日的天空一尘不染，非常明亮。我和当班的警官说要找巴斯蒂安警督，他让我去二楼的鉴定实验室。

这儿与其说是实验室，倒不如说是办公室，房间很宽敞，窗框处传来鸽子的叫声。靠墙满是文件柜，墙上挂着市、县、州的地图。再过去有一间暗房，放着晾胶片的架子和一个长长的金属池。

巴斯蒂安微笑着站起身来，这个笑和他昨晚皱眉的样子没什么区别。他正在研究一些照片，见到我，便放下了手中长方形的放大镜。我靠过去和他握手时瞧了一眼，是布朗夫人尸体的照片。

“警督，是什么要了她的命?”坐下时我开口问道。

“是这个，”他举起右手，握紧了拳头，脸也随之拧作一团，“人的拳头。”

“罗伯特·布朗干的?”

“看起来是这样。据斯坦尼斯洛斯说，昨天下午早些时候，他把她好一顿打，法医说死亡时间差不多就在昨天下午。”

“斯坦尼斯洛斯对我说，是因为她打了通电话而起了争执。”

“没错，我们查不到拨出去的号码，所以拨打的应该是本地号码。她是用斯坦尼斯洛斯办公室里的电话打的，但斯坦尼斯洛斯说他一概不知。”

“那他怎么知道是布朗打了她？”我问道。

“是隔壁一个女人告诉他的。我们查证了一下，他说的是实话。”巴斯蒂安拿左手抹了抹带有怒气的脸，“这都是什么世道？那个女人死的时候，邻居可能听到了什么动静，却没人知道发生了什么，也没人在乎。”

“连布朗都不知道，”我说，“昨晚九点半的时候，他以为她还活着。他就站在门口和她说话，要她开门。不过，也有可能是他想自欺欺人，我觉得他那会儿的情绪不太稳定。”

巴斯蒂安警觉地抬起了头：“布朗在门外时你在屋里？”

“是的，很巧。我认出了他的声音，他就是昨晚那个打电话要拉尔夫·希尔曼准备两万五千美元的人，我监听过那通勒索电话。”

巴斯蒂安的右手仍握着拳，他用力地捶了捶桌子。停在窗外的鸽子惊飞了。

“这太过分了，”他说，“你昨天怎么不说？你大可以救人一命，那两万五千美元估计还能要回来。”

“这你得去和希尔曼说。”

“我让他过来了，现在我先和你说。”

“这决定不是我做的，我也劝过他向警方坦白。不过，那女人被害之后，我才算是真正地卷入这个案子。”

“那我们就从这儿讲起，”巴斯蒂安顿了顿说，“全程录音。”

他打开了桌子旁边的录音机。伴随着磁带转动的声音，我讲了大概一个多小时。现在我既没有委托人，又是自由人，没什么好隐瞒的。就连关于汤姆联合布朗一起敲诈他父亲的可能性也一并说了。

“我也希望事实是这样。”巴斯蒂安说，“这就意味着那孩子还活着。不过不大可能。”

“什么不大可能？”

“都不可能。我觉得他不可能敲诈自己父亲，也不大可能还活着。那女人估计是个诱饵，引他上钩而已，两周后就会在海里发现他的尸体了。”

丰富的经验使他说出了这番话。的确，绑架案的受害者都面临着极大的危险。不过我仍说道：“我假定他仍活着，继续调查。”

巴斯蒂安抬了抬眉：“斯蓬提博士不是不让你查了？”

“我还没花完他付的钱。”

巴斯蒂安意味深长地看着我说：“洛杉矶那边说得没错，你不是什么低档货。”

“我也希望不是。”

“如果你想继续查这个案子，那就帮我一个忙，也算是帮你自己。确定一下这个女人的身份。”他把压在放大镜下的照片推给我，“这张尸检照片不大适合大范围分发，你拿去，先找合适的人问问。局里的拼图师在合成肖像，但要花点儿时间。”

“指纹呢？”

“也在查，但很大一部分女性市民都没有录入过指纹，你能帮忙查一下吗？你从好莱坞那边过来，正好这个女人说自己之前演过电影。”

“这说明不了什么。”

“算是一条线索。”

“但我准备在内华达州那边找找布朗的踪迹，如果那孩子还活着，肯定仍和他在一起。”

"内华达州警方已经发布了对布朗的全境通缉，你在那边也有侦探朋友盯着。老实说，你要是能把这张照片带去好莱坞问问，就帮上大忙了，我们这儿人手不足。对了，你的车送去县里的车库了。"

合作一次就会有更多合作。再说了，查清那个女人的身份很重要，毕竟凶手不想让我们知道她是谁。于是我答应了巴斯蒂安的请求，拿了几张不同角度的尸检照片，把它们放入装有汤姆照片的口袋里。

"一切电话费都由我们报销。"巴斯蒂安说，和我道了别。

下楼到一半时，我撞见了拉尔夫·希尔曼。乍一看，觉得他比前一天精神了些，结果只是错觉。他神色紧张，眼里写满了绝望。见到我时，他倒退了一下，像一匹受惊的马。

"能和你聊一分钟吗，希尔曼先生？"

"抱歉，我有约。"

"警督会等你的。我得向你坦白，我承认昨晚自己犯了错，但你让斯蓬提停止我的工作也犯了错。"

他低头看着我，贵族式的鼻子屹立着："你这么想，很正常，毕竟你没赚到钱。"

"听着，昨晚的事我真的很抱歉，我太急于求成了，那是我的缺点。但我想继续帮你找儿子。"

"还有什么必要？他可能已经死了，拜你所赐。"

"这个罪名太大了，希尔曼先生。"

"你就给我戴好这顶帽子吧，都是你的错。现在给我让开！"他抬手看了看表，"我迟到了。"

他与我擦身而过，跑上了楼，生怕我在后面追着不放。这次见面很不愉快。去洛杉矶的路上，我一直在想这件事。

11

由于头上缠着绷带，所以我去买了顶大点儿的帽子，然后去了洛杉矶警局好莱坞分局。我给局里的警察看布朗夫人的照片，没人认得。接着我去了《好莱坞报道》的编辑室，那儿的人都挺讨厌看这种照片，唯一一个认认真真看了的人没认出来是谁。

我又沿着长街问了一堆皮条客，还是没有任何收获。拿着这些照片的我，无疑非常遭人嫌，这些追求快钱的红男绿女最不想知道的就是在最后一元钱背后等着他们的究竟是什么。这个死于暴力的女人，他们更不愿看，毕竟任何人、任何时候都有可能遇到这种事。

我回了办公室。本想打电话给巴斯蒂安，让他拿到肖像后第一时间传真给我，但我突然想起了乔伊·希尔维斯特。

乔伊是老派经纪人，在日落大道两个街区外保留了一间办公室，在二楼。娱乐圈的经济结构发生了变化，从主流电影公司过渡到了独立制片人。乔伊没能跟上这一形势。现在他一边回忆过去，一边靠以前的电视电影的股份过活。

我来到了这小小的房间，敲了敲门，听到里头响起藏酒瓶的声音，好像来敲门的是路易·B. 梅耶①的幽灵或约瑟夫·阿瑟·兰克②的密使。乔伊打开门看到是我，脸上写满了失望。但他还是拿出了酒瓶，在纸杯里倒了点儿酒给我。他手上拿着玻璃杯，给自己也倒了一杯。我知道他坐在桌子后面，每天都要喝掉一夸脱波旁酒，有时是一夸脱半。

他的年纪很大了，可长了一张娃娃脸，有着天真的白发和一对狡猾的眼睛。他的心就像一盏老式灯，灯芯泡在酒精里，用尽全力想点亮过去，照亮辉煌的历史，把这破旧的三楼公寓丢进冰冷的阴影里。

中午刚过不久，乔伊还没烂醉。

"好孩子，见到你真不错，来，为你的健康干一杯！"他一饮而尽，一只手像父亲般搭在我的肩上。

"也祝你健康。"

他突然抬起搭在我肩上的手，取下了我的帽子："你这脑袋是怎么回事？"

"昨晚被枪子儿擦伤了。"

"别是喝醉了自己摔的吧？"

"不，是真枪实弹打的。"我说。

他没忍住笑了起来："你啊，不能再这样下去了。知道你该做什么吗？赶紧退休，写写回忆录，好莱坞的惊人真相。"

"写这些的人多了去了，乔伊，粉丝杂志里头都有这些东西。"

"他们能和你比吗？你可是探底好莱坞的人，《探底好莱坞》！

---

① 著名制片人，米高梅电影公司创始人。

② 英国著名电影制片人、发行人。

多好的题目！”他打了个响指，“我敢说，你的个人传记如果收入斯蒂夫·麦昆[①]的相关系列，能卖两万五千美元。你好好考虑一下，孩子，我能给你指条康庄大道。”

“我习惯走小路，乔伊。不过还是想请你帮个忙。看死人照片，受得住吗？”

“我见过太多死人。”他朝墙那边挥了挥手，墙上贴满了已故选手们的纪念照。他举起了手中的杯子：“敬他们。”

我把那可怕的照片在他桌上摊开。他看了起来，眼里满是悲哀。“阿彻啊！”他说，“人对自己的同类都做了些什么事！这人是我认识的吗？”

“她演过电影，你认识的演员比谁都多。”

“她最近肯定没演戏吧？职业生涯肯定糊了。”

“大起大落都在一夜之间。”从某种程度上来说，乔伊也是如此。他戴上了眼镜，拧开桌上的灯，仔细研究起照片来。过了一会儿，他说：“卡罗尔？”

“你果然认识她。”

他透过眼镜看着我：“我不太确定是她。我以前认识一个小姑娘，金发，天生的金发，有着她这样的耳朵，看到没？耳朵小小的，贴着脑袋，尖尖的。女孩子很少有这样的耳朵。”

“这个卡罗尔姓什么？”

“她家是偏僻小镇上的古板家庭，不是很赞成她当演员，我记得她和我说过，她是偷偷离家出走的。”

“偏僻小镇？”

“应该是爱达荷州那儿的。”

---

① 好莱坞著名硬汉派，与达斯汀·霍夫曼等明星齐名。影星。

“你再说一遍？”

“爱达荷州，照片里的女孩儿是爱达荷州的吗？”

“她丈夫的车牌是爱达荷州的。多跟我讲讲卡罗尔的情况，你是什么时候、在哪儿认识她的？”

“就在好莱坞。我的一个朋友觉得她不错，就带她过来见我了。那孩子很可爱，一尘不染。”他在空气中张开了双手，“她只有高中时在学校演过戏剧的经历，但我还是给她找了点活儿。那会儿工作还不难找，毕竟还在打仗，我和所有的选角导演都有私交。”

“那会儿是哪一年？”

他摘下眼镜，眯着眼回忆了起来：“她是在 1945 年春天来找我的，‘二战’的最后一年。”

如果说布朗夫人就是卡罗尔，那她的年纪不小了。

“那会儿她多大？”

“很小，还是个孩子，大概十六岁。”

“那个觉得她不错的朋友是谁？”

“不是你想的那样，那朋友是位女士，当时在华纳①的剧本编辑部工作。现在人家在电视城②，出品电视剧。不过那会儿她只是一个写剧本的小姑娘。”

“你说的不会是苏珊娜·德鲁吧？”

“对，你认识苏珊娜？”

“还是多亏了你，我俩是在你家的派对上认识的。你那会儿住在比弗利山庄③。”

---

① 华纳兄弟娱乐公司，全球最大的电影电视制作公司之一。
② 此处指 CBS 电视城。
③ 好莱坞名人的聚集地。

乔伊看起来吓了一跳，好像忆往昔而导致的落差之感时从一个时间段被使他措手不及：“我记得，那都是十年前的事了。”

他坐着，陷入了对十年前的追忆，我也是。乔伊家的派对结束后，我带苏珊娜回了家，后来约定在其他的派对上再碰面。我们很聊得来，互相启发。我分享自己对人性的观察和了解，她分享从阅读中觅得的东西。我对她的疯狂和幽默简直着了迷。

可惜现实问题来得虽晚，但终归来了，也算是我们自找的吧。那会儿我们都酗酒，苏珊娜童年时的很多问题也浮出水面。她父亲是加州大学洛杉矶分校的教授，早年丧偶，于是全身心投入在苏珊娜的学业上。虽然她父亲已经去世了，可她时常能感到他俯下身查看她功课时呼在她后颈上的气息。

我们的关系变得很糟糕，派对上再也不见她的身影，至少在我去的那些派对上见不到她了。后来听说她婚姻失败，再后来听说她事业成功。

“她是怎么认识卡罗尔的？”我问乔伊。

“这你得自己问她了，她虽然和我说过，但我记不得了。我的记忆力大不如从前。”现在的生活令他痛苦，他给自己倒了杯酒。

他想给我也倒一杯，我没要。

“卡罗尔之后怎么样了？”

“不见了，应该是跟人跑了，水手之类的男人。反正昙花一现后就无声无息了，没有大红大紫的命。”乔伊说着，重重地叹了口气，“你要是见到苏珊娜，在她面前提提我，好吗？大大方方地提提我。”他伸出手在空气里做了个优雅的手势。

“她好像以为我已经死了。”

我用乔伊办公室的电话往苏珊娜·德鲁的办公室打了电话。她的秘书给我转接。

“苏珊娜，我是卢·阿彻。”

“噢，听到你声音真好。”

“给你打电话的理由可不大好，”我单刀直入，“我正调查一桩谋杀案，受害者可能是你在四十年代认识的一个女孩儿，叫卡罗尔。”

“不是卡罗尔·哈利吧？”

“恐怕就是她。”

她的嗓音沙哑了起来：“你是说，她死了？”

“是的，昨天在海景区被杀死了。”

她静默了一会儿。再次开口时，她的声音柔和了起来，听着也年轻了不少：“我能帮上什么忙吗？”

“和我讲讲你这个叫卡罗尔的朋友。”

“别在电话里讲，真的，电话吞噬了所有人性的东西。”

“面对面地谈会好些，”我用公事公办的语气说，“有些照片想让你看看，确认一下身份。我们得尽快见面，已经过去了二十四小时。”

“现在过来吧，我让前台放你进来。”

谢过乔伊，我驱车前往电视城。保安把我一路送到苏珊娜·德鲁的办公室。她的办公室又大又明亮，桌上装饰着鲜花，墙上挂着视觉冲击力极强的抽象主义画作。苏珊娜站在窗边，啜泣着。她很纤瘦，一头干练的短发，发色乌黑，令人移不开眼睛。秘书关上门后，有好一阵子她仍然背对着我。最后她终于转过头来，手里拿着黄色的纸巾，不停地擦着双颊上的泪水。

她现在四十多岁了，不算漂亮，但气质独特。黑色的眼睛即便沉浸在悲痛中仍在闪闪发光，生机勃勃。她的面部线条和轮廓彰显着她个人的风格与智慧。腿仍然很漂亮，嘴也是。这张嘴动了起来："我不知道自己为什么会这样，我有十七八年没见卡罗尔了，也没听说过关于她的任何消息。"她顿了一下，"不，为什么会这样？我自己清清楚楚。'我哀悼的是玛格丽特。'这是霍普金斯[①]的一首诗，你知道吗？"

"你知道我不知道。谁是玛格丽特？"

"诗里的女孩儿，"她说，"她在哀悼秋日的落叶，霍普金斯告诉她，她哀悼的其实是自己。这就是现在的我。"她深深地吸了口气，"我也曾如此年轻过。"

"你现在也不老。"

"别哄我开心了，我老了又老。1945 年认识卡罗尔的时候，我才二十岁，都是原子弹时代之前的事情了。"她朝办公桌走去，中途停在了一幅抽象画前，好像画中所画的 1945 年之后世界的变化。她坐了下来，带着一种高效、干练的气场："现在让我看看你的照片吧。"

"看上去可能不大舒服，她是被活活打死的。"

"天，谁那么狠心？"

"她的丈夫是首要嫌疑人。"

"哈利？她还和那混蛋在一起？"

"看起来是这样。"

"我就知道早晚有一天他会弄死她。"

我靠在她桌边："你怎么会这么想？"

"都是命，好人总是遇上坏人。她真的是个好孩子，像暖阳般温柔，而他则是个不折不扣的变态，缠着她不放。"

"你怎么知道他是变态？"

---

① 前文为杰拉德·曼利·霍普金斯的《春与秋》。

“我一看就知道，”她说，冷冷一笑，“我嫁过这种人，短暂生活过一段时间，在辉煌的五十年代。我最清楚这种人，说白了，这种人除了有本事惹麻烦，一点别的本事都没有。”

“哈利是这种人？”

“没错。”

“他的名字是？”

“麦克，他是服役海军的水手。”

“他服役于哪艘船？”

她张了张嘴。我知道她想告诉我，可她脑子里肯定有什么东西飞快而又沉重地一闪而过，把想说的东西吞了回去。“我不记得了。”她抬头用乌黑的双眸看着我。

“他去海军服役前是做什么的？摄影师？”

她陷入了对往事的回忆。“我记得他打过拳击，是职业拳击手，不过没打出什么名堂。摄影师也有可能，他是那种行行都干过但没一行干成功的。”

“你确定他不叫哈罗德？”

“大家都喊他麦克，可能是艺名。”

“什么意思？”

“打拳击时取的艺名啊。”她又深深地吸了口气，“你不是要我看照片吗，卢？”

“不急，现在更要紧的是跟我讲讲卡罗尔和哈利的事情，还有你是怎么认识他们的。”

她有点儿焦急地看了看手表：“我一分钟后有个剧本讨论会。”

“我们现在讨论的比剧本重要多了。”

她吸气又呼气，妥协了：“也是，那我就简单地跟你说说吧。过程很简单，简单到没法儿当成桥段用在剧本里。卡罗尔是来自爱达荷的乡下姑娘，离家出走和一个擅离职守的水手在一起了。麦克·哈利和她来自同一个镇子，但比她早出来几年，见过的世面比她多。他答应把她带到西海岸，让她演电影。那会儿她才十六岁，特别天真，能让人又哭又笑。”

“能想象到你被她逗笑的样子。你是什么时候、在哪儿遇到她的？”

“1945 年初春，我在华纳工作，住在伯班克①，周末就到处逛。你知道圣莫妮卡附近有一家老酒店吧？巴塞罗那酒店。卡罗尔和哈利就住那里，我是在那儿认识卡罗尔的，觉得她很有趣。”

“他们当时结婚了吗？”

“卡罗尔和哈利吗？他们应该是在提华纳②办了什么仪式，至少卡罗尔觉得他们是结了婚的。她还以为哈利在休长假，直到海岸巡逻队来抓人，把他带回了服役船，卡罗尔被孤零零地留了下来，没有任何经济来源，真的，一分儿钱都没有，哈利没想到给她点生活费。我就让她跟着我了。”

“然后带她去见了乔伊·希尔维斯特？”

“这有什么奇怪的？她很漂亮，也不笨。乔伊给她找了好几份工作，我花了很多时间教她打扮、说话、练仪态。我当时刚结束一段恋情，情绪很低落，很开心能有人陪在身边。我让卡罗尔住在我的公寓里，想把她打造成一个尤物，一个十全十美的梦露。”她发现自己开始像娱乐圈中人一样说起套话来，于是突然停了下来，“最后一切都付之东流。”

“发生了什么事？”

“哈利走的时候，她其实怀上了，后来肚子明显起来。我本打

---

① 位于加利福尼亚州，毗邻好莱坞。
② 墨西哥西北部城市。

算培养一颗好莱坞新星，这下好了，变成了照顾念家的怀孕少女。不过她不肯回家，说这样回去要被家里弄死。”

“你还记得她父亲的名字吗？”

“抱歉，真记不得了。她当时取的艺名是卡罗尔·库珀，不过姓氏肯定不是真的。她父亲应该住在波特卡洛①，希望这一点对你有用。”

“可能有用。你说她怀孕了，孩子怎样了？”

“我不知道，生下来之前哈利回来了，肯定是被海军开除的。不管我怎么劝，她最终还是回到了他身边。像我说的，都是命，好人总遇上坏人，贤妻总落到废物手里。看吧，十七年后，他连她的命都不留。”

“那会儿他就很暴力吗？”

“可不是。”她双手交叉在胸前说道，“我当时不放她走，他就把我打倒在地。我只能跑出去找人帮忙。等我带着警察回到公寓时，他俩都不见了，还把我钱包里的钱拿走了。我没把事情闹上法院，那是我最后一次见到他们。”

“但你还是很在乎卡罗尔。”

“有她在身边感觉很好，我没有姐妹，也没有女儿。现在想想，我人生中最快乐的时光是在伯班克的那个春夏，是我和怀孕的卡罗尔共同度过的。当时我们都没有意识到自己当时是多么幸运。”

“怎么说？”

“那年夏天特别炎热，冰箱多次坏掉。我们只有一间卧室，卡罗尔的肚子越来越大，我们俩身边一个男人都没有，当时我们觉得自己是在遭受磨难。谁知道那并不算什么，之后发生的事才叫

① 爱达荷州东南部城市。

磨难。”她环视豪华的办公室，仿佛置身于监狱之中，然后她看了看表，“我真得走了，再不过去，编剧和导演就要打起来了。”

“说到打，你要是受得了，我想请你看看这些照片。”我说，“这样就能确定身份了。”

“好的。”

我把照片在桌上摊开，她仔细地看了起来。

“没错，是卡罗尔，可怜的孩子。”

她的脸变得苍白起来，衬得眼珠越发乌黑，就像用煤做的雪人的眼睛。她站起来，摇摇晃晃地朝隔壁办公室走去，把门关上。

我坐在她办公桌前的花型椅上，打电话让她的秘书帮我转接巴斯蒂安警督。不到一分钟他就接了。我把苏珊娜·德鲁对我说的全都告诉了他。

苏珊娜从隔壁走过来，一直听到我挂上电话。

“别浪费时间了。”我挂电话时她说道。

“你的证词很重要。”

“那就好，不过我能提供也只有那些信息了。”她的脸色还是很苍白，步履蹒跚地向我走来，好似地板在摇晃，“你能开车送我回家吗？”

她住在比弗利峡谷大道上，房子是复式的，有露台，墙上挂着非洲面具。她请我进去喝杯东西，我们坐着聊卡罗尔，随后我说起了汤姆·希尔曼的事。她看上去对汤姆·希尔曼很感兴趣。

我开始对苏珊娜想入非非。她身上有一种黑暗的冲击力，一点点地蚕食进我的身体、我的记忆深处。紧挨着她，看着她的脸庞，我开始问自己：以我现在的体力、财力和品行，是否配得上这样一个拥有如此多的非洲面具的女性？

该死的电话铃响了起来，就在隔壁房间。她把手放在我的膝盖上撑了一下，起了身。

“是你，现在找我又有什么事？”

我只听到这些，她把门关上了。五分钟后她走了出来，神色变了，眼睛里的悲痛不见了，取而代之的是愤怒和恐惧，好像得知了什么比死亡还可怕的东西。

“谁打来的，苏珊娜？”

“与你无关。”

我怀着一腔苦涩开车去市里，给我的朋友科尔顿“找事儿”。他是地方检察官的调查员，我让他帮我查查萨克拉门托①有没有哈罗德·哈利或者麦克·哈利的记录。等消息时，我下了楼，在报摊买了份晚报。

谋杀和绑架案上了头版，里头写的东西我几乎都知道，唯一不知道的是拉尔夫·希尔曼在海军当飞行员时战绩非凡，后来（在纽波特军舰指挥学校之后）当了军舰指挥官，又屡屡立功。报纸把希尔曼描绘成了百万富翁。

我在科尔顿的等候室里坐着，努力把不详的预感压下去，总觉得巴斯蒂安把我推到了案子的边缘。当科尔顿把查询结果告诉我时，这种感觉更加强烈了。不管是哈罗德·哈利还是麦克·哈利，在加州都查不到任何记录，连交通违章记录都没有。我开始怀疑自己是不是查错了方向。

我在傍晚的车流中开回长街。回到自己的办公室时，已近黄昏，我没开灯，坐在那儿看着窗外，看着天空慢慢暗下去。星星出来了，霓虹灯亮起来，远处的圣莫妮卡上空有飞机盘旋着，像一排移动的星星。

---

① 加州首府。

我关上了百叶窗，不让任何潜在的狙击手有可乘之机。我打开了桌上的台灯，开始查看这一天的信件。有三张账单，一份工作邀约——从圣路易斯汽车旅馆机构发来的，提供了年薪两万美元的职位，他们想让我管理一家市值上百万美元的商业汽车旅馆。我要做的就是先把汽车旅馆的管理课程申请表填好，寄给该机构的登记员。如果我是已婚人士，还可以和我的妻子以夫妻身份登记，一起攻读。

我坐着，有点好笑地想着要不把申请表填了，最后决定先去吃晚饭。在此期间，我做了一些重要的决定。我想打电话给苏珊娜·德鲁，约她一起吃饭，告诉自己是要和她谈公事，私下约饭的账单刚好不用交所得税。

黄页上没有她的电话，我又试了试信息台，也没有她的电话。算了，反正我也请不起她。

在独自出去吃饭之前，我又查了一下电话留言，发现苏珊娜·德鲁早就给我留了她的电话号码。

“我一直在找你。”我说。

“我一直都在家。”

“我的意思是我发现你给我留了电话号码。”

“是吗？你现在有什么打算？”

“圣路易斯汽车旅馆机构给那些想学旅馆管理的夫妇准备了很划算的课程。”

“听起来很不错，我一直想去阳光灿烂的加州从事旅馆业。”

“行，那我们一起吃晚饭，好好规划一下。电视业景气不了多久了，你心知肚明，这些前卫的东西都没法长久。”

“抱歉，卢，我很想和你共进晚餐，但换个日子吧，今晚实在不行。谢谢你今天下午照顾我，我当时真的很不舒服。”

“都是我的错。”

“不，是我团糟的生活终于崩塌了，你和你带来的照片充其量只是催化剂罢了。”

“你还经得住催化剂的探望吗？我可以从熟食店给你带点儿吃的，给你买朵栀子花。”

“不，今晚真的无法见面。”

“你还是不愿意告诉我关于下午那通电话的事？”

“有些事情你不需要知道。”

“这么说令我好受了些。你为什么给我留电话号码？”

“我找到点儿东西，可能对你有用。卡罗尔在 1945 年拍了一张照片。”

“我来取。你还没真正告诉我，你是怎么认识她的。”

“千万别来，我让人给你送过去。”

“既然你这么说了，那我在办公室里等着。”我把办公室的地址告诉她。

“卢？”她的声音明亮了一些，甜了起来，我内心一颤。

“你不是为了刺探我的秘密才逢场作戏吧？”

“我没有任何演戏的成分。”我说。

“我也是。谢谢你。”

挂了电话，周围寂静回荡。我坐着，不禁猜想她肯定曾受到了男人的极大伤害。一想到这里，我怒不可遏。我没去吃晚饭，坐在那儿抚慰着自己的怒气，直到苏珊娜派来的人敲开了门。

是个年轻的黑人，穿着制服，说话像大学毕业生。他递给我一只封口的马尼拉纸信封，我撕开。

里面装着一张滑面照片，用两片瓦楞纸夹着。照片上是一个年轻的金发女郎，内卷的波波头，穿着泳衣。说不上来哪里漂亮，可能是她明亮的额头、高高的颧骨、完美的圆下巴，也可能是从她眼中透出来、身体散发出来的女性气息。

我在屋里踱步，思考着照片是谁拍的。我把照片反过来，只见上面盖着紫色印章："版权所有：哈罗德·哈尔·哈利，巴塞罗那酒店。"

"还有其他吩咐吗?"送信人站在门口问。

"没了。"我给了他十美元。

"先生，这太多了，对方已经付过费了。"

"我知道。我想请你帮我买朵栀子花给德鲁小姐。"

他答应了。

12

时光流逝，1945 年的加州已经是很久很久以前的模样了。巴塞罗那酒店仍在，不过我听说已经停业。我沿着日落大道一路驶上滨海公路。虽然希望渺茫，但我努力循着哈罗德·哈利这条线索调查，也想看看哈利和卡罗尔当时住过的地方。

这是一栋又大又老的建筑，是早期好莱坞的拜占庭风格，有着灰泥圆顶、尖塔和波浪形的长廊。禁酒期[①]，有多少名人站在这些阳台上啜饮走私的朗姆酒。现在这个庞然大物孤零零地站在这里，徒有其表。就着公路对面加油站的灯光，可以看到墙面的白漆都掉了，很多窗户是破的。

我把车停在杂草丛生的水泥车道上，向前门走去。玻璃门上贴着一张告示，说酒店因破产而停业，将在九月份公开拍卖。

我拿手电筒照了照大堂，里面装潢完好，一应俱全，但看上

---

① 战时美国出台过短暂的禁酒令。

去皆是上一时代的旧款。地毯磨破了，凳子是烂的。但这地方的气氛还在，足以吸引旧时代的鬼魂来此相聚。

波浪形长廊上堆满了家具，全都被雨淋得变了形，我小心翼翼地前行。来到一扇落地窗前，我拿电筒往里面照了照，是餐厅。桌子整整齐齐，上面摆着折成三角形的餐巾，落了厚厚一层灰。对鬼魂来说是个吃饭的好地方，但不适合我。

为了找乐子，也是为了向过去宣战，我回到了前门，用手电筒大力敲玻璃门。远处走廊的尽头突然出现了亮光，在闪动，径直冲我而来。

举灯的人十分高大，走路一跳一跳的，就像踩着刀刃。手提电灯的光自下而上地照在他脸上，粗犷的朝天鼻，前额突出，嘴唇干裂，像令人生畏的巨婴。我看到他手里握着一把左轮手枪。

他拿枪对准我，拿灯照我的眼睛："你不认字吗？门上不是写了？这地方停业了。"他隔着玻璃门朝我喊道。

"我想和你聊聊。"

"我不想！赶紧给我滚！"

他朝我挥了挥枪。听得出也看得出他喝了不少酒。一个拿着枪的醉汉，再给他一个开火的理由，我的命就难保了。不过我仍尝试了最后一次努力。

"你认识一个叫哈罗德·哈利的摄影师吗？他曾在这儿住过。"

"没听过，赶快给我滚！不然别怪我不客气，你这是非法侵入。"

他又举起了那把沉甸甸的枪。我只能后退，一直退到加油站那边。起重机上吊着一辆车，突然有人从车底冒了出来，穿着脏兮兮的工装裤，向我兜售汽油。

"来十升，"我说，"巴塞罗那酒店那人是谁啊？好家伙，像被熊咬了！”

这人撇嘴一笑：“你遇见奥托·赛普了？”

“是那个看守的名字？”

“对啊，他在这儿干了太久，以为自己是地主呢。”

“有多久？”

“至少有二十年了，我是刚开始打仗那会儿来的，他比我还早。他原来是侦探。”

“酒店侦探？”

“对，他有一次和我提过，说自己当过警察。如果他说的是实话，那他还真是一点长进都没有。要不要检查下油表？”

“不用，这是刚换的。1945 年那会儿，你在这儿吗？”

“那会儿我的店刚开张。我入伍早，退伍也早。怎么问起这个？”

“我是私家侦探，叫阿彻。”我向他伸出手。

他往衣服上抹了抹手再握住了我的手：“戴利，本·戴利。”

“1945 年，一个叫哈罗德·哈利的人在巴塞罗那酒店住过，是摄影师。”

戴利像是记起了什么。“噢，我记得他。他有一次给我和我老婆拍了张照片抵油钱，那照片还在家里放着呢。”

“那你知不知道他现在在哪儿？”

“抱歉，我有十年没见着他了。”

“你最后一次见他是什么时候？”

“他在加州宝马山花园有间工作室，我有一两次经过的时候去和他打了招呼。不过他现在估计不在那儿了。”

“你挺喜欢他？”

“当然了，哈罗德是好人。”

人是会变的。我给戴利看了卡罗尔的照片，他说不认识。

“还记得他工作室的地址吗？”

他揉了揉半边脸，这半边脸看上去得整一下，不过看得出曾经是张帅脸。“我和你说说怎么走。”

工作室就在日落大道过去的一条巷子里，快餐店隔壁。我向他道了谢，付了油钱。

快餐店不难找，不过隔壁现在是一家书店。一个扎马尾辫、穿粉色丝袜的女孩儿站在收银台。我向她打听哈罗德·哈利这个人，她以带妆的眼睛若有所思地看着我。

“我听人家说过，有个摄影师曾住在这儿。”

“那他现在去哪儿了？”

“我真不知道。我们才来了不到一年，去年九月开业。”

“生意还好吧？”

“至少能付上租金。”

“租金是谁在收？”

“快餐店的老板维农先生。收我们这么高的租金，给我们包三餐都不为过。不过你千万别告诉他，我们还欠他一个月租金呢。”

我向她买了本书，然后去隔壁吃晚饭——是那种进去不用脱帽的店。等牛扒上来的时候，我让服务员帮我喊维农先生过来。她转身朝着戴厨师帽、刚把我点的那份牛扒扔上烤架的人说：“维农先生，这位客人有事找你。”

他朝吧台走来。这是一张不苟言笑、瘦削的脸，下巴上有星星点点的胡楂。“你说要带血的，就给你烤成带血的。”他挥着手里的小铲刀说。

“很好，隔壁的店面是你的，对吧？”

“隔壁和隔壁的隔壁都是我的。”他脸上突然亮了起来，“你要租店面？”

“我在找一个人，一个叫哈罗德·哈利的摄影师。”

“他租了很久隔壁那个店面，不过生意没做下去，这里的摄影师太多了。战后他坚持了七八年，最终放弃了。”

“你知道他现在在哪儿吗？”

“不知道，先生。”

我的那份牛扒发出的滋滋声响到了一定程度，他听到了，回厨房用铲刀翻了个面，然后又走了回来：“要配点炸薯条吗？”

“要。你最后一次见到哈利是什么时候？”

“最后一次是听说他搬到了圣费尔南多谷，住在凡奈斯①，工作室就设在自家房子里，都是十年前的事了。他是很优秀的摄影师，我儿子受洗的时候，他给拍了张很好的照片。可惜他没什么生意头脑。别问我怎么知道，他还欠我三个月房租呢。”

进来了六个年轻人，在吧台坐下。他们的头发乱糟糟的，耳朵上粘着沙，穿着一模一样的黄色运动衫，背后印着“海鸟”。这六个年轻人，不论男女，每人点了两份汉堡。

其中一个男孩往自动点唱机里塞了二十五美分，《冲浪不是罪》响了起来。维农先生从冰箱里拿出十二份汉堡肉，放在烤架上。他把我的牛扒放到盘子里，加了一把薯条，亲自端了过来。

“如果你有要紧事，我可以帮你查查他在凡奈斯的地址。因为他欠我钱，所以我还记着。”

“挺要紧的。”我给他看卡罗尔的照片，也就哈利拍的那张，“这是他妻子吗？”

“我不知道他有妻子，而且这么漂亮的女孩，他可追不上。”

---

① 洛杉矶一个城市，圣费尔南多谷的中心。

“怎么说？”

“他不是那种受女孩欢迎的人，一点儿都不吃香。哈罗德话不多，很安静。”

我又开始怀疑起自己的判断，真头疼。

“能给我描述一下他的样子吗？”

“他的长相很普通，身材和我差不多，大概五英尺十英寸高。长鼻梁，蓝眼睛，茶色头发。没什么特别的。当然了，他现在的年纪肯定不小了。”

“大概多少？”

“至少五十岁了，我都五十九岁了，明年就该退休了。你等一下，先生。”

他回去把十二份汉堡肉翻了个面，在上面各放半个汉堡面包，然后从后面一扇弹簧门出去了。我开始吃牛扒。维农先生回来时，手上拿了张纸条，上面写着哈利在凡奈斯的地址：埃尔姆赫斯特大街 956 号。

服务员给那几个“海鸟”端去了汉堡，他们跟着音乐的节拍嚼了起来。我出门的时候，唱机正唱到副歌部分：“那天我御浪前行，你成了我的奴隶。”我朝着日落大道行驶，上了圣地亚哥高速公路，然后往北走。

埃尔姆赫斯特大街散发着浓郁的工人阶级气息，街上伫立着战前建造的平房，彼此挨得紧紧的。这是个温暖的夜晚，家家户户的门廊和草坪上都有人。956 号的门廊上有个胖男人，喝着啤酒。他告诉我哈利 1960 年把房子卖给了他。他手上有哈利目前的住址，因为他在还第二笔房贷，每个月固定要还按揭。

听起来不像是我所了解的哈利，我让他描述一下哈利。

“他是个悲伤的人，是那种见到鹅都不会想去吓它们的人。”

胖男人说，“我觉得，他有自己的麻烦要解决。”

“什么样的麻烦?”

“这你可问倒我了，我不是很了解他。我只在买房子的时候见过他两次。他急着出手，价格非常划算。他当时在长滩找到一份冲洗照片的工作，不想跑来跑去上下班。”

他把哈利在长滩的地址给了我，离凡奈斯有好长一段路。等我到了这个地址已临近午夜。房子在长滩大道的住宅区里，这儿每栋楼的外观都一模一样。前院满是枯草，房里一片漆黑，这个点儿，街上的房子很少有亮着灯的。

我驶过街灯所照之处，把车停在街区尽头，再步行回来。大街上来来往往的车辆给空气里注入了一种粗野、孤独的兴致。我是在长滩长大的，以前经常开着福特汽车在街上乱窜。街上各种各样的声音：牢骚声、威胁声……潮起潮落般地响起，向埋藏在我脑海深处、某些我曾爱恨交织之物喊话。我不想敲开哈利家的门，感觉自己查错了人。

通往车库的门掩着，但没上锁。我悄悄拧开。顺着身后街灯照过来的光，我看到里头停着一辆白色福特车，脏兮兮的，上面挂着爱达荷州的车牌。

我走到车身左侧打开车门。车里的灯亮了，车是注册在罗伯特·布朗名下的，注册地址写着波特卡洛。看到这里，我心跳加速，快要无法呼吸。

车库通往房子的门的门缝里突然渗出光，门开了，我的眼睛被光闪了一下，周围一片亮堂堂。

“麦克?”这个声音我从没听过。他站在门口巡视：“麦克，是你吗?”

“我昨天刚见过他。”

“你是谁?”

“一个朋友。”我没说是谁的朋友,“我看到他把车留给你了。”

“那是我和他之间的事。”

他有所防备的语气反倒给我壮了胆。我循着亮光朝他笔直走去,进了厨房,把门从身后关上。他没有试图赶我走。他穿着睡衣,光着脚,头发花白,脸色憔悴,耷拉着眼。

“我弟弟没告诉我还有其他同伙。”

“是吗?他说了什么?”

“没什么。我是说……”他本来想咬咬下唇,但假牙滑了出来,他赶忙把假牙吸了回去,我的出现简直要把他活活吓死,“他没提过你,也没和我讲过什么事。我不知道你为什么要来找我,车是我的,我拿自己的车和他换的。”

“这交易不大英明吧?”

“我不知道,可能吧。”他回头看了看水槽里堆着的脏碟子,好像它们应该为他的愚蠢负责任,“怎么说都行,不关你的事。”

“这是大家的事,哈罗德,你现在应该明白了。”

他的嘴动了动,想说“是的”,却没发出声音,眼中满是泪水,他为哈罗德默哀。他说出了自己所能想到的最可怕的事:“你是联邦调查局派来的?”

“我是警察,要和你谈谈。”

“在这儿?”

“这里挺好。”

他环顾了一下这又小又脏的房间,像是用全新的眼光在审视它。我们面对面在餐桌前坐下,上面铺着的方格油布都磨破了。

“我没想掺和这种事。”他说。

“谁想?”

"这不是他第一次给我惹麻烦，真的。自从麦克学会走路、能说话之后，我就没过上好日子。过去三十五年来，我一直在遭罪。我不骗你。"

"你说他给你惹麻烦，什么意思？说说这次。"

他艰难地耸了耸肩，举起手，张开，仿佛我能在他手心看见十字架钉下的伤痕："他搞出了绑架案，不是吗？"

"他对你说了？"

"他这辈子就没对我说过实话，但我心知肚明。我今天看了报纸，吓得不敢出门。你知道我妻子什么反应吗？她走了，直接打车去了公交车站，坐车回了奥克斯纳德的娘家，碗都没洗。"

"你弟弟什么时候来的？"

"昨晚，十点半左右。我们那会儿都要睡了，但我只能起来。我就在这儿，我们现在坐的地方和他谈。我觉得肯定出了什么事，他眼里闪着那种狂野的光。但我不知道具体是什么事。他向我编故事，说自己在达戈①和一群水手打扑克赢了很多钱，现在那些人追着他想把钱要回去，所以他得和我换车。他是这样说的。"

"你为什么同意？"

"我不知道，麦克一旦想要什么东西，很难不答应他。"

"他威胁你了？"

"他没有明着威胁我什么，但我知道他有枪，我见他从车里拿出来的。"他抬头看着我，"一旦麦克谋划着什么事，就会让人备感威胁。万一碍着他的事，马上就会被他打死。"

我相信他。

"你的车是什么牌子，什么车型，车牌号多少？"

---

① 可能指阿拉斯加的达戈湖。

“1958 年产的普利茅斯，双门，车牌号 IKT449。”

“颜色呢?”

“渐变蓝。”

我记下。

“现在我要问你一个非常重要的问题：这个男孩和麦克在一起吗?”

我给他看汤姆的照片，他摇了摇头：“没看到，先生。”

“他说过这孩子在哪儿吗?”

“他没提孩子，我也不知道。”

“你昨晚知道他要来吗?”

“多少知道。他昨天下午从洛杉矶给我打了电话，说可能顺路来我家。这事儿我没对别人说。”

“他打电话的时候提出换车了吗?”

“没有，先生。”

“你和你弟弟之前为换车达成过共识吗?”

“没有，先生。”

“你直到今天看报纸才知道绑架案?”

“对的，命案也是。”

“你知道被害人是谁吗?”

他往前伸了伸头，上下摆动，之后拿手捂住脖颈，好像怕被人从后面爆头。

“听起来，像是卡罗尔。”

“的确是卡罗尔。”

“真令人难过，她是个好女孩，他远远配不上她。”

“你早该向警方提供线索，哈罗德。”

“我知道，莱拉也这么说，这也是她为什么离开了我。她说我又在自掘坟墓。”

“这么说来，之前有过类似的事？”

“没这次严重。最糟糕的一次是他偷了海军的相机，卖给了我。出事之后反咬一口，说是我在参观日去他船上探望他时偷的。”

“那艘船叫什么？”

“‘佩里湾号’，是护航航空母舰。战争结束那年，我去达戈找他的时候上过船，后悔极了。他们审我的架势，我还以为要蹲联邦监狱了。我对他们说我不知道那相机是赃物，好在他们最后相信了我。”

“你说的这些，我都信了，你已经意识到了吧？”

“我不知道。”

“你是个瞎眼老实人，哈罗德。”

我这句话中的同情之意对他来说有些难以承受，他的眼中再次噙满泪水。他捂着脖颈的手放了下来，用手指擦了擦眼睛。

“当然，光我一个人信你还不行。要想脱身，最好把真相一五一十地说出来。”

“你是说上法院说？”

“现在说。”

“我愿意都说出来，”他真诚地说，“我早就想报警了，可我太害怕了，害怕被判终身监禁。”

“也怕麦克被判刑？”

“我不管他，”他说，“当我知道卡罗尔的事之后，我就觉得和他没什么可说的了。”

“你喜欢卡罗尔？”

“当然，但过去几年他们都在内华达州，很少见面。卡罗尔和我相处融洽。”

“他们之前住在内华达？”

“是的，麦克在南岸的俱乐部当酒保。不过后来丢了饭碗，我只得……”他的脑子好像慢慢反应了过来，止住了即将脱口而出的话。

“你只得什么？”

“没什么，我只得再接济他们几个月。”

“你给了他们多少钱？”

“不清楚，余钱都给他们了，大概几百美元吧。”他内疚地看了看我。

“麦克昨晚找你的时候，给了你什么东西吗？”

他垂下了头。角落里的老旧冰箱突然睡醒了似的，隆隆地响了起来。街上各种各样的声音起起伏伏，传入传出。

“没有。”哈罗德说。

“他给了你多少钱？”

“他什么都没给我。”

“你的意思是，他只是还给你以前接济他的钱？”

“没错。”

“多少钱？”

“五百美元。”他声音里透着恐惧。

“钱在哪儿？”

“就在床垫底下。你拿走吧，我不想搅进这件事里。”

我跟着他进了卧室。房里乱糟糟的，衣柜全敞开着，地上扔着衣架。

“莱拉走得很急，”他说，“看完报纸就去收拾行李了，估计连离婚申请都写好了。这不是她第一次离婚。”

“你们之前闹过离婚?”

“不，她和别人离过。”

衣柜上摆着莱拉的照片。她肤色黝黑，圆脸，看起来是个固执的人，一头黑发向上梳，发质柔软。

哈罗德站在乱糟糟的床边，一脸凄凉。我帮他把床垫抬起来，下面有一只被压得平平的油纸烟草袋，能看到里面装了钱。他把袋子给我。

“你看到他从哪儿拿钱出来吗？哈罗德。”

“他从车里拿的，我听到他拆包装纸的声音。”

我没打开，把袋子直接放进口袋。

“你当真不知道这钱来路有问题?”

他坐在床上。

“我感觉到了。他打牌赢不了这么多，就算真赢钱，他也马上花完。他一直都是这样，总想着再来一盘，直到身无分文。不过我真没想到这钱是勒索来的，真是造孽。”他无力地捶了捶膝盖，“还搞出了命案。”

“你觉得他把那男孩杀了?”

“我是说可怜的卡罗尔!”

“那男孩呢?”

“他不会对孩子下毒手。”哈罗尔压低了声音说。好像他不想被人听到这番话，怕有谁会突然跳出来反对他似的。

“你仔细检查过车子了吗?”

“没有，先生。我为什么要那么做?”

“看看有没有血迹或者钱。你没打开过后备厢?”

“没有，我压根没靠近过那辆破车。”他的脸上写满了厌恶，就像这辆车停在他的车库里给他抹上了罪恶。

“把车钥匙给我。”

他捡起破裤子在兜里摸索着，掏出一个破旧的皮钥匙扣，上面挂着车钥匙。我拿了钥匙出去，让他换好衣服等我。

我摸到了车库的灯，拧开。给后备厢开了锁，带着些许恐惧打开。里面除了一把生锈的千斤顶和一只后备轮胎，空荡荡的，没有尸体。

关上后备厢之前，我发现了让我担心的东西，锁孔上缠了一团黑线。我记得山姆·杰克曼曾告诉我，汤姆周日穿着一件黑色毛衣。我猛地把线团扯下来，装在信封里，揣进了口袋，用力合上后备厢，想把线团带给我的不详念头一并关在里头。

13

我回到屋里，卧室的门关着。我敲了敲门，没回应，就用力推开了门。哈罗德坐在床上，穿着内衣和袜子，两腿之间夹着一把 0.22 口径[①]的步枪，枪口对着自己。我把枪拿走，卸下了里面唯一一颗子弹。

“我连自杀的勇气都没有。”他说。

“算你走运。”

“是，非常走运。”

“我是说真的，哈罗德。我小时候认识一个人，他大萧条时期生意失败，决定用一把 0.22 口径的步枪打爆自己的头，结果只是打瞎了眼。过去三十年来他都生活在黑暗里，他的儿子们开了全镇最大的殡仪馆。”

“殡葬业挺适合我。”他叹了口气，“其实干什么都行，只要不

---

① 此处为 0.22 英寸口径，约合 5.5 毫米。

用和我弟弟打交道。我知道自己得经受何等的苦难。”

“这没什么，就跟生病一样，总会好的。”

“我弟弟，”他说，“是一场永远不会好的大病。”

“这次他逃不了，哈罗德，他的余生将有人监管。”

“前提是你能抓到他。”

“我们会抓到他。他往哪个方向走了？”

“他没说。”

“你觉得呢？”

“内华达吧。他最喜欢去那儿，手上一有钱，他就会去赌。”

“他在塔霍湖南岸的时候住哪儿？”

“他们那会儿准备买辆房车，不过最后他丢了酒保的工作，这事儿也就泡了汤。他老板说他对醉鬼的态度很恶劣。之后他们不停地换住址，多是湖边的汽车旅馆和客栈。我没法儿给你一个确切的地址。”

“他工作的那家俱乐部叫什么？”

“喷气机俱乐部。卡罗尔有时也在那儿工作，当卖唱服务员，我们有一次专门去听她唱歌。莱拉觉得她很轻浮，我倒觉得还好，估计是因为她唱的都是充满挑逗的歌，所以莱拉觉得……”

我打断了他：“你这儿有电话吗？我得打几个电话，对方付费。”

“在客厅。”

我把枪带走了，以防他又想自杀，或者射我。客厅的墙就像展厅似的，挂满了哈罗德的摄影作品。《老人》《少女》《日落》《野花》《山》《海景》和《莱拉》，多数都是手工上色。我站在那儿，三幅莱拉的肖像从不同的角度对我微笑，我觉得自己被龅牙和红润的脸包围了。

我回到卧室，哈罗德正在穿鞋。他充满怨恨地抬起头。

“我没事，你不用时时刻刻盯着我。”

“不，我想问，你有没有麦克的照片？”

“有一张，不过那是快二十年前拍的了，自从他麻烦不断之后，就再也不让我给他拍照了。”

“拿来看看吧？”

“我不记得放在哪儿了。那会儿他还是个小孩，和现在长得完全不一样。那张照片上的他穿着拳击短裤炫耀肌肉。”

“他现在长什么样？”

“我以为你见过他。”

“当时天色很暗。”

“他现在依然很好看，单说外型。他以前是打拳的，后来受了重伤就不打了。他是棕色头发，没有灰发，偏分。麦克的头发一直都很漂亮。”他抓了抓自己稀疏的头发，“灰绿色的眼睛，一旦筹谋着什么事，就会露出狂野的光。薄嘴唇，我一直觉得这种嘴唇看起来很刻薄。牙齿不大好，但我也不太清楚。他依然是个很好看的家伙，又会打扮，身材一直保持得很好。”

“身高和体重？”

“6 英尺 1 英寸 ① 左右。他原是轻重量级选手，不过现在的体重肯定重了些，大概 92 公斤。”

“身上有疤痕或者特殊标记吗？”

哈罗德猛地抬头：“有！他背上有伤疤，是爸爸以前鞭打的。我也有。”他提起衣服让我看他的背，上面满是白色疤痕，像记录历史的象形文字，成了他身体的一部分。

---

① 约合 1 米 85。

“你们的父母还健在？”

“还健在，爸爸打理农场，就在斯内克河[1]边上。”说这话时，他一点儿念家的表示都没有，“波特卡洛7号乡村邮路。但麦克不会去那儿，他讨厌爱达荷。”

“说不准。”我又记下笔记。

“相信我，他和爸爸二十多年前就断绝了关系。”想了一下，他又说，“我客厅里有一幅爸爸的肖像，叫《老人》。”

坐下打电话之前，我凑近看了看那幅肖像：一个头发灰白的农民，细长的眼，嘴巴好像逮熊的钢夹子。我给阿尼·沃尔特斯打了电话，简单地对他讲述眼前这个老人的儿子的情况。麦克·哈利，前水手、前拳击手、前酒保、赌徒、绑匪、家暴者、命案嫌疑人，开着一辆1958年产普利茅斯双门车，加利福尼亚牌照，IKT449。

“你收获不少嘛，”阿尼把我说的都记下来后，这么说道，“我这边也在忙，不过还没查到什么，现在有了你的这些资料就好办了。”他迟疑了一会儿，又问：“这个案子你希望我投入几分力？”

“你是说我能付你多少报酬？”

“你的客户打算付多少？”

“我没客户。我只希望查到的东西能让我拥有新的客户，现在还没人上门。”

阿尼吹了个口哨：“私自查案，这可有点儿不道德啊。”

“的确，不过现在我暂时算是地方警局的调查员。”

“你这是疯了吧？不过，卢，我不想这时候提这事儿，可你还欠着我三百美元，这已经是友情价了，如果要我这边继续调查的

---

[1] 发源于美国怀俄明州西北部的河流，流经爱达荷州。

话，到明天这个时候就是六百美元了。我们也要花钱，所以不可能分文不取。”

“我懂，你会收到酬劳的。”

“什么时候？”

“快了。我明天早上和你谈。”

“现在需要我们做什么？”

“继续调查。”

“听你的。”

阿尼挂了电话，我有点儿慌。六百美元是我一整周的收入，而且我并不是每周都有活儿干。我账户上有三百美元存款，手上大概有两百美元现金。资产方面只有一辆车、一些衣服和家具。当了二十年侦探，我全副身家加起来只有三千五百美元。之前有拉尔夫·希尔曼的酬金时，在找他儿子这件事上，我基本上没什么金钱方面的限制。

另一方面，作为自我安慰，我告诉自己，现在做的事情是我内心想做的。我想把那个揍我的人绳之以法。我想找到汤姆。案子刚刚有眉目，我不能轻易放弃，所以我需要阿尼在内华达那边帮我继续调查。

我的第二个电话打给巴斯蒂安警督。午夜已过，他仍在办公室值班。我告诉他找到了一名目击证人，简单对他说了一下证人的证词。巴斯蒂安恰到好处地表示了惊讶和欣喜。

哈罗德仍待在卧室里，呆呆地站在衣柜内置的领带架旁。他穿好了外衣，就差系领带了。

“我该系什么样的领带？一般都是莱拉替我挑。”

“没必要系领带。”

“但他们会给我照相吧？我得穿戴整齐。”他不耐烦地翻了翻领带架。

我替他挑了一条，深蓝色，保守款，适合系着去参加朋友的葬礼。锁上门和车库，我们朝南开，一直开出了长滩。

到太平洋角不到一小时的车程。哈罗德偶尔聒噪，但沉默的时候更多。我问了他早年和弟弟在爱达荷的情况，听起来过得很艰难，毕竟那里冬有暴雪，春有洪灾，夏天又极度炎热。他们的父亲觉得小孩跟家禽没区别，断奶后就得干活儿。他们六岁的时候就开始帮家里收玉米、挖土豆，八九岁就得给奶牛挤奶。

要不是常常挨打，只是干活，他们倒也受得住。我看了哈罗德身上的伤疤，他们的父亲是拿铁丝抽打他们的。麦克是第一个逃离的，和一个叫罗伯特·布朗的人在波卡特洛住了几年。这人是高中教练兼顾问，抚养了麦克，给了他过上新生活的机会。

罗伯特·布朗就是卡罗尔的父亲。麦克如何报答他呢？拐跑了他的女儿。

“麦克那会儿多大？”

“二十岁左右。我想想，是在他被征入海军的第二年，应该是二十岁左右，没错，卡罗尔才十六岁。”

“你那时在哪儿？”

“在洛杉矶。我不符合征兵条件，靠拍照谋生。”

“在巴塞罗那酒店？”我说。

“没错。”我对他的生活了如指掌，吓了他一跳，“其实也不能算是正儿八经的工作，但至少能靠自由职业赚点钱。”

“卡罗尔和你弟弟在那儿住过，对吧？”

“住过一阵子，当时他擅离职守，四处躲藏。我让他们在我的房间里住了几周。”

“你为你弟弟真是付出太多。”

“是啊，结果呢？他害得我差点背负偷窃海军财物的罪名。我早该帮他做另一件事。”

“什么事？”

“在他还小的时候就把他淹死在河里。他这辈子就没对谁好过，特别是对卡罗尔。”

“那她为什么还死心塌地跟着他？”

他呜咽了一下：“她心甘情愿。”

“他们结婚了吗？”

他的吐字突然变得很慢：“我以为是的，她也这么觉得。但我从没见过任何可以证明他们婚姻关系的文件。”

“不久前，”我说，“他们自称罗伯特·布朗夫妇，他和你交换的那辆车也注册在罗伯特·布朗的名下。”

“我还疑惑他从哪里弄来了车，这下我还得把车还给卡罗尔的老父亲。”

“得先给警方。”

“也是，他们肯定要查一查。”

一谈到警察，他的情绪又低落了，好一会儿一言不发。旁边有车经过时，借着车灯的光，我瞥了他一眼。他把脸埋在胸前，看得出来他很不愿见警察。

“你认识卡罗尔的父亲吗？”我打破了沉默。

“见过。因为麦克的所作所为，他也不喜欢我。现在卡罗尔死了，还出了这么多事，鬼知道他会怎么看我。”

“你不是你弟弟，哈罗德，你不该为他犯下的错自责。”

“我的确负有责任。”

“你是说，卡罗尔的死，你负有责任？”

“那也算一桩。但我是说绑架的事，是我无意中给了他这个想法。”

“怎么说?”

“我不想说。”

“是你自己主动提的，哈罗德，你肯定想一吐为快。”

“我改变主意了。”

我不能逼着他说，这个人非常固执。剩下的时间里，我们再也没有交谈。

我把哈罗德和麦克给他的五百美元一并交给了巴斯蒂安警督，他一直在局里等我。然后我在路过的第一家酒店登记入住。

14

早上九点，口中还残留咖啡的余香，我就回到了警督的办公室。巴斯蒂安正等着我。

“你没睡觉?”我说。

“没怎么睡。”睡眠不足并没有给他带来多大影响，仅是言行举止多了点官腔，“过去二十四小时，你查出了不少东西，我们很感谢你把他哥哥带过来。他的证供很重要，特别是在这案子上庭之后。”

“我还有其他证据给你。”

但巴斯蒂安还没说完：“我和治安官谈过了，每天付你二十五美元，路费每英里十美分，你提交一张清单就行。”

“谢谢，不急。你如果能说服拉尔夫·希尔曼为我提供资金支持，那就帮大忙了。”

“我对此无能为力，阿彻。”

“你把事实告诉他就行，我已经垫付了数百美元，大有收获啊。”

“也许吧，如果有机会，我会和他说。”他突然转移了话题，“法医给布朗夫人做了尸检，发现了一些你可能感兴趣的东西。死因其实是心脏处被捅了一刀，伤口在胸下，比较难发现，所以一开始以为她是被射杀的。”

“这不是什么好消息，哈利很可能借此脱罪。”

“我不这么认为，他可以先开枪，再捅她一刀。”

“凶器确定了吗？”

“还没，法医说是一把中等大小的刀，刀身又薄又宽，非常锋利。刀头很尖，捅她就像切奶油般简单。”法医的这番描述显然令他不适，他脸色阴郁，“你刚刚说有其他证据？”

我给巴斯蒂安看那团黑线，告诉他是在哪里找到的，他立马心领神会：“后备厢？恐怕对那孩子来说不是什么好事，最后看见他的人说他穿着黑色毛衣，是他妈妈织的。”他用放大镜仔细看了看这团线，“看起来是针织线，得让希尔曼夫人看看。”

他把线团放进玻璃桌下的证物板上，然后给希尔曼家打电话，让他们在大牧场的家中等我们。我们分别驾车在晨雾里穿行。到了希尔曼家的车道入口，一个穿着便服的人从雾蒙蒙的灌木丛里出来，指引我们上车道。

佩雷兹夫人穿着黑亮的礼拜服带我们进了门厅。希尔曼从那间带吧台的房间出来，像在梦游，但举手投足又十分精准，就像有什么外部力量控制着他。他的双眼过分明亮。

他和巴斯蒂安握了握手，迟疑了一会儿，也向我伸出手来：“进客厅吧，先生们，你们能来太好了。以伊莱恩现在的状况，她去不了市里，也不肯吃饭。”他说。

她坐在窗前的长椅上。晨光冷冷地打在她苍白的脸上，自周一早上第一通电话起，已经过去了整整两天两夜。看起来，过去的每一分每一秒都像铁丝般一下一下地抽打着她。她手边红色的织物没有丝毫变化，和我最后一次见到的一样。

她努力挤出一个干瘪的笑，向巴斯蒂安伸出了手："拉尔夫说你有东西要给我看。"

"是的，是一团线，不知道会不会是来自孩子身上的毛衣。"

"我给他织的那件黑毛衣？"

"有可能，你看看能不能认出来。"巴斯蒂安把证物板递给她，她戴上眼镜仔细研究了起来。突然，她把证物板放到一旁，站了起来，走出房间。希尔曼赶紧起身想跟过去。他还没出门，她就折回来了，希尔曼的手无助地停在空中。

她拿进来一只印有图案的大型尼龙编织袋。她蹲在长椅前，火急火燎地翻着袋里的东西，掏出来不同颜色的毛线球。她倏地停了下来，手里拿着半卷黑色毛线。

"这是给汤姆织毛衣时剩下的，我觉得和你拿来的线一样。你觉得呢？"

巴斯蒂安从线卷上扯下一点毛线，走到窗户边，与我找到的证物对比了一会儿。

"我觉得一样。可以用显微镜再鉴定一下。"

"如果是一样的，那么意味着什么？"拉尔夫·希尔曼说。

"还是等最终鉴定结果出来再说吧。"

希尔曼抓住了巴斯蒂安的胳膊，晃了晃："别糊弄我，警督。"

巴斯蒂安挣脱了他的手，后退一步。他的鼻子和嘴有些发白，两眼阴沉。

"好吧，我告诉你，这团线是阿彻先生找到的，缠在车后备厢的锁孔上。那辆车是嫌犯哈利开的车。"

“你是说汤姆在后备厢里？”

“有可能。”

“怎么会在后备……”希尔曼急着说，“你是说，汤姆死了？”

“有这个可能，但我们不该匆忙下定论。”

伊莱恩·希尔曼哀号了一声，就像被人掐住了脖子，一下成了屋里众人的焦点。她用纤细、介乎小孩和老人的声音说：“真希望我没有认出那团毛线。”

“那也没法改变事实，希尔曼夫人。”

“我不想再听到这些可怕的事实了，等待已经够痛苦，我不需要额外的折磨。”

希尔曼弯下腰安抚她：“这样说不好，伊莱恩，巴斯蒂安警督是在帮我们。”他之前也是这样说我的。听他重复之前说过的话，我突然有一种奇怪的感觉，就像某个瞬间一直在重复，不停地重复，像在地狱里。

她说：“看看他干的好事，我的毛线球掉得一地都是。”说着，用她穿着拖鞋的小脚踢它们。

希尔曼蹲下去捡毛线球。她作势踢他，但没碰着。

“走开，你也没帮上什么忙。要是你这父亲当得好，就不会出这种事了。”

巴斯蒂安拿起证物板，对我说：“我们还是走吧。”

没有人挽留我们，但希尔曼跟着我们到了门厅。

“很抱歉，我们的状态都很不好。你还没和我仔细讲讲。”

巴斯蒂安冷冷答道：“我们没有任何确切的结论。”

“但你觉得汤姆死了。”

“有可能，但得等后备厢的检验结果出来才能说。抱歉，希尔曼先生，我没有时间和你多作解释。”

“我有时间。”我说。

这是那天早上希尔曼第一次拿正眼看我，好像除了当替罪羊，我有了更大的用处。

“你愿意和我仔细说说事情的进展？”

“是的，说说我所了解的情况。”

“那么，你们聊吧。”巴斯蒂安说完出了门。一分钟后，我听到他开车远去。

希尔曼吩咐佩雷兹夫人去陪他妻子，然后领我去了一间我从没去过的房间。一路上要经过白色的拱形走廊，像一条白垩隧道，最后来到一间宽敞的书房。书房里，靠着两面墙立着偌大的橡木书柜，上面摆满了书，全是小牛皮封面。这地方就像他买下或继承的图书馆。第三面墙是巨大的窗户，能看见远处的海。

第四面墙上挂着镶了框的照片。有一张是迪克·莱昂德罗的快照，他蹲在赛艇的座舱里，掌舵前行，身后是飞溅的白色浪花。还有一张是海军飞行员在飞行甲板上的合照。类似的照片很多，要么在岸上，要么在海上。有一张是二战时一名空军开着“毁灭者号”鱼雷机的照片，相似的还有护航航空母舰的照片，是从高处航拍，看起来就像停在远处波光粼粼的水面上。

我觉得希尔曼带我到进入房间，面对着这面墙，是有目的的。他的一举一动估计皆受内心深处潜意识的控制。不管怎么说，我们在同一个时刻萌生了同一个想法，而那幅航空母舰的照片正是催化剂。

“那是我的最后一艘船，”希尔曼说，“担任船长的最后几周。”

“战争结束前的最后几周？”

“不，它服务期的最后几周。当时战争早就结束了，我们从运河走，把它从达戈开到波士顿，然后它就退出了历史舞台。”他的话语非常温柔，满是惋惜，像在谈论一名逝去的女子。

“它不会就是‘佩里湾号’吧？”

“是的。”他转过身来看着我，“你知道‘佩里湾号’？”

“昨晚才知道。现在事情慢慢清晰了，希尔曼先生。麦克·哈利这个名字，你有印象吗？”

他不解地看着我。

“抱歉，我有点混乱，你之前问的不是哈罗德·哈利吗？”

“那个名字是错的，哈罗德是麦克的哥哥，我昨晚见到他，他告诉我麦克在‘佩里湾号’服过役。”

希尔曼慢慢点了点头。

“我记得麦克·哈利，之所以记得，是因为他给我惹了不少麻烦，最后我只得向上面申请开除他的军籍。”

“他偷了军队里的相机吧？”

他很快看了我一眼。

“你的工作做得很仔细啊，阿彻先生。不过我们也没难为他，毕竟大部分责任不在他。他偷窃的那部贵重相机，本来要送到朴次茅斯军事基地的。”他后退了几步，突然重重地坐到椅子上，就像来自过去的冲击出其不意地把他推倒了，“想不到十八年后，他把我儿子偷走了。”

我站在窗边，等他从这巨大的巧合中恢复过来。当然，这根本不算巧合。希尔曼曾经是哈利的上级，还给了哈利憎恨他的理由。希尔曼的脸平静了下来，但眼里闪烁着愤怒的光。

“想想他给我惹的麻烦，我简直……”他说道，“把事情一五一十地告诉我吧，阿彻，把你知道的都说出来。”

我都和他说了。他听得很仔细，就像在聆听关于他本人的预言。他看起来对被害人卡罗尔很有兴趣，于是我问他之前有没有见过她。

他摇了摇头："我不知道哈利结了婚。"

"这段婚姻可能没有走法律程序，但他们一直在一起。"

"哈利有孩子吗？"

"至少有一个。"

"有孩子的人怎么做得出……"还没说完，他的另一个想法又冲了上来，"至少这能证明汤姆没和这个女人搅在一起。"

"不一定，哈利可能是把她当作了诱饵。"

"可这也太离谱了吧，这女人都能当他妈妈了。"

"但她也不算老，大概是 1930 年出生的。"

"你真觉得汤姆和她在一起了？"

"这是一个由环境决定的学术问题，希尔曼先生。"

他那贵族式的脸慢慢向我转来，光恰到好处地打在上面，看起来棱角分明。这些天他越发消瘦了，脸部的轮廓越发立体，像一尊雕像。"你是说汤姆死了？"

"还未成定局，但可能性很大。"

"要是他还活着，这会儿是不是该回家了？"

"如果他故意不回呢？"

"他有什么理由不回？"

"不确定，只是有些事实表明他可能不想回家。周日，有人看到他和那个女人在一起，他是完全自由的。再说，一开始他就是擅自离校出走。"

"那是离校，不是离家。"

"他可能担心万一回家又要被送去学校。"

"天啊，我肯定不会那样对他。"

"是你把他送去那儿的。"

“我那会儿迫于情况，无计可施。”

“那会儿是什么情况？希尔曼先生。”

“现在没必要谈，照你说的，那会儿的情况不能改变事实。”

“他曾企图自杀吗？”

“没有。”

“谋杀呢？”

他的目光有些躲闪：“当然没有。”他很快转移了话题，“我们不能站在这儿瞎扯。要是汤姆还活着，我们就得找到他。哈利是唯一一个知道他在哪里的人，你也说哈利应该在去内华达的路上。”

“他现在可能已经到了。”

“那你怎么不去追他？要是我妻子不需要我陪着，我肯定马上飞过去。你可以包机去。”

我提出了费用，解释说我自费调查时已经垫付太多。

“抱歉，我没想到这个问题。”

他找出斯蓬提博士和斯凯里先生周一给他的那张两千美元支票给了我。我有客户了。

15

穿蓝色连帽滑雪衫的斯特拉正在车道上等我。这姑娘的脖子上挂着一副望远镜，消瘦的脸上没什么血色，好像全副精力都用来支撑眼皮。

我停车后，她自顾自坐到了副驾驶座上："我一直等着你。"

"所以你带了望远镜？"

她严肃地点点头："我盯着汤米家呢，看都有谁进出。妈妈以为我在观鸟，她肯让我这么做是因为观鸟是有身份的人会做的事。我的确也在为明年的生物课研究鸟类，了解橡树啄木鸟的筑巢习惯。不过这些鸟长得太像了，很难一直追踪某一只。"

"人也是？"

"我发现了。"她朝我靠过来，小小的胸碰到了我的肩膀，像是某种信任的馈赠，"不过你知道吗，阿彻先生？汤姆今早上试着给我打电话了，我肯定就是他。"

"跟我说说。"

“也没什么，就是那种接起来没声音的电话。是我妈妈接的，所以汤米没有出声儿。他希望是我接的。”她的眼里闪着希望。

“你为什么觉得是汤米？”

“我就知道是他。电话是早上七点五十五分打来的，他之前一直在这个时刻打给我，然后开车送我去学校。”

“斯特拉，这无法证明什么，更像是有人打错了。”

“不，肯定是汤米，他会继续打的。”

“他为什么打给你而不打给他家里人呢？”

“可能是害怕，他现在肯定有了大麻烦。”

“有麻烦是肯定的。”

我努力想让她不要胡思乱想，但仍把她吓着了。她压低了声音说：“你发现了什么？”

“尚无定论。我们正在追查绑匪。我得上路了。”

她睁大眼睛看着我：“他真被绑架了？不是他自愿找他们的？”

“一开始可能是自愿的，之后就不确定了。汤米提过一个叫卡罗尔的女人吗？”

“那个被杀害的女人？”

“是的。”

“没有，怎么了？他认识她？”

“他们很熟。”

她领会到了我的意思，摇了摇头：“我不信。”

“那也没法改变事实，斯特拉。你曾见过他俩在一起吗？”

我掏出那叠照片，挑出哈罗德·哈利 1945 年给卡罗尔拍的那张。斯特拉仔细看了看，声音里透着某种敬畏：“她……她真的很漂亮，看起来比我大不了多少。”

“拍这张照片的时候，她和你一般大。但那是很久以前了，现在她老了。”

“我没见过她，我很确定。汤米也没提过她。”她怏怏看着我，“很难一直追踪某个人。”她把照片递回来，就像端着什么沉重的东西，一不小心便会有烫手的东西洒出来。

这时候，一个女人像丢了羊羔的母羊般从橡木林冲了出来。是斯特拉的母亲，一头漂亮的红发乱糟糟的，焦虑的神色无情地破坏了她美丽的脸蛋。她看到了斯特拉，冲到副驾驶座一侧。斯特拉把窗户摇了上去，锁上门。

瑞亚·卡尔森以拳击打车窗：“出来！你以为自己在干什么？”

“在和阿彻先生说话。”

“你疯了，你想毁掉自己吗？”

“我不在乎，真的。”

“你没有权利这样和我说话，你这个没良心的！”

“怎么没良心了？”

“是我把你生下来的，不是吗？所有东西都是你爸爸和我给予你的。”

“我什么都不想要，只想一个人待着，妈妈。”

“不行！给我出来。”

“我没必要出去。”

“你得下车。”我说。

斯特拉看着我，似乎我背叛了她，投奔敌方。

“她是你妈妈，”我说，“而且你尚未成年，不听你妈妈的话就是不听管教。我如果纵容你，就是协助未成年犯罪。”

“真的要我下车吗？”

“我也不喜欢这样。”我说。

这么一说，她倒是被说服了，还给了我一个小小的微笑，然后开门下了车。我也下车朝她们走去。瑞亚·卡尔森看着我，好像我将会攻击她。

“冷静，卡尔森夫人，什么事都没发生。”

“哦？你知道？”

“我知道只要有我在，斯特拉就不会受伤害。能问你一个问题吗？”

她迟疑了一会儿：“我不一定回答。”

“今天早上七点五十五，你接到的那通电话是本地还是长途？”

“我不知道，我们家的多数长途电话都是直拨过来的。”

“说了什么？”

“我说了‘你好’。”

“打过来的人说了什么。”

“没有，没说话。”

“然后挂了电话？”

“是的，但我能肯定不是希尔曼家的孩子，是有人打错号码了。这种事常发生。”

“肯定是汤米，”斯特拉说，“我知道是他。”

“别听她胡说八道，她总是乱编些有的没的。”

“我没有。”她快要哭出来了。

“不要和我顶嘴，斯特拉。你为什么总要和我对着干？”

“我没有。”

“你有。”

我走进她俩中间：“你女儿是个好姑娘，也快成年了。请你记住这一点，对她温柔些。”

卡尔森夫人拼命维护自己的权威，轻蔑地说：“母女之事你又知道些什么？再说了，你究竟是谁啊？”

“我自战争年代就是私家侦探了，在时间的流逝中见识了种种人性，也掌握了鉴别好人的本能。斯特拉是好姑娘。”

斯特拉红了脸。她母亲不解地看着我。我开车离开时，从后视镜里看到母女俩沿着车道远去，两人离得远远的。真遗憾，我知道，瑞亚·卡尔森年轻时也是好姑娘。

我去银行把斯蓬提给的两千美元支票提了现。我在希尔曼的签名下面写道：“非常感谢，卢·阿彻。”以此反击斯蓬提解雇我。一想到斯蓬提看到这句话时肯定得气红脸，我就获得了某种满足。

钱包鼓起来，我感到了自由，脑子也飞速转动起来，单凭一个预感，我就大胆开车直奔哈罗德·哈利在长滩的家。事实证明这预感没错，来应门的是莱拉。

她围着围裙，戴着除尘帽。一缕黑发掉了出来，她抬手把它塞回了帽子里，胸脯随之颤动。莱拉不是美女，但活力十足。

“你也是来找哈罗德的？”

“对，我以为你离开他了？”

“是的，但我决定回来。”

“很高兴你做了这样的决定，他需要你的支持。”

“是啊。”她的声音柔和了起来，“哈罗德怎么样？会被关起来吗？”

“有我帮忙，应该不会。”

“你是联邦调查局的？”

“我不属于任何组织，是自由职业者。”

“我在想，今早上他们来把车运走，却没放哈罗德回来，现在车没了，接下来估计要把我们家拆了。这一切都是因为他那个可恶的弟弟。太不公平了。”

“事情总会水落石出的。我曾对哈罗德说过，现在也对你说，他若想要自由，最大的机会就是坦白，把真相说出来。”

“真相就是他任凭他弟弟骑到他头上。他一直都是这样，而麦克……”她捂住嘴，看着我，棕色的双眼写满了警惕。

“麦克怎么了？哈利夫人。”

她扫了一眼肮脏的街道，几个小孩在院子里玩，他们的妈妈在旁边看着。莱拉拉了拉我的衣袖。

“进屋来，好吗？也许我们能达成交易。”

进了客厅，我跨过放在门口的吸尘器管。

“我在打扫屋子，”她说，“我得找点儿事情做，打扫是我唯一能做的。”

“希望哈罗德能早日回来。”

“是的。要是我帮你抓到他弟弟，会对他有利，对不对？”

“当然。”

“要是你们抓到麦克，会放了哈罗德吗？”

“我没法保证，但我觉得可能性很大。”

“你为什么没法保证？”

“我只是调查员而已。但警方要抓的人是麦克，你知道他在哪儿吗，哈利夫人？”

她一动不动地站了很久，面部毫无变化，就像墙上挂着的她的肖像一样，然后轻轻点了点头。

“我知道他今天早上三点在哪儿。”她拿拇指指了指电话，“早上三点，他从拉斯维加斯打来电话，要找哈罗德。我告诉他，我不知道哈罗德去哪儿了，说我昨晚回家时他就不在。”

“你确定打电话来的是麦克？”

“绝不可能是别人。我听得出他的声音，这也不是他第一次打电话来软磨硬泡要我们把辛苦钱给他。”

“他打电话来要钱?”

“对，要我向拉斯维加斯西联国际汇款公司汇五百美元。”

“但他身上有两万多现金啊。”

她脸上的情绪消失了，变得木无表情：“我不知道。我只知道他特别需要钱，催我汇五百美元给他，还说二十四小时内双倍还我。我让他死了这条心。他那会儿正赌得天昏地暗。”

“听起来如此，对吧?”

“他是亡命赌徒，”她说，“我讨厌赌徒。”

我给里诺的沃尔特斯侦探社打了电话。阿尼的妻子兼合伙人菲利斯告诉我，阿尼已经乘早班飞机去了拉斯维加斯，有人看到哈罗德·哈利的那辆普利茅斯出现在拉斯维加斯大道的汽车旅馆。

不到两个小时，我也到了拉斯维加斯，坐在一家汽车旅馆的房间里，和阿尼还有那辆普利茅斯的新主人谈话。这人叫弗莱彻，说自己是从亚利桑那州的菲尼克斯来，不过他的口音听起来更像是德克萨斯人。他一身蓝色的西部装扮，脚踩高跟靴，腰间系着配套的皮带，有着浮夸的银色皮带扣。没系领带，脖子上挂着一只紫水晶吊坠。房里有两张单人床，一张上面搁着他的毡帽，另一张上面摆着女装。阿尼告诉我，女装的主人正在浴室里洗澡，我没亲眼见着。

弗莱彻先生是个自信满满的大块头，长相粗犷。他的脸就像是一块花岗岩被大意地砍下来，扔到户外日晒雨淋了四五十年。

“我本来不想买他这辆破车，”他说，“我在菲尼克斯有一辆崭新的凯迪拉克，不信你们去查。他连车辆登记证都没有。因为他输得一干二净，还想继续打，我才花五百美元买了他这辆破车。”

“打什么?”

“扑克。”

“缠打扑克[1],”阿尼说,“就在本地一家大酒店里。弗莱彻先生不肯透露酒店的名字,也不肯告诉我们其他玩家的名字。昨天他们打了整整一天,一直打到深夜。不知道哈利输了多少,只知道他输得精光。”

“那应该至少输了两万。有人出老千了吗?”

弗莱彻转过头来盯着我,就像雕像盯着路人:“这位朋友,我们的牌局非常诚实,必须诚实。我是赢家。”

“我没说你不诚实。”

“先生,菲尼克斯不少有身份的人都会来我家拜访,我也会去他们家,大家都管我叫诚实佬弗莱彻。”

谁都不再说话,只有空调嗡嗡作响。我打破了沉默:“那么,弗莱彻先生,你赢了多少?”

“那是我和税务局之间的事,朋友。我赢了一大笔钱,这也是我为什么花五百美元买了他的破车。这车对我一点用处没有,你要的话只管开走。”他如王者一般挥挥手。

“我们会开走的。”阿尼说。

“请便,我配合。”

“还要麻烦你再回答几个问题,弗莱彻先生。”我拿出了汤姆的照片,“你曾见过哈利和这个男孩在一起吗?”

他仔细研究起了照片,就像在看自己手绘的卡片,然后把照片递还给我。“没有。”

“他曾提到过男孩的事吗?”

“从来没有,哈利全程都是一个人,也不说话,能看出他不适合这种赌注高的牌局。但他有钱,输钱也是自找的。”

---

① 玩家跟注对手的加注,希望以此把对手打走。

“自找的？”阿尼说。

“对啊，跟我赢钱是一个道理。他是天生的输家，而我是天生的赢家。”

弗莱彻站起来，在房里踱大步。他点了一支巴西雪茄，没问我们要不要。他把烟喷出时，烟顺着空调吹出的风散开。

“牌局是什么时候结束的？”我说。

“今早上三点左右，当时我赢了最后一大笔。”回忆起昨晚的胜利，他不自觉地扬起了嘴角，“我愿意继续打下去，可其他人不肯。哈利也想继续打，但他没钱。老实说了，他不适合打扑克。”

“他给你添麻烦了吗？”

“没有，先生，组织牌局的那位先生不会允许这种事发生，所以我没遇上什么麻烦。不过哈利最后向我借钱，我给了他两百美元当作回家的路费。”

“哪儿的家？”

“他说自己从爱达荷来。”

我打了辆车去了机场，买了去波特卡洛的航班。没到傍晚，我就已经开着租来的车沿着波特卡洛 7 号乡村邮路前往哈利父母的家。

16

夕阳西下，绿油油的农场躺在蜿蜒的河边，沐浴在金光下。我驶往他们的农舍，一路上尘土飞扬。农舍是白砖砌成的，没有任何装饰。谷仓没有上漆，被风霜侵蚀得满目疮痍。

傍晚没什么风，院子栅栏外的树叶纹丝不动，望过去如同一幅水彩画。虽说农场就在河流附近，但仍闷热得不行，比拉斯维加斯还令人窒息。

这里和拉斯维加斯相比简直差了十万八千里，很难相信哈利会回来，感觉他这辈子都不会有这个念头。但我还是亲自来看看，不能放过任何机会。

我一下车，院子里一条黑白相间的独眼牧羊犬就冲着我吠了起来。我和它说话，努力想让它冷静下来，可它太害怕了，叫个不停。一位穿着围裙的老妇从屋里走了出来，朝那条狗只说了一个字，它就安静了下来。她朝我喊："哈利先生在谷仓里。"

我穿过铁丝门走了过去："能和你说两句话吗？"

“那得看你想说什么。”

“家庭事务。”

“如果是卖保险的新花招，告诉你，哈利先生不相信保险。”

“我不是来推销的。你是哈利夫人吗？”

“是的。”

她是个枯瘦的女人，大概七十岁，平肩，套着一件条纹长袖衫，灰白的头发紧紧梳在脑后。我喜欢她的脸，虽然眼球浑浊，眼周满是沟壑般的皱纹，但常年的苦痛在她脸上雕刻出了某种超脱、幽默的神态。

“你是谁？”她问。

“你儿子哈罗德的朋友，名叫阿彻。”

“太好了，我们快要吃晚饭了，就等哈利先生挤完奶回来。你留下来和我们一起吃饭吧？”

“太客气了。”我不太想和他们一起吃饭。

“哈罗德怎么样？”她说，“他和莱拉结婚之后，就没怎么听到他的消息了。”

显然她还没听说关于自己两个儿子的事，我不知道该不该告诉她。她看出了我的犹豫。

“哈罗德出什么事了？”她一针见血地抛出了问题。

“其实是麦克出事了，你见过他吗？”

她在围裙上擦拭自己又粗又大的手来：“我们有二十年没见过麦克了，这辈子估计不会再见到他了。”

“还是有可能的，他跟人说他要回家。”

“这里可不是他的家，他还是个孩子的时候就不属于这个家了，和我们断绝了关系。他跑到波特卡洛，和一个叫布朗的男人住在一起，从那时起他就开始走下坡路。”

“怎么说?”

“布朗的女儿，那个恶毒的女人毁了我儿子，给他灌输了肮脏的想法。”

她的声音变了，像身体里藏了一个疯子，借她的口在咒骂。我赶紧插一句：“无论卡罗尔对他做了什么，都遭报应了。她周一在加利福尼亚被杀死。”

她停下擦围裙的手，蓦地抬到眼前，用浑浊的眼珠看着那双丑陋粗糙的双手。

“麦克杀了她?”

“我们是这样认为的，但还不确定。”

“你是警察。”她断言。

“差不多。”

“你来找我们做什么?我们已经尽力了，但那孩子没法儿管，他也早就不归我们管了。”她的手垂落下去。

“他如果走投无路，就可能会来这儿。”

“不可能，哈利先生说过，他敢踏进这地方一步就杀了他。那是二十年前的事了，他在海军服役期间跑掉。但哈利先生说那话可不是开玩笑，他接受不了违法的人。而且哈利先生也没像他说的那样虐待过他，只是想从恶魔手里把他夺回来而已。”

那个疯子的声音又出现了，她根本不清楚自己的儿子是什么情况，即便知道也无法理性地讨论。我感觉自己白跑一趟。

我去谷仓找她的丈夫，他就在附近的牛棚里，坐在凳子上给一头黑白花牛挤奶。他的双手在牛的奶头上忙活着，乳汁射入了他两脚间的桶里，清甜的奶香冲淡了弥漫在闷热空气里的屎臭味。

“哈利先生?”

“忙着呢，”他不耐烦地说，“最后一头了，等一下。”

我往后退了退，看了看牛棚里的牛。大概有十到十二头，我从中经过时，它们费力地挪动着身躯。不知从何处传来了马嘶和马蹄声。

“你惊着这些畜生了，”哈利先生说，“要想待在这儿就别乱动。”

我一动不动地站了五分钟左右。那条独眼牧羊犬跑进来，把我的鞋闻了个遍，但还是不肯让我摸它，我一弯下腰它就往后退。

哈利先生站起来，把桶里的奶倒进一只十加仑的大容器里，里面的奶沫都快溢出来了。他是个高大的老人，穿着工装裤，戴着草帽，帽子快碰到低矮的房梁。他看起来和哈罗德为他拍的肖像一模一样，细长的眼里充满怒气，不苟言笑，看起来一身正气。他走过来时，狗往后退。

“你不是本地人。是开车经过？”

“不。”我表明了自己的身份，“开门见山，你的儿子麦克惹了大祸。”

“麦克不是我儿子，”他严肃地说，“我不想听有关他的事，也不想知道他惹了什么祸。”

“但他可能朝这儿来了，他对别人是这么说的。如果他回来，你得通知警方。”

“我不需要由你来告诉我该做什么，有更高的力量指引我怎么做。我心里会收到指引的方向。”他拿拳头捶了捶自己的心口。

“那可真方便。”

“别冷嘲热讽，也别亵渎神明，否则你会后悔的。我会祈祷让你受到惩罚。”

他伸手去拿靠墙放的干草叉，狗夹着尾巴跑出牛棚。我突然感觉自己的衬衫紧贴在了身上，极度不舒服。干草叉三个闪着光的尖锐叉子正对准我的腹部。

“滚，”老人说道，“我这辈子都在和恶魔斗争，一眼就能看出谁是他的走狗。”

我也能，我答道，但不敢大声说出口。我退到了门口，被高高的门槛绊了一下，然后出了门。哈利夫人站在铁丝门内靠近我车子的地方，双手安放在瘦弱的胸前。

“很抱歉，”她朝我说，“卡罗尔·布朗出了那样的事，我很难过。她不是坏孩子，只是我没法接受她。”

“现在说这些没意义，她已经死了。”

“在上天看来有意义。”

她抬头望天，好像云端之上存在着真正的天堂。对我来说，此刻想象真正的地狱比较容易，在地平线的那一端，傍晚的红光如燃烧着的地狱之火。

“我这辈子做了太多的错事，”她说，“对很多事孰视无睹。但你要知道，我不得不选边站。”

“我不明白。”

“我必须在哈利先生和我的儿子之间做出选择。我知道他是个冷酷无情的人，可能想法也有问题，但我又能做什么呢？嫁鸡随鸡，嫁狗随狗，我没有力量反抗他，没有人能反抗他。他把我们的儿子赶出家门时，我只能在旁边看着，什么都做不了。哈罗德比较温顺，他最后原谅了我们。但麦克永远不会，他跟他父亲一模一样。我的孙子，我一眼都没见过。”

眼泪顺着她脸上深深的皱纹流了下来。她的丈夫从谷仓走出来，左手拎着奶桶，右手拿着干草叉。

“进屋去，玛莎。这人是恶魔的走狗，我不准你和他讲话。”

“别伤害他，求你了。”

“进屋去。”他又说了一遍。

她转身进了屋，垂着头，趿拉着鞋。

“至于你，走狗，”他说，“滚出我的农场，否则等着受罚。”

他举起干草叉指着红彤彤的天。我已经进了车，把车窗关上。

开出了几百码，我把车窗摇了下来。衬衫全湿透了，还能感到汗水不停地顺着腿流。我回头望去，在微光里瞥见河水正静默地、柔滑地流淌，那突然令我感到神清气爽。

17

去哈利家的农场之前，我和罗伯特·布朗及其夫人约了当晚见面。他们已经知道自己的女儿出了什么事，我就不用再报噩耗了。

他们家位于这座城的最北边，就在和亚瑟街平行的一条街上，两旁种满了行道树，甚是怡人。夜幕降临，树叶繁盛，街灯亮堂堂的。天很热，地面就像一头热血动物，不停散发着热气。

罗伯特·布朗在前廊等着我，一见我来，便一边招手一边走到了路边。他是个高大的男人，白发剃得短短的，动作很有力，但走起路来像是在艰难地趟过什么看不见的东西，也许是岁月，或是悲伤。我们郑重地握了握手。

他的声音很是柔和："我明天搭飞机去加州，早知道就不用麻烦你多跑一趟了。"

"没关系，我反正也要和哈利的家人聊聊。"

"这样啊。"他像鸟儿一样朝一侧歪了歪头，对于这么高大的人来说，这个动作太奇怪了，“和他们能沟通吗？”

“哈利夫人挺好说话，哈利就难了。”

“这不奇怪。人家说他是个好农民，但经常出入精神病院。我和我妻子在他发病的时候照顾他儿子麦克，把他当作家人。”他的语气好像这件事对他而言是个耻辱。

“那样做很了不起。”

“怕是做错了，但谁又能预见未来呢？算了，事情都过去了，一切都过去了。”有那么一刻，他完全忘记了我的存在，之后突然回到了现实，“进来吧，阿彻先生，我太太想和你说说话。”

他带我进了客厅，是典型的老式乡村客厅，墙上挂着家庭成员合照和全家福，墙纸的花色令人压抑。屋里摆着枫木家具，保养得很好。壁炉架上摆满了体育比赛奖杯。在顶灯的照耀下，奖杯闪着金光和银光。

灯下的扶手椅上坐着布朗夫人，真是个非常漂亮的女人，看起来比她丈夫年轻几岁，大概五十五岁了。可她把自己的美貌藏在了一件老气的黑裙子里，棕色秀发烫成了非常整齐的波浪，隐隐能看见些许白发，美丽的双眸投射出了迷茫，黑眼圈很重。她向我伸出手时不像是问候，倒更像是在下赌注寻求帮助。

她让我坐在她身边一张脚凳上。

“把关于可怜的卡罗尔的事情都告诉我们吧，阿彻先生。”

关于卡罗尔。我环视了一下这间散发着安定感的中产阶级的房间，看了看墙上挂着的卡罗尔祖辈的照片，然后把目光转回她父母的脸，活人的脸。卡罗尔是怎样的姑娘呢？从她母亲难以掩饰的美貌里，我看到了她靓丽脸庞的根源，却看不到她的人生究竟如何发生变化，更看不清她为何走向了此种结局。

布朗说：“我们知道她死了，被杀害了，而且很可能麦克就是凶手，但除此以外一无所知。”他的脸看起来就像罗马将军，是已故罗马将军的脸，在蛮族大军面前吃了无数次败仗。

“我知道的也差不多是这样，麦克应该是把她当作诱饵了，然后对别人实施了敲诈。你们知道希尔曼家的孩子吗？”

他点点头：“我在报纸上看到过，那会儿我还不知道我女儿已经……”他的声音越来越小。

“报道说那孩子可能也死了。”布朗夫人说道。

“很可能，布朗夫人。”

“都是麦克干的？我知道他不走正道，可没想到是禽兽。”

“他不是禽兽，”布朗说道，声音里充满了疲惫，“他是病人，他父亲就是，无论去多少次精神病院都治不好。”

“要是麦克病得那么厉害，你为什么还带他回家？还让他接近你的女儿？”

“她也是你的女儿。”

“不用你说，我也永远不会忘，但我不是毁了她的人。”

“这件事你也有责任，是你鼓励她参加那个选美比赛的。”

“她又没赢。”

“那就是问题所在。”

“是吗？问题在于你对哈利家那个孩子的态度。”

“我想帮他，他需要帮助，他有天赋。”

“天赋？”

“是个当运动员的好苗子，我想培养他。”

“对，培养得太好了。”

他们无视我的存在，针锋相对起来，可并不是忘记了我的存在，而是把我当成了天平的支架或现实的替身。我觉得，两人的这种争吵估计已经持续了二十年。

“我想要个儿子。”布朗说。

“你是有个儿子，一个品行端正的好儿子。”

他看起来好像要揍她，但并没有动手。他转过来对着我说：“抱歉，我们不应该这样的，太丢人了。”

他妻子一言不发盯着他，好像永远都不会原谅他。我努力想说点什么缓和一下气氛：“我来不是想害你们吵架的。”

“不是你的错，我保证。”布朗懊悔地笑了笑说，“从卡罗尔和麦克私奔那天起我们就吵架，我没想到他俩居然私奔了。”

他妻子语带挖苦地插嘴：“从她出生那刻起，我们就有分歧了。你想要儿子，不想要女儿。你不想要她，也不想要我。”

“我没有。”

“他失忆了，”她转向我说，“和所有男人一样，只记得他想要记得的东西。任何有损自己形象的东西一概不记得。我先生很不诚实。”末了，她笑了笑，是一种充满愤怒、咬牙切齿、不同寻常的笑。

“胡说八道，”他抗议了起来，“我这一生都忠于你一个人。”

“然而你表现忠诚的方式令我无福消受，就像那会儿你带哈利家的男孩儿回来，真博爱，多么高尚的行为。”

“你没有权利嘲笑我，”他说，“我是想帮他，我也不知道事情会变成那样。”

“看吧，你想要儿子，就去弄个儿子回来。”

他固执地回答：“你不明白，男人都想要儿子，抚养他，把自己会的东西都教给他。”

“而你唯一教给麦克的就是不诚实。”

他转过身来对着我，双手无助地在空气里比画着：“她把一切事都怪罪到我头上。”随后失神地走了出去，去了房子后面。

我觉得自己被单独留在一头没有利齿的母狮子身边。她晃起了椅子："也怪我太蠢，嫁了一个心智不成熟的人，他现在谈起高中球队仍激动得不行，大家都崇拜他，喜欢他，在其他人的口中，他是圣人般的存在。可他连自己的女儿都保护不了。"

"你和你先生要互相支持。"

"现在谈这个太晚了，不是吗？"

她的眼光落在我脸上，探索了一阵，扫来扫去。

"如果你一直这样，会要了他的命。"

"不会的，他会活到八十岁，像他父亲一样。"

她朝墙上的一幅照片偏了偏头。从不同的角度看去，她的脑袋都很美好，我的视线要移不开了。很难想象这样一个完美的皮囊里装满了或冰冷或炙热的苦恼。

"你当年肯定非常美丽。"我这么说，一部分原因是我想这么说，另一部分原因是为了让她平静下来。

"的确。"

这种话对她而言好像不怎么受用，即便是从虚荣的角度出发。我开始怀疑她是不是对男人没感觉，有些长得过于漂亮的女孩就是这样，人人都把她们当做美丽的物品对待，慢慢地，她们就麻木了。

"我嫁给谁都行，"她说，"和我一起读大学的那些男生，有的成了银行行长，有的成了大公司的总裁。结果我爱上了一个球员。"

"你先生不只是球员。"

"别替他说好话，"她说，"我知道他是什么样的人，也知道我的人生究竟发生了什么样的变化。我上当了。我对婚姻，对孩子倾尽全力，却又得到了什么？你知道我连外孙子都没见过吗？"

哈利夫人也说了一样的话，不过我没提。

“你外孙怎么了？”

“卡罗尔把他送给别人养了，你能想象吗？不过我知道她为什么这么做，她不信任自己的丈夫，怕他伤害小宝宝。看吧，她嫁了这种人。”

“这是她对你说的？”

“差不多如此。麦克就是个虐待狂，他以前老拽猫咪的尾巴，把它们吊着晃。他在家里住了一年多，我一直很怕他。他特别强壮，而且我根本猜不着他会做出什么事来。”

“他攻击过你吗？”

“没有，他不敢。”

“他走的时候几岁？”

“我想想，卡罗尔那会儿十五岁，他应该是十七八岁。”

“他走了之后就参加了海军，对吧？”

“他没有马上参军，他和一个年纪大一点的男人一块儿离开，那男人原来是本地的警察，我忘记他叫什么了，因为行贿丢了工作，就决定离开这个地方，带着麦克一起走。他说要把麦克培养成拳击手，两人一起去了西海岸。我觉得麦克应该是几个月后才加入海军。卡罗尔……”她突然丧气地闭了口。

“卡罗尔怎么了？”

“我刚才想说可以让卡罗尔给你仔细说说。”带着怒气的笑再次扭曲了她的嘴，“我准是疯了。”

“不是的，布朗夫人，人生变故总是需要花时间来消化。”

“要习惯这件事，恐怕花尽余生都做不到，做不到啊。”她不耐烦地起身，走向了壁炉。码得整整齐齐的那排奖杯里，有一座没摆好，她整理了一下。

“罗伯特在厨房干什么呢?”

但她并没有去看他在干什么，反而以一种尴尬的姿势站在没生火的壁炉前，撅着一侧屁股，那条过时黑裙包裹着的躯体散发着怒气，可惜她对自己的身体无能为力，对她的脸、她的美貌也无能无力。和她女儿一样，她也被困在了皮囊里。

“我希望你继续给我讲讲你的故事，布朗夫人。”

“那些都称不上是故事。”

“你想怎么称呼都行，我真的很感谢能和你聊聊，这是我第一次有机会好好了解案件的背景。”

“背景现在都不重要，前景也不重要。”

“还是重要的，你说的事情也许能帮我找到哈利。你曾经时不时地见到哈利和卡罗尔吧?”

“他走了之后，我只见过他一次，我不肯让他住家里。那是在1944年到1945年的冬天，他从海军回来，说自己在放假，实际上是擅离职守。他油嘴滑舌，又把罗伯特说动了。本来他和那个前警察，也就是那个受贿离职的警察跑了的时候，罗伯特非常失望。结果呢? 我那傻丈夫再次相信了他，还给他钱花——麦克就是用那些钱带着我的女儿，我唯一的女儿私奔了。”

“为什么卡罗尔会和他走?”

她抓了抓前额，在白皙的肌肤上留下了红印:“几个月前，她回家时，我也问了她这个问题。我问她当年为什么和他私奔，为什么心甘情愿跟着他。她说自己不知道。当然了，一部分原因是她想逃离波卡特洛，她讨厌这里，她心系海岸另一边，想拍电影。我女儿的梦想太幼稚了。”

“十五岁的女孩都这样。”一阵痛苦袭上心头，我想到了斯特拉。这痛苦在我心里某个不起眼的角落驻扎了下来。每一代人都是从零开始，慢慢认识世界，一代又一代，不断循环往复。很快，孩子无法再从大人身上学到什么，大人也无法从自己孩子身上获取新知。上一代与下一代如同被孤立在时间中的异星部落。

“实际上，”我说，“卡罗尔实现了电影梦。”

“真的吗？她和我说过一次，但我没信。”

“她经常撒谎？”

“不，经常撒谎的是麦克。我只是不信她能做成什么事而已，她这辈子就没什么成就。”

这女人无尽的抱怨真令我受不了，这些话她好像永远讲不够。如果她二十年前就是这副样子，我倒是能理解为什么卡罗尔一有机会就逃离，一直不回来。

“你说几个月前刚见过卡罗尔？”

“是的，她六月从塔霍湖搭汽车过来。我已经有很长时间没见到她了。她看起来脏兮兮的，天知道那男人给了她什么样的生活！不过她没怎么和我说那些事。”

“他们的生活不是很安稳，哈利丢了工作，两人生活窘迫。”

“她也是这么说的，然后照例向我们要钱。罗伯特应该给她钱了，他一直都这样。之后还在我面前说把车送给了她，但我知道是她擅自把车开走了。他们的旧车坏了，在塔霍湖那边，没车可活不下去。”

“你怎么知道车是她擅自开走的？毕竟你先生说是他主动给的。”

她看起来有些尴尬：“这些都无关紧要，车嘛，他们要就给他们。”这是她的第一句慷慨话，但她还是没忍住抱怨，“反正我们需要买辆新车，卡罗尔肯定是一时冲动才做出那样的事，她的性格一直如此。”

“问题是，”她继续说，“她走的时候连句招呼都没打。她开车去市中心看电影，从此一去不返，把行李箱扔在房间里不管。”

“出了什么事吗？”

“没什么，晚饭的时候我们起了争执。”

“什么争执？”

“关于我外孙，她没权利把他送走。她说那是她自己的孩子，所以她想怎么样就怎么样。但她没这个权利啊。如果她养不了他，就该把他送到我们这儿来啊，我们可以好好养他，供他上学。”她用力地喘气，“那天晚上，她对我说了不可原谅的话。她说，像我们好好养她那样养育她的儿子吗？然后就出去了。之后再也没见过她。她父亲也是。”她往前探了探头，又强调了一次，“我们是好好养了她，只是她没抓住我们给予她的机会，怪不得我们。”

“你们互相责备，”我说，“使彼此生活在痛苦之中。”

“少给我讲什么大道理，我先生说得够多了。”

“我只是想让你知道，你们需要一个媒介，一个中间人，来帮你们调解。”

“你要毛遂自荐？”

“不，你们需要专业的顾问。”

“我先生就是顾问，”她说，“给他带来什么好处了吗？算了，我不信那些所谓的调解，人得学会自己解决问题。”

她收起脸上的表情，坐回扶手椅，一副冷静的样子，想让我看看她能自己解决问题。

“但如果解决不了问题呢？布朗夫人。”

“那就是不解决了。”

我尝试做最后的努力：“你上教堂吗？”

“当然。”

“你可以和牧师谈谈这些问题。”

“什么问题？我不觉得我现在有什么大问题。”她太绝望了，都无法直面灯光，也许是害怕看清自己。

我转移了话题：“你说你女儿的行李箱没带走，现在还放在家里吗？”

“就在楼上她的房间里，里面没什么东西。我差点它当垃圾扔了，但又想着她万一回来取呢。”

“我能看看吗？”

“我去拿。”

“不介意的话，我想去她的房间看看。”

“不介意。”

我们一起上了楼，布朗夫人在前面带路。她进了里面的一间卧室，拧开了灯，退后让我进去。

一进门，便可以感受到卡罗尔离家出走对布朗夫人的打击有多大。房间是很典型的女高中生的卧室，法式乡村风格的床上铺着黄色荷叶边床单，梳妆台也是配套的装饰。梳妆台上放着两只丘比特娃娃灯，两个娃娃互相面对着，空洞地笑着。一小块羔羊毛毯上放着一只布偶狗，吐着红色的舌头，盯着我。房里还有一个小小的书架，和床架一样，是白色的，上面摆满了高中课本、医院小说和青少年玄幻读物，墙上挂满了大学奖旗。

“房间一直保持着她离开时的样子。”布朗夫人在我身后说。

“为什么？”

“我也不知道，可能觉得她总有一天会回家吧。她的确回来过几次，行李箱就在衣柜里。”

衣柜散发着香囊的味道，里面都是短裙和连衣裙，是十几年前高中女生流行的打扮。我开始觉得房间里的东西和卡罗尔的关系并不大，更像是她妈妈的理想摆设。她妈妈开口说话了，像听见了我脑内的疑问。

“我大部分时间都待在这房里，这里有她的气息。我们以前有段时间真的很亲密，她什么事都和我说，诸如和她约会的男孩子之类的，什么都说。我就像重回高中时代。”

“太亲密算好事吧？”

“我不知道。”她抿紧了嘴，“估计不算什么好事，因为她突然和我反目成仇，一下子紧闭心门。我不知道她经历了什么事，但我能看见她在不停地改变，越变越粗糙。她过去是个多好看、多纯洁的女孩啊。”她两边的嘴角耷拉着，好久都没有回过神来，好像突然间意识到女儿已经离世，巨大的打击一时间令她的大脑停止运转。

行李箱是牛皮的，非常旧，上面刻着罗伯特·布朗的首字母。我把箱子拉到房中间，打开的一瞬间回到了达克汽车旅馆，那天打开卡罗尔的另一只行李箱时，扑面而来的也是同样一股带着悔意的酸臭味，瞬间充斥了整个房间。

衣服同样都拧在了一起，不过这只箱子里只有女装。短裙、连衣裙、内衣、长筒袜、化妆品和一本关于解梦的书。书里有一张被当作书签的纸，上面的字迹很潦草。我把纸抚平，署名是“你的哥哥，哈利”：

亲爱的麦克：

很抱歉听到你和卡罗尔最近过得很辛苦，信封里放了一张五十美元的汇票，希望能帮上忙，你去邮局兑现就好。我也想多给你们寄点东西，可自从结婚后，我的手头不宽裕。莱拉是个好姑娘，可她不信血浓于水这种事，但对我而言，血就是浓于水。你问我觉得结婚好不好，一方面我喜欢结婚，另一方面婚姻里也有我不喜欢的东西。莱拉的自我意识很强，她不像卡罗尔令人惊艳，但我们相处得很不错。

听到你丢了工作，我很难过。麦克，现在粗活不好找了。我知道你是个好酒保，但人家说的话你也得好好想想，即便真像你说的，那些人对你有偏见。你让我去找赛普先生，我找了，可他现在泥菩萨过河自身难保，根本没法儿帮上什么忙。巴塞罗那酒店去年冬天就破产了，现在老赛普只是个看门人。他让我向你问好，还想知道你最后有没有学会左勾拳。

上周我还看到了你的另一个“朋友”，希尔曼船长。我知道你记恨他，可他对你真的算不错了，他本来可以让你去蹲十年监牢的。我不是想旧事重提，但只要他想，希尔曼是可以帮你的。你真该看看他那艘赛艇，我见他开着它去纽波特拍照。好家伙，那船得值个两万五千美元，他肯定富得流油。他和妻儿住在太平洋角，你要是想请他帮你找活儿，就去那儿吧，他现在是“环保产业”的头儿。

先这样吧，如果你决定来阳光灿烂的加州，就来我家里吧，你知道我们住哪儿。别担心，莱拉会好好招待你们，她就是刀子嘴豆腐心。

你诚挚的

布朗夫人回过神，朝我走来，脸上带着好奇的神色：“那是什么？”

“麦克的哥哥哈罗德写的信，我能拿走吗？”

“拿吧。”

“谢谢，可以当作证据。麦克应该是读了这封信之后有了敲诈希尔曼家的念头。”这也解释了为什么哈罗德称自己有责任。

“我能看看吗？”

我把信给她。她把信举远，眯着眼看。

“抱歉，我得去拿老花眼镜。”

我们下楼去客厅，她戴上牛角框老花眼镜，在扶手椅上坐下，开始读信。“赛普，”放下信后，她说道，“我之前想不起来的名字，就是这个！”她提高声音喊了起来：“罗伯特！过来！”

罗伯特·布朗在房子后面应道：“就来了。”

他从门口进来，端着托盘，上面放着个大水罐和三只杯子，咣当作响。他温柔地看着妻子说：“我想着弄点儿柠檬水，今晚有点儿闷热。”

“你太贴心了，罗伯特，放在茶几上吧。我问你，那个和麦克一起出城的前警察，他叫什么？”

“赛普，奥托·赛普，”他的脸有点儿红，“我可以告诉你，他不是什么好人。”

不知道他现在是不是仍是坏人，我想，我得马上弄清这一点。于是驱车去了机场，搭乘去盐湖城的第一趟航班。到了盐湖城，又幸运地遇上一架晚点的喷气式飞机，这样就不用在那儿过夜了。我在洛杉矶国际机场落地，那儿离巴塞罗那酒店还算近。我要去找看门人赛普。

18

我的公寓和办公室里各有一只上锁的、放枪的抽屉。公寓比较近，在西洛杉矶，我就朝那儿去了。

公寓楼挺新，有两层，一走过去就能看见二楼有一道长长的走廊，走廊上是各住户家的门。我的公寓在二层里间。我把车停在路边，爬室外梯上去。

昨日的尾巴慢慢消失殆尽，明日铆足了劲赶来，介于两者之间的午夜是死一般的沉寂。我的力气快用完了，可我不累，我在飞机上睡了会儿，谜团正一点点解开，令人着迷而又恐惧的真相就快浮出水面。

我走近时，发现窗帘后面微微有亮光，开门时发现门也没上锁。我孑然一身，没有妻子，也不带女人回家。我轻轻转动门把手，小心翼翼地打开门。

看起来我屋里还真是藏娇了。长沙发上蜷缩着一个女孩儿，身上盖着毛毯，这毛毯本来是放在床上的。落地灯的光照在她的睡颜上，看起来是如此年轻，让我觉得自己有一百岁了。

我把门关上："你好，斯特拉。"

毛毯下的人猛地动了动，然后把毯子拿开，坐了起来。她穿着蓝色毛衣和短裙。"噢，"她说，"是你。"

"除了我还能有谁？"

"我不知道，但你别生气。我刚刚梦见什么东西，记不得了，但很令我难过。"她还沉浸在梦里，眼珠像黑窟窿一样空洞。

"你究竟是怎么进来的？"

"管理员让我进来的，我说我是目击证人，他就明白了。"

"我不明白，什么目击证人？"

"有好几件事呢，"她兴奋了起来，"如果想要我告诉你，就不要再把我当傻子。没人像你这样对我，除了我父母。"

我在她旁边的沙发扶手坐下。我喜欢这姑娘，可她现在碍着我查案，而且这样跑来我家，怕是棘手得很。"你父母知道你来这儿吗？"

"当然不知道，我怎么会告诉他们？他们不会让我来的，可我必须来。你叫我一旦有汤米的消息就和你联系，但你的代客接听服务找不到你，最后就把地址给我了。"

"你是说你有汤姆的消息了？"

她点了点头，双眼直直地看着我。她的眼里闪烁着复杂的情感，更像是成年女性的情感。"今天下午大概四点左右，他来电话了，妈妈正好去商店买东西，所以是我接了电话。"

"他说他在哪里？"

"就在……"她踌躇了，"他要我保证不对别人说，我已经食言一次了。"

"怎么说？"

“离开大牧场前，我把一张小纸条留在希尔曼先生的邮箱里，我不忍看他悬着一颗心。”

“你是怎么对希尔曼先生说的？”

“说我接到了汤米的电话，他还活着。”

“这么做很善良。”

“但我食言了，他让我不要告诉任何人，特别是他的父母。”

“有时为了更高的利益着想，必须打破承诺。”

“什么意思？”

“他的安全。我一直担心汤姆丢了性命。你确定给你打电话的人就是他？”

“我没撒谎。”

“我是说，你确定是他本人而不是有人假装成他打电话给你？或者录音？”

“我确定，我们聊了好一会儿。”

“他是从哪儿打来的？”

“我不知道，应该是长途。”

“他说什么了？”

她又迟疑了，然后伸了伸手指：“我答应了他不说的，还能告诉你吗？”

“你要是不说就大错特错了，你懂吧？而且你大老远跑来这儿也不是为了保守秘密。”

“确实如此。”她微微笑了笑，“他没和我说多少，也没讲关于绑匪的事。不过，最重要的是他还活着，他说很抱歉让我担心了，但没办法。他让我带点儿钱去见他。”

我松了口气。汤姆需要钱，也就是说他没有参与分赃。

“多少钱？”

“他说短时间能有多少就拿多少，他知道我能弄到的钱不会很多。我跟沙滩俱乐部的人借了点儿，俱乐部的秘书给了我几百块，都是她自己的钱，她知道我是老实人。然后我打车去了车站，你知道，我没坐过大巴，除了校车。”

我不耐烦地插话：“你在洛杉矶和他见面了？”

“不，本来约好九点钟在圣莫妮卡车站见，但大巴晚点，我到的时候没见着他。不过，他在电话里也说了，他今晚有可能去不了，如果没见着，就明晚再见。他说他一般只在晚上出门。”

“他说自己住哪儿吗？”

“没有，这也是麻烦的地方。我在车站那儿晃悠了大概一个小时，然后给你打电话，结果你没接，我就打车来这儿了，我总得找地方过夜。”

“是啊，汤姆没想到这一点，真是太不像话了。”

“他可能有其他的事要烦心吧，”她维护起汤姆来，“他这段时间过得很糟。”

“他说的？”

“我从他说话的语气能听出来。他听起来——我不知道——很沮丧。”

“是难过还是害怕？”

她皱了皱眉：“也不能说是害怕，而是担心。但他不肯说，也不肯告诉我发生了什么事。我问他好不好，有没有受伤，他说挺好的。然后我问他为什么不回家，他说因为他父母，但他说的不是‘父母’而是‘假父母’。他说他们肯定等不及要把他送回迷湖中学了。”

她的双眸乌黑发亮：“我记起来了，记起你叫醒我之前我做了什么梦。汤米被关在学校里，他们不让他出去，也不让我见他。

我拍遍了所有的门和窗，想方设法要进去，结果只能看到一张张可怕的脸透过窗户盯着我。”

“那儿的人不可怕，我去过。”

“是的，但你没被关在那儿。汤米说那地方太可怕了，他父母没有权利把他关在那里。他不想回家，我能明白。”

“我也明白，斯特拉。可是这事儿闹得这么大，他不能这样躲下去，你明白的，对吗？”

“是吧。”

“要是他现在出了什么事，那就太糟糕了。你不会想看到那种事发生吧？”

她摇摇头。

“你会帮我找到他吧？”

“这就是我来这儿的原因，真的，我不想他落入警察手里，可你不一样。”她碰碰我的手背，“你不会让他们把汤米送回迷湖中学吧？”

“只要我能帮上忙，就一定不会让这种事发生。我觉得我还是做得到的。如果汤姆需要治疗，那就去医院。”

“他没病！”

“他父亲送他去那儿肯定有原因。他不肯告诉我那个周日发生了些什么。”

“早在那个周日之前，他们就有矛盾了，”她说，“他父亲不让他做他喜欢的事。汤米不是那种孔武有力的男孩子，比起射击、出海，他更喜欢音乐，和他父亲的期望背道而驰，原因就是这么简单。”

“天下没有如此简单的事。但我们先不吵，斯特拉，我要走开一会儿，去打个电话。”

电话就放在窗边的桌子上。我坐了下来，拨了苏珊娜·德鲁的电话，刚响了一声，她就接了。

“喂。”

“我是卢·阿彻。已经凌晨三点了，你听起来还很精神。”

“我一直躺在床上想事情，想你，想很多事、很多人。有这么一句话，应该是菲兹杰拉德说的，大意是，灵魂的真正黑夜，永远是凌晨三点。对我来说正好倒过来，每一个凌晨三点，都是灵魂的真正黑夜。”

“想到我令你难受了？”

“在某种情况下，是的。其他情况下，便不是了。”

“你又开始说谜语了，斯芬克斯①。”

“我是故意的，俄狄浦斯②。但你不是我难受的源头，说来话长。”

“你愿意告诉我吗？”

“再说吧，医生。”绰号换得真勤快，“你这个时候给我打电话，肯定不是为了给写自传找素材吧？”

“不是，我还是想知道那天的那个电话到底怎么回事。”

“你是为了这个给我打电话？”她的声音里带着失望，眼看将化为愤怒。

“不，不是因为这个，我需要你的帮助。”

“真的？”她听起来很惊讶，很高兴，但也很谨慎，“你的意思是，要我把知道的一五一十告诉你？”

---

① 希腊神话中的怪物，坐在忒拜城的悬崖上，会拦住路人，用谜语向他们提问，答不中的就会被吃掉。

② 希腊神话中的人物，悲剧的代表，在不知情的情况下杀了自己的父亲，娶了自己的母亲。

“没时间了，案子就要水落石出了。现在有一件事，一个很善良的女高中生，叫斯特拉，来我这儿了。”接下来的话既是对房里的女孩儿说也是对电话那头的女人说，我突然意识到她们是我最喜欢的女孩和女人，“今晚上我需要一个安全的地方让她待着。”

“我这儿也没那么安全。”她声音里的些许粗暴表明她说这话是认真的。

斯特拉很快在我身后回道：“我待在这儿就行。”

“她不能留在我家。她父母有可能给我按上拐卖儿童的罪名。”

“你是认真的？”

“事态很严重。”

“好吧，你住哪儿？”

“我和斯特拉一会儿过去，这时候开车去你家用不了一小时。”

我放下电话时，斯特拉说：“你没必要背着我把我送走。”

“我没背着你，我是当着你的面。而且我现在没时间跟你吵。”

为了强调事态有多紧急，我脱了外套，把枪和枪套从抽屉里拿出来，当着她的面佩带到了身上。她瞪大了双眼，然而这邪恶的仪式并没有使她安静下来。

“可我今晚不想见任何人。”

“你会喜欢苏珊娜·德鲁的，她既时尚又博学。”

“一般大人说我会喜欢的，我都不喜欢。”

她努力了一整晚，终究露出了孩子气。为了让她安心，我说：“忘了你和大人的纷争吧，你很快要成年了，到时你还能把事情怪罪到谁头上呢？”

“这不公平。”

是不公平，但好歹把她带到了比弗利峡谷大道。苏珊娜来应门，穿着丝绸睡衣，一般人可不会穿这个睡觉。她的头发梳得整整齐齐，素颜异常美丽，双眸如夜晚般乌黑。

“进来吧，卢。见到你很开心，斯特拉。我叫苏珊娜，楼上给你准备了房间。”她指了指房中央的室内走廊，能看见二层有扇敞开的房门，“要吃点东西吗？”

“不了，谢谢，”斯特拉说，“我在车站吃过汉堡了。”

“我可以给你做个三明治。”

“不用，我真的不饿。”她看起来很苍白，似乎有点不舒服。

“那你想睡觉吗？”

“我还有别的选择？”刚说完，斯特拉又补了句，“这样说太无礼了，对吧？我不是故意的，你愿意收留我已经很好心了，是阿彻先生没给我其他选择。”

“我也没得选，”我说，“如果给你选，你想做什么？”

“我想和汤米在一起，无论他身在何处。”

话音刚落，她眼睛和嘴巴周围的肌肉就抽动起来，好像一张哭脸小孩的面具努力想在她脸上安家。她赶忙逃开，逃离我们的注视，跑上楼。

门关上之前，苏珊娜朝她喊道：“睡衣在床上，浴室里有新的牙刷。”

“好一个周到的女主人。”我说。

“谢谢。走之前喝一杯吗？”

“喝一杯对我来说没有什么帮助。”

“你要去忙？”

“我要去巴塞罗那酒店，但阻碍多多。”

她对这句话的反应过于尖锐又毫无理由：“我是那个阻碍？”

“斯特拉才是，你是美国骑士。”

“这比喻我喜欢。”她做了个鬼脸，“你去巴塞罗那酒店干什么？那儿不是早关门了？”

“还有人住在那儿，原本是酒店侦探，现在在那儿看门，叫奥托·赛普。”

“天呐，我认识他，是吐着酒气的红脸大汉吧？”

“应该是，你怎么认识他？”

她回答之前犹豫了一会儿，然后谨慎地说：“我有一段时间去巴塞罗那酒店很频繁，那是战争快结束的时候。我就是在那儿遇到了卡罗尔。”

“还有赛普先生。”

“是，还有赛普先生。”

她不肯多说什么了。

“你没权利盘问我，”她终于说道，“让我一个人静静。”

“乐意之至。”

她跟着我到了门口：“不要那样和我说话，我不是要吊你胃口，否则你以为我为什么彻夜难眠？”

“因为愧疚？”

“胡说。没什么令我愧疚的事。”但她眼里的确闪烁着难为情，比她自己意识到的更强烈，“我知道的太少了，也没什么用。”

“然而正是你所知道的东西令你睡不着。”

“你太过分了，你在利用我的感情……”

“我不知道你还有感情，如果有，那么我就有权利使用它。”

“你没有那种权利。我的私生活对我而言非常珍贵，你没有权利使用它们。”

“即便是为了救人性命？”

楼上的房门打开了，斯特拉来到走廊上。她看起来有点儿像穿着睡衣的圣人站在巨大的壁龛里。

“你们大人，”她说，“能小点儿声吗？要人去睡觉，这个分贝可不行。”

“抱歉。”我朝她俩说。

斯特拉回了房。苏珊娜说：“谁有危险，卢？”

“汤姆·希尔曼算一个，还有其他人，包括我。”

她碰碰我的外套：“你戴着枪套呢。奥托·赛普也是绑匪之一吗？”

我反问道：“他是你的老相识？”

她被冒犯了：“当然不是，你走吧。”她把我推出去，“保重。”

夜风冰凉地吹在我脸上。

19

滨海公路上的车很少，夜间货车时不时从旁边驶过，闪着红色和黄色的车灯。这段路面脏兮兮的，满是油渍。常年被汽油熏、被车轮轧，连附近的海都飘荡着洗碗水的臭味。

本·戴利的加油站里黑魆魆的，里头只留着一盏灯，以防窃贼动歪心思。我把车停在电话亭旁边的空地上，然后步行去路对面的巴塞罗那酒店。

这儿死寂如尼尼微[1]。主楼后面的花园里，一只知更鸟发出了几声抽痛般的啼叫，像一颗小小的心脏努力地跳动，终于放弃了。在这毫无生气的暗夜里，只有公路上传来的车辆动静时不时弄出点活气。

我走到前门贴着破产告示的地方，用手电筒狂敲玻璃门。我不停地敲，却没有任何回应。就在我准备打破玻璃闯进去时，发

① 古代东方国家亚述的首都。

现门根本就没上锁，用手一推就开了。

进了大堂，迎面撞上几个游魂，他们是二十岁的苏珊娜和一个无脸男。我叫他们别挡道。

我往走廊尽头走去，那是赛普先生曾举着灯走出来的地方。一路上，房间都关着门，门上写着号码。尽头处有扇门半开着，漆黑的屋里传来呼吸声，很沉重的呼吸声，这人要么睡死，要么昏迷。空气里飘荡着浓郁的酒味。

我摸进了房，右手摸索着灯的开关。我把灯打开后立马握住了枪。此举简直多余，赛普和衣躺在床上，丑陋的鼻孔大张着，嘴朝天花板吐着气。房里只有他一个人。

这房间也没法儿多住一个人了，本来空间就小，还堆满了东西，看起来像攒了几十年。纸板箱、货箱、成摞的地毯、杂志及报纸，还有行李箱、床脚箱……全堆在房间后方，都要碰到天花板了。没被杂物挡住的墙上挂着好些照片，全是拳击手模样的年轻人，有几张是色情海报。

门后的墙角堆满了空酒瓶，赛普躺着的床边有半瓶威士忌。我转了下门上插着的钥匙，把门锁上，然后朝那个熟睡的大汉走过去。

他何止睡着，简直醉得不成样子，估计灵魂已出窍。现在要是往他嘴边放一根火柴，那酒气不仅能点亮火柴，还能喷火。他的衬衫被威士忌浸湿了，估计是在还剩下最后一点意识时又给自己猛灌了最后一口。

他油腻的腰带上插着枪。我把枪取下来放到了我的外套口袋里，然后试着叫醒他。怎么叫他都醒不来，我抓着他摇晃，他就像案板上的牛肉，软塌塌的，头在枕头上拧来拧去。我拍了拍他长着斑点的红彤彤的胸脯，居然一声嘟囔都没发出。

我去了房里的浴室兼厨房，里面有电炉和咖啡壶，一股糊味儿。我把咖啡壶拿到浴缸那儿，打开水龙头接了壶冷水，走到赛普床边对着他的脸浇下去。我很小心地怕他被呛死。他还是没醒。

我开始有点儿担心，不是怕他死，而是怕他万一真的醒不来，就没办法了解他这一方的说辞。房里的空酒瓶数也数不清，不知道他最近究竟喝了多少。我摸了摸他的脉搏，跳得很慢；扒开他的眼睛，像通红的牡蛎。

我注意到浴室还连着另一个房间，是老式酒店那种两个房间共用一间浴室的设计。我顺着浴室进入另一个卧室，拿手电筒四处照了照。这间的格局、大小和赛普那间差不多，但里头没什么东西，只有一张铜制双人床，床垫上放着一张毛毯。床上有睡过的痕迹，睡那儿的人也许是个男孩儿，起床后随意地把毛毯掀在一边。

床头有个黑影，像无头男孩，走近一看，是一件挂好的黑色羊毛衫。羊毛衫是手织的，袖子上的线有被扯过的痕迹，线头胡乱缠着，还破了个洞，沾有油渍——汽车后备厢锁孔上的油。废纸篓里有几个纸盒，里面是吃剩的汉堡和薯条。

我都能听见自己的心跳声了。这件毛衣证明斯特拉没上当，汤姆还活着。

我拿了赛普的钥匙，把他锁在屋里，然后去各个房间查看。整个酒店有将近一百间客房和工作间，花了我好长的时间才查完。我觉得自己就像探索金字塔的考古学家，巴塞罗那酒店的辉煌岁月感觉已经是很久以前了。

费了那么大的力，唯一的收获是一鼻子灰。如果汤姆就在酒店里，那他肯定躲在某个地方。直觉告诉我他并不在这儿，应该是跑了。是人都不想待在这里。

我回到公路上的戴利加油站，前门右下角贴着张纸条，写着：“如有急事，请致电店主。”后面留有戴利家的电话。我在电话亭里给他去了电话，等了好一会儿，他才接起来：

“我是戴利。”

“我是卢·阿彻，那个在找哈罗德·哈利的侦探。”

“这个点儿找个鬼哦。”

“我找到哈利了，感谢你。我现在有更重要的事需要你帮忙。”

“什么事？”

“你来，我当面和你说，我就在加油站。”

戴利有着服务业人士的本能：“我十五分钟后到。”

我在车里等他，拼凑着手头的信息。很明显，赛普和麦克·哈利一直在合作，并把巴塞罗那酒店当作藏身之处。看起来汤姆也不像是被关起来，更像是客人，这和哈利一开始说的一样。不过，即使有迷湖中学的经历，我也想不出来为什么汤姆会对自己的父母、对自己做出这种事。

戴利大摇大摆地开着车出现了，然后把卡车停在我的车旁。他下了车，用力把门一关，门上印有他的名字。天快亮了，他看着我，既带着怨气，又有点儿嘲弄。

“怎么了，阿彻先生？”

“进来，我给你看张照片。”

他爬进了副驾驶座。我把车内的灯打开，把汤姆的照片拿了出来。这张照片我每看一次就觉得有所变化——嘴巴和眼睛四周越来越模糊。

我把照片交给戴利，他满手油渍。

“你见过他吗？”

“是的，见过。前几天看见他两三次，他就在那儿的电话亭里打电话，昨天下午刚打了一次。”

“什么时候的事？”

“我没注意，那会儿太忙了，快到傍晚吧。昨晚还见他出来等大巴呢。”他朝圣莫妮卡方向指了指，“如果招手，车就会在路口停下，否则是不停车的。”

“那是辆什么巴士？”

“长途巴士，不是快车。”

“他上车了吗？”

“我没看到，那会儿正准备关门，之后再看，他已经不见了。”

“那是几点的事？”

“大概八点半。”

“他穿什么衣服？”

“白色衬衫，黑色长裤。”

“是什么让你这么有兴趣观察他？”

戴利有点儿不安：“我不知道。我也不算观察他。我看他从巴塞罗那酒店出来，很好奇他在那儿做什么，会好奇不是很正常吗？我不想看到这么好看的孩子和赛普那种人混在一起。”他又看了眼照片，把它还给我，就像完成任务般松了口气。

“赛普怎么了？”

“他一无是处。我也有儿子，讨厌看到像赛普这样的人教小孩喝酒——以及做其他事情。这种人就该关起来。这就是我的意见。”

“我同意，把他关起来吧。”

“你这是开玩笑吧？”

“我是认真的，本。赛普就在酒店房间里，他喝醉了，估计要睡很久。万一他出来，你能不能在这儿帮忙守一下？”

“他出来时，我该怎么办？”

“报警，让警察来抓他。”

“我不能那么做，”他紧张了起来，“我知道他是坏人，可我没有什么罪证报警啊。”

“我有。报警的时候，你就告诉警察，他是太平洋角绑架案的通缉犯。但不到万不得已就不要报警，赛普是我的绝佳目击证人，要是他被抓，我可能再也见不到他了。”

“你现在要去哪儿？”

“试试能不能找到那个孩子。”

他的眼睛亮了起来：“他就是报纸上登的那个？叫啥来着？希尔曼？”

“就是他。”

“我早该认出来。不知道怎么回事，可能是因为我不怎么记人脸。不过什么人开了什么车，我倒记得一清二楚。”

“赛普有车吗？”

“有，1953年的福特，发动机声音特别大。我给它上了点儿润滑油，不过这车终归要报废。”

走之前，我问戴利还有没有见过别的人在酒店附近出没。他说见过，也记得。麦克·哈利周一早上来过，开的车是爱达荷车牌。我猜那会儿汤姆就在后备厢里。

“就在昨天晚上，”他说，“还有一个小伙子，开着一辆全新的雪佛兰，带着个女孩，也可能是小个子男孩。那会儿我刚关门，把最亮的那盏灯关了。”

“看清开车人的长相了吗？”

“没看太清，应该是黑头发，长得很俊的男孩。不过跟那种人渣混……”他摇了摇头，下了车，突然又停住了，“现在想来，那个叫希尔曼的孩子在这儿转悠什么？他不是被绑架了？整个南加利福尼亚不是都在找他嘛！”

“没错。”

我花费了几个小时，加上大巴公司职员的帮助，终于找到了昨晚汤姆上的那班巴士的司机，叫艾博森，住在沼泽大道①一家面包房附近的公寓里。新出炉面包的清甜味溢满了他小小的客厅。

天还很早，艾博森在睡裤外面套了条长裤。他四十岁左右，肩很宽，目光警觉。他看了照片点点头：“是的先生，我记得他。他在巴塞罗那酒店那个路口上了车，买了去圣莫妮卡的票，可并没有在圣莫妮卡下车。”

“为什么？”

他揉了揉胡子浓密的腮帮子，摩擦声让我起了鸡皮疙瘩。

“他卷入什么事了？”

“是的。”

“我那会儿也是这么想的，他本来是要下车的，但好像看见车站里有什么人，又坐回去了。我下车进站休息时看到里头有警察，回车上时那孩子还在，我告诉他，他买的票只够让他在这儿下车，他问我能不能卖给他一张去洛杉矶的票。我那会儿准备开车了，也不想找麻烦。如果这孩子做错了什么，不该由我去报警，我有前科。我这样做没错吧？”

“审判日②那天你就知道了。”

他笑了：“那要等很久。这孩子怎么了？”

“艾博森先生，看看报纸吧。他去了市中心？”

“这个我能肯定，他坐到了终点站。”

---

① 洛杉矶的主干道之一。
② 即世界末日。

我去了市中心的车站，在附近问了问，却没有人记得见过希尔曼。当然了，现在是早上，值班的人已经不是晚上那些人了。我今晚再过来问问，打探到消息的概率会大一些。现在是时候回去找奥托·赛普了。

本·戴利说赛普没出酒店，但当我们去他房间时，门开着，里面没人。他走之前还把床边剩下的半瓶威士忌喝完了。

“他应该有万能钥匙。本，除了前门还有其他出口吗？”

“没有，先生。他肯定还在里面。”

我们往酒店后方走去，路上经过游泳池，池中无水，风一吹，枯叶纷纷飘入。再过去几百英尺就是员工宿舍、车库和其他附属建筑物，背后是阴森森的悬崖。酒店后方有一座园林式花园，可惜因无人修剪，原本整整齐齐的灌木丛和树篱又恢复了原始的模样。在一丛蓝雪花的顶部，一只知更鸟跳来跳去，喋喋不休。

我立定，对戴利做了个“安静”的手势。有人正在灌木丛的另一边挖着什么东西，我能看到那个人在动，还能听到铁锹的刮擦声和泥土被铲出去的声音。我掏出枪，走了过去。

奥托·赛普抬头看了看我。他正站在一个浅浅的洞里，大概五尺长两尺宽。衣服上沾了土，脸上汗涔涔的满是泥。

洞旁的草地上躺着个穿着灰色夹克的人，胸口插着一把刀。看起来正是麦克·哈利，他像是被刀死死地钉在了地上。

“你在做什么，奥托？”

“种牵牛花。”他像狗一样咧嘴笑了笑，露出了牙。醉意似乎使他进入了飘飘然的境界，周遭的一切对他而言都是超现实的、好笑的。

“你是说埋死人？”

他转过头看看哈利的尸体，好像它是突然间从天而降。

“他是和你一块儿来的？”

“你知道他是谁。麦克曾和你一起离开波卡特洛，之后你俩一直是好兄弟。”

“行了行了，那我有权把我兄弟埋了，让他死得体面些。总不能让他躺地上给秃鹰吃了吧？”

“我看这附近唯一吃人的东西是人。是你杀了他吗？”

“不是，我为什么要杀我的好兄弟？”

“那是谁干的？”

倚在铁锹上，赛普给了我一个奇怪的、狡黠的眼神。

“汤姆·希尔曼在哪儿，奥托？”

“我的话要留到紧要关头再说。”

我转向本·戴利：“你会使枪吗？”

“我当过兵。”

“拿好，枪口对着他。”

我把左轮手枪给他，然后去查看哈利。我碰了碰他的脸，冰冷如夜，加上衣服上凝结的血渍，可以判断他死了有好几个小时，估计一整晚都悄无声息地躺在这里。

我没有把他胸口的刀拔下来，凑近看，没碰。刀把是橡胶制的，有黑白线条，大小适中，看起来很新，也很贵。

这把刀可以说是麦克·哈利身上唯一值钱的东西。我翻遍了他的口袋，只找到一张昨天从拉斯维加斯到洛杉矶的机票票根和三美元四十二美分。

本·戴利大叫一声。一时间发生了好几件事。我的眼角瞥见火光，知更鸟从灌木丛里飞出来，枪走火了。戴利的头裂了好大一个口子，奥托·赛普拿手上的铁锹劈了他。奥托·赛普的脸扭成一团，捂着肚子向前趴倒在了地上，下半身仍在坟坑里。

本·戴利说："我没想开枪，他拿铁锹劈我，结果枪走火了。战后我就再也没朝任何东西开过枪。"

血从他头上的伤口流了出来，我用手帕给他包扎了一下，让他打电话报警，叫救护车。他跑开了，作为一名中年人，他跑起来还真是敏捷轻快。

相反，我觉得自己的脚步异常沉重。我走到赛普那儿，给他翻了个身，解开了他的衣服。伤口就在肚脐下方，血流得不是很多，不过内出血肯定很严重。从他脸上可以看出，生命正在消逝。

我为阿彻哀悼。过去三天太艰辛了。现在我能带回去的只有一个死人和一个濒死的人。赛普身上的这颗子弹射自我的枪，这更麻烦了。

虽然感到愧疚，我依然把赛普身上的口袋仔细检查了一遍。他的钱包鼓鼓的，全是钱，都是二十美元的小额钞票。但这些从希尔曼那里搜刮来的钞票毫无用处，在救护车鸣叫着从公路上驶下来时，赛普就已经死了。

20

我接受了太多的谈话，有的在犯罪现场，有的治安官办公室。我的证词，加上巴斯蒂安警督打来的一通电话，还有他头上那个可怕的伤口作证，本最终说服了治安官和检察官，被判正当防卫。但没人因此而开心。我也不开心。我让他杀了我的目击证人。

还有另一位证人的，只要她肯开口。到了早上，我返回苏珊娜·德鲁的公寓。斯特拉在门后问道：

“哪位？”

“卢·阿彻。”

她让我进了门。她眼睛下方青青的，好像耗尽了所有血色，几乎只剩下了铁青。

“你看起来吓坏了，”我说，“发生什么事了？”

“没有，是回家的念头叫我担心。我不得不给父母打电话，可我并不想打。他们肯定会逼我回去的。”

“你得回去。”

“不。”

“回去。为他们想一想，哪怕就一分钟。你这样是让他们无缘无故地受煎熬。”

“不是无缘无故！我今晚想再去见一下汤姆，他说过如果昨晚没出现，今晚会再次在巴士站等。”

“什么时候？”

“还是九点。”

“我替你去。”

她没有反对，但眼神躲躲闪闪。

“德鲁小姐呢？”

“她出门吃早餐去了，我当时还在床上，她给我留了张字条说很快回来，但她已经出去两个小时了。”她握紧拳头，“我很担心。”

“担心苏珊娜·德鲁？”

“担心所有的事情，包括我自己。一切变得越来越糟，我希望事情快点结束，却越变越糟。我也变了，变得谁都不喜欢。”

“事情终归会结束的，斯特拉，你也将重新变回自己。”

“会吗？我觉得再也回不去了。我觉得汤米和我再也不会幸福了。”

“活下去才是最要紧的。”对年轻女孩而言，这话并不易消化，“幸福并非一蹴可及。年龄越大，我获得的幸福越多。青少年时代是最糟的。”

“真的？”她扬起眉，“我能问一个私人问题吗，阿彻先生？”

“问吧。”

“你是不是对德鲁小姐有意思？你知道我指的什么，坦白告诉我吧。”

“是的。为什么这么问?”

“我不知道该不该告诉你，她早上和别的男人一起吃饭去了。”

“合情合理。”

“我不知道。我没有见到那个人，但听到了他的声音。我分辩声音很有一套，那是个已婚男人。”

“你怎么听得出来?”

“是汤米的父亲，”她说，“希尔曼先生。”

我坐下来，有整整一分钟说不出话来。阳光下的非洲面具看起来像在冲着我做鬼脸。

斯特拉靠过来，语气里满是焦虑：“我是不是不应该告诉你?我不是搬弄是非的人，但我觉得自己像是这屋里的间谍。”

“你告诉我没有错，但不要告诉别人了。”

“我不会。”把事情告诉我之后，她看起来轻松多了。

“斯特拉，他们两个人相处得融洽吗?”

“说不上来，我没亲眼看见他们俩。我待在房间里，没想让希尔曼先生看到我。我能听出来德鲁小姐不是很想他来这里。但听起来，他们关系又很亲密。”

“你说‘亲密’是什么意思?”

她想了想：“他们说话的方式很亲密，好像他们认识了很久，说话的时候不客套，很随意。”

“他们都聊了些什么?”

“要我一字不漏地复述给你?”

“对，从他进门那一刻讲起。”

“我没有从头听到尾。他进来时，德鲁小姐说：‘拉尔夫，我以为你会更慎重。’她管他叫拉尔夫。然后他说：‘不要这样和我说话，事态令人越发绝望了。’我不知道他那样说是什么意思。”

“你觉得呢？”

“应该是指汤米的事吧？也可能不仅如此，他们没细说。之后希尔曼先生又说：‘我以为你多少会表示同情。’她说自己一丁点儿同情心都没有。然后他说她是个冷酷无情的女人。之后他做了什么，我觉得他是想亲吻她，德鲁小姐说：‘不要！’”

“她听起来很生气吗？”

斯特拉做出倾听的姿态，抬头看了看高高的天花板：“不是很生气，只是不大乐意。他说：‘你看起来不太喜欢我。’她回答说这个问题太复杂，问的也不是时候，尤其此时客房还有别人。她指的是我。他说：‘你怎么不早说？是男的？’之后他们的声音变小了，我不知道她对他说了什么。几分钟后，两人去吃早餐了。”

“你的记忆力很好。”我说。

她下意识地点点头：“在学校，记忆力好是有用的，除此之外就没什么用处了。我不但记得好事，也记了一大堆坏事。”

“你今早听到的对话算是坏事之一吗？”

“是的，吓到我了。我也不知道为什么。”

一想到希尔曼可能就是苏珊娜二十岁时交往的那个男人，我也被吓到了。这两人我都挺关心，虽然程度不同。他们都多愁善感，容易受伤，但又老于世故，很少犯错。对苏珊娜的关心，则是出于我此前从未探究过的原因。

就像裙子被机器齿轮卷住了一般，她被搅进了这个案子里，没有人知道如何让机器停下来。不过我得承认，作为专业人士，即便我知道如何让机器停下，也不会去阻止。这一直让我很痛苦。

“让我看看她给你留的字条。”

斯特拉去厨房把字条拿来，公司的便签纸上写着潦草的铅笔字：“亲爱的斯特拉：我出门吃早餐去了，很快回来。你饿了的话，冰箱里的东西随便吃。S. 德鲁。”

“你吃东西了吗？”我问。

“喝了杯牛奶。”

“也就是说，昨晚那个汉堡之后你就没吃什么正经东西了，难怪看着没什么精神。来吧，我带你吃早饭去，这才是要紧事。”

“好吧，谢谢。之后呢？”

“送你回家。”

她转身走向通往露台的玻璃拉门，能离我多远就离我多远。起风了，我能听到小棕榈树复叶的窸窣声。斯特拉果断转过头，好像风和阳光透过玻璃门给了她力量。

“我想我必须回家，不能再令我妈妈担惊受怕。”

“好孩子，现在给她打电话，告诉她你在回家的路上。”

她站在阳光下，低头考虑了一下我说的话，棕发在阳光照射下闪光。

“你别在旁边听，我就打。”

“我怎么知道你打没打？”

“我从未对你撒过谎，”她动情地说，“因为你没对我撒过谎，哪怕是为我好。”她今天早上第一次展露笑颜。

我想我也笑了，这一早上真不容易。

我走进铺有蓝色地毯、精致宽敞的浴室，里面，洗了个澡，出于习惯及其他原因。在药柜里一堆的化妆品和安眠药中找到一把安全剃刀。我拿剃刀刮了脸。我在构思一个重要的采访，如果能多问几个人，就是一系列的采访。

我出来时，斯特拉的脸红红的。

“我打了电话回家，我们别吃早饭了。”

“妈妈等不及了？”

“是爸爸接的，他责怪了你，对不起。”

“是我判断失误，”我说，“昨晚就该送你回家，但是我刚好有其他事要做。”我让一个人丢了性命。

“不是你的错，”她说，“是我想惩罚他们在关于汤米和我以及车子的事情上撒谎了。”

“你能这么想，我很高兴。你爸爸生气吗？”

“很生气，还说要把我送去迷湖中学。他不是认真的。”但她脸上露出了阴郁的神色。

大概一个小时后，我开车载着斯特拉朝大牧场方向驶走。远远地，我看到了迷湖中学。大风吹散了阴云。但即便阳光明媚，那些楼房依然散发着孤寂的气息。我搜寻那只孤独的蓝鹭，可它既不在水面上，也不在空中。

冲动之下，我驶离了高速公路，朝迷湖中学方向开去。车轮压过踏板，自动门升起来。

斯特拉小声说：“你要把我送到这里？”

“当然不是。我得去问某个人一个问题，很快就回来。”

“他们最好不要把我送到这儿来，”她说，“否则我会逃跑。”

“你明明更深思熟虑的。”

“我还能怎么办？”她有些生气。

“待在安全线内，和与你同类的人在一起。现在就接触外面的世界对你而言太早了。你的父母都不是坏人，他们比一般人好多了。”

“你不了解他们。”

“可我了解你，你又不是从石头缝里蹦出来的。”

老年警卫从亭子里出来，一瘸一拐地走到我车门边：“斯蓬提博士不在。”

“马洛夫人呢？”

“在，就在东楼。”他指了指那栋没什么窗户的楼。

我把斯特拉留在车里，去了东楼。敲了敲前门，过了好长一段时间，马洛夫人才来应门。她仍穿着周一那条黑色礼裙，散发着杜松子酒的味道。

她朝我笑了笑，同时避开了阳光：“是阿彻先生吧？”

“还好吗，马洛夫人？”

“早上别问这个问题。算了，任何时候都别问这个问题，你一问我就开始想：好不好？凑合着活呗。”

“那就好。”

“你来这儿不是为了问我好不好吧？”

“我来找弗雷德·廷德尔。”

“抱歉，”她说，“孩子们都在上课。”

“这事儿很重要。”

“你想问弗雷德几个问题？”

“就一个，真的，不会耽误太长时间。”

“也不会影响到学校的正常秩序？”

“是的。”

她让我在休息室里等着，然后去佩奇的办公室打电话。我在这宽敞的、没有丝毫温情的房间里踱步，不禁想：当那些孩子被自己的父母送过来待在这房间里等候时，该是什么样的心情啊！

马洛夫人回来了：“弗雷德马上就来。”

等待弗雷德时，马洛夫人对我讲了她的婚姻故事，包括现在仍勉强与之在一起的这位，总而言之，婚姻使得她要借酒消愁。过了一会儿，弗雷德从阳光里走了进来，身上没有一点阳光的痕迹。他闲逛般地走进来，站在那儿，手拔着腮帮上的毛，等着挨训。

我站起来朝他走过去，不急着提问题："你好，弗雷德。"

"你好。"

"我们前几天聊过，记得吗？"

"我的记性好着呢，"他很快地笑了一下，又补了一句，"你是卢·阿彻一世。找到汤姆了吗？"

"还没有，我觉得你能帮上忙。"

他用鞋帮蹭了蹭门框："怎么帮？"

"把你知道的全告诉我。我保证找到汤姆之后不再把他送这里。"

"这对我又有什么好处？"他说，一脸悲愤。

我一时间不知如何回应。过了一会儿，这孩子说："你想知道什么？"

"有些事，你那天没告诉我。这不怪你，对你来说我是个陌生人，现在也是。只不过三天过去了，汤姆还是不见踪影。"

他严肃起来。可惜这种严肃没维持多久，他夸张地回答道："行了，我招，我什么都招。"

"我有个问题问你。上周六，汤姆出逃那天，他有想见的人或者想去的地方吗？"

他用力点点头："我觉得有。"

"你知道他准备去哪儿？"

"他没说，但他讲了别的事，说想去寻找自己真正的父亲。"这时，他突然情绪失控，声调也变了，"有什么了不起的！"

"他那么说是什么意思，弗雷德？"

"他说自己是被领养的。"

"真的？"

“我不知道，这儿的学生都希望自己是被领养的。我的治疗师说这是典型的弗洛伊德式家庭幻想。”

“你觉得汤姆说那话是认真的吗？”

“当然了。”这孩子脸上又严肃了起来，我在他身上看到了一丝成熟，“他说得先找到自己的生父，才能确定自己究竟是谁。”他冷漠地笑了笑，“而我千方百计想忘记自己的父亲。”

“你忘不了。”

“我会努力。”

“把工夫花在别的事情上吧。”

“没别的事可做。”

“会有的。”

“什么时候？”

马洛夫人打断了我们的对话：“问到你想知道的东西了吗，阿彻先生？弗雷德得回去上课了。”

我对他说：“还有能可以告诉我吗？”

“没了，先生。真的，我和汤姆不怎么聊天。”

弗雷德出去了。走到门口时，他突然转过身，用一种与之前完全不同的声音，一种更加深沉也更加认真的口吻对我说：“我真希望你是我的父亲。”

说完便消失在阴冷的阳光里。

回到车里，我问斯特拉：“汤姆有没有和你说过自己是被领养的？”

“领养的？不可能。”

“为什么？”

“反正不可能。”道路蜿蜒着绕过一片芦苇地，地里的红翅画眉叫起来，就像有人奏起了木管乐器和小提琴。过了好一会儿，斯特拉又说："他看来很像他的父亲。"

"被领养的小孩的长相和养父母不会相差太多，都是经过筛选的。"

"这也太过分了，为了钱什么事都做得出来。是谁告诉你他是被领养的？"

"他对学校里的一个朋友说的。"

"女孩？"

"男孩。"

"肯定是编的。"

"他经常编故事？"

"也不是，但他过去的确经常有些恶作剧的想法。这个夏天他告诉我，说他有可能出生的时候被抱错了，说医院把他和其他人的小孩搞混了，希尔曼先生和希尔曼夫人不是他的亲生父母。"她转过身，蜷缩在位子上，"你觉得是真的吗？"

"也许吧，一切皆有可能。"

"可你不信。"

"我也不知道我信什么，斯特拉。"

"你是大人，"她的话里带着讽刺意味，"大人什么都知道。"

我没接话，车里一片寂静。我们驶到了大牧场的门口。斯特拉说："不知道我爸爸会怎么处置我。"犹豫了一下又说，"很抱歉把你卷进来。"

"没关系。这一路，你给了我最多帮助。"

杰·卡尔森，一个我没见过也不想见的人，正站在屋子门口。他看上去挺年轻，胖胖的，有一双敏感的蓝眼睛，和斯特拉的眼睛一样。不过此时的他一脸阴沉，气得发抖。

瑞亚·卡尔森的一头红发就像行走的危险信号，从屋里走出来直奔车子。她丈夫在她身后艰难地追着，就像一个不喜欢麻烦也应对不了麻烦的人。妻子先开了口：“你对我女儿做了什么？”

“尽我所能地保护她。她昨晚和我的一个女性朋友住在一起，今早我一接到她，马上就把她送回来了。”

“那我可要好好地问问你，”卡尔森说，“你那个所谓的女性朋友叫什么？”

“苏珊娜·德鲁。”

“斯特拉，他说的是实话吗？”

斯特拉点点头。

“你就不能出个声儿？”他咆哮起来，“你一整夜都不回家，现在还不肯和我们说话！”

“别激动，爸爸。他没撒谎，我很抱歉自己跑去了洛杉矶，但是……”

没等她说完，卡尔森又咆哮了：“我有权激动！看看你都干了些什么！我们都不知道你是不是活着！”

斯特拉垂下了头：“对不起，爸爸。”

“你真是个残酷无情的孩子，”她妈妈说，“我再也不会相信你了，再也不会。”

“这可不明智，卡尔森夫人。”

她丈夫愤怒地冲我吼：“你少管闲事。”他想打我，却只能把火发在斯特拉身上，抓住她的肩膀晃：“做出这种事，你是不是疯了？”

“放开她，卡尔森。”

“她是我女儿！”

“那就像对女儿一样对她，她昨天晚上够难受了……”

“难受？怎么回事？”

“她在努力长大，即使环境艰难。可你们并没有好好地帮她。”

“她需要的是管教，我知道她在哪儿能接受管教。”

“你要是想送她去迷湖中学，就大错特错了。斯特拉是好孩子，特别好的……”

“没人问你意见！我劝你赶紧走，不然我报警。”

我只能离开，留下这本性良好却不停彼此伤害的一家三口继续他们的战争。斯特拉勇敢地和我挥手告别。

21

我去了希尔曼家。经过他们的邮箱时，我听到车道那边传来跑车的引擎声。我在窄窄的柏油路上停了车，迪克·莱昂德罗也被迫停了下来。

他坐在车里，一脸不快地看着我，就像我在汽车大赛中途把他拦了下来似的。我下车走过去，拍了拍他的车顶。

“好车。”

“我喜欢这辆车。”

“你还有别的车？”

“没了，就这一辆，”他说，“我听说他们找到汤姆了，是真的吗？”

“还没找到，但他应该是自由的。”

“嘿！那就太好了，”他的声音里听不出激动的意味，“你知道船长去哪儿了吗？希尔曼夫人说他一整晚都没回家。”他看着我，眼里满是疑惑与焦虑。

“别担心，他能照顾好自己。”

“话虽这么说，可你知道他在哪儿吗？我想和他……聊聊。”

“聊什么？”

“那是我和他的事，私事。”

“你和希尔曼先生分享很多秘密？”我故意问道。

“我……我可不会那样说。他会给我提意见，很……很好的意见。”

小伙子结结巴巴的，又怕又怒。我放过了他，开车去了希尔曼家。我想见的是伊莱恩·希尔曼，她请我进了屋。

比起上一次，她的状态好多了，也精心打扮了。她穿着定制的鲨鱼皮套装，恰到好处地包裹住消瘦的躯体。这次，她有力气朝我笑了。

“接到了你的好消息，阿彻先生。”

“好消息？”我想不起来任何好消息。

“汤姆还活着的消息，巴斯蒂安警督对我说的。进来吧，和我好好讲讲。”

她带我穿过门厅，进了客厅。她说起话来语气轻快，就像决心要快乐起来似的：“我管这间叫等候室，就像牙医诊所的候诊室。不过现在不用再等了，对吗？”她的语调最终还是微微颤抖了一下，泄露了内心的不安。

“是的，我也这么觉得。”

“那就好，我再也受不了了。谁都受不了，这些天太痛苦了。”

“我知道，很抱歉。”

“不用抱歉，是你给我们带来了好消息。”她在长沙发上坐下，“坐吧，跟我说说都发生了什么事。”

我在她身边坐下：“也没有太多东西可讲，不全是好消息。不过汤姆还活着，也自由了，现在很可能就在洛杉矶。我在巴塞罗那酒店发现了他的踪迹，他就躲在那儿。我一路追到了洛杉矶市中心。昨晚大概十点，有人在长途汽车总站看见他从大巴上下来。我下午要再过去一趟，看能不能找到他。”

“真希望我丈夫此刻在这儿，”她说，“我有点儿担心他。他昨天上半夜出去了，之后就再没回来。”她环视屋内，好像没了希尔曼，她也不自在了起来。

我说：“他可能也接到了汤姆还活着的消息。”

“谁告诉他的？”

我没回答。

“可他不会不告诉我就擅自行动。”

“他肯定有他的理由。”

“能有什么理由让他瞒着我？”

“我不知道，希尔曼夫人。”

“你觉得他疯了吗？”

“我怀疑，他可能一整晚都在洛杉矶寻找汤姆。我获悉他今天早上和苏珊娜·德鲁共进早餐。”

我故意若无其事地抛出了这个名字，也看到了希尔曼夫人的反应，那正是我在等待的。伊莱恩精致的脸庞皱成一团，就像被揉过的纸巾。“天啊，”她说，“他们两人还有来往吗？在如此可怕的情况之下？”

“你说的‘来往’是指？”

“他们是老情人，”她苦涩地说，“来往了二十年。他向我发誓两人早就断了，求我留在他身边，还承诺再也不会靠近她半步。他失信了。”她抬眼看了看我，“我丈夫是个言而无信的人。”

“我倒没发现。”

“男人也许还可以信他，女人嘛，千万别听信他的话，在这方面我可是专家。我嫁给他至少二十五年了，他之所以一直待在我身边，不是因为忠诚，而是因为我家的钱，这一点我清楚得很。他所有的生意和癖好都靠我家的钱，包括……”她的声音里满是厌恶，“他那肮脏的床上癖好。”

仿佛不想被旁人看到痛苦扭曲了她的嘴，她捂住了嘴：“我不该说这种话。我不是这样的人，这样说有违我娘家的家风。我娘家是新英格兰的，我母亲和我父亲也是如此。我母亲经常用老话和先例教育我：遇上这种事，默默承受就好。我照做了。除了拉尔夫，能听我说这些事的就只有你了。”

“你之前没怎么提，这些事情说出来有好处。”

“你觉得他俩的事和——这一切有关系？”她难以置信地摊了摊手。

“很有可能，我想这也是为什么你丈夫今早会和德鲁小姐在一起。他这周早些时候，周二，应该给她打过电话。”

“没错！我记起来了。他在吧台那儿打电话，我进去时，他很快挂上了。我听到他说什么绝对不能外传，电话那头肯定是那个德鲁女。”

听到她对德鲁如此轻蔑的称呼，我的脸不由得抽搐了一下。和希尔曼夫人的这次对话无疑是痛苦的、古怪的，可我们非常专注。希尔曼和德鲁之间的亲密关系使得谈论他们的我们也被迫亲密了起来。

“估计是她，”我说，“那会儿我刚告诉巴斯蒂安警督，她是目击证人，巴斯蒂安肯定把这件事告诉了你先生。”

“又被你说中了，阿彻先生，我丈夫出门之前的确接到了警督的电话。你怎么能料中这么多他人日常生活中的细节啊？”

“他人的生活便是我的工作。”

“也是你的热情所在?”

“也是我的热情所在，我想这也是令我着迷之处。要不是这些人，我也见不了那么多的世面。”

“但你怎么可能料中我先生给德鲁打了电话?你又不在这儿，我丈夫也不可能告诉你。”

“他打电话过去的时候，我刚好在德鲁小姐的公寓里。虽然我没听到他们说了什么，但那通电话令德鲁心神不宁。”

“但愿如此。”她看了我一眼，目光温柔了起来，伸出手轻轻地碰了碰我的手臂，“她不会是你的朋友吧?”

“某种程度上说，她是我的朋友。”

“你不会爱上她了吧?”

“控制得好就不会。”

“这回答不清不楚。”

“毕竟连我自己没想清楚。如果她和你丈夫仍在相恋，那对他人来说如同浇了一盆冷水。但我不觉得她仍爱着你丈夫。”

“他们在隐瞒什么?”

“过去的某些事情。”我当然希望他们之间的旧事完全过去了。从今早的情形看来，苏珊娜仍有能力伤害我。

“再深入地谈下去，虽然对案子会有帮助，但也会令你更痛苦。”这番话既是对我自己说，也是对希尔曼夫人说。

“如果有用，我愿意忍受任何痛苦。我不能忍受的是无意义的痛苦，比如汤姆所带来的痛苦。”她没解释这句话是什么意思，只是拿手揉了揉青筋凸起的太阳穴。

“我尽快问完，希尔曼夫人。你说他们之间持续了二十年，也就是说，两人大概是战争结束的时候走到一起的?”

“是的，1945 年春天。当时我一个人住，身边只有一个女伴，住在布伦特伍德[①]一栋房子里，他当时在海军，担任过中队指挥官，当时是护航航空母舰的指挥官。后来他成了舰长。”说起这些事，她的声音里带着一种失落的骄傲，而且说话时非常小心，好像往事成了她唯一的救命稻草。

“1945 年，一月或者二月的时候，我丈夫的船被神风队[②]的飞机击坏了。他们只能开着它返回圣地亚哥修理，拉尔夫因此休假了一阵子，当然，他来看过我但我见到他的次数没有我想要或者说期待见到他的次数多。之后我才发现，他晚上及周末常常与苏珊娜·德鲁在一起。”

“在巴塞罗那酒店？”

“她对你说的？”

“算是吧。”她给我看哈罗德·哈利为卡罗尔拍的照片，正是照片后面印的地址把我引到了巴塞罗那酒店，“不过她对我说的都是自己的事，没讲过你丈夫。无论如何，她是个忠诚的女孩。”

“我不想听她的好话，她带给我太多痛苦。”

“很抱歉。如果我没记错的话，她那时只有二十岁。”

“她现在都快四十岁了，她那时二十岁这个事实只能让这一切更糟。我那时也才二十几岁，却惨遭抛弃。你能想象一个女人被贪恋更年轻女人的丈夫抛弃是何感受吗？你能想象那种万箭穿心的痛苦吗？”

她瞬间被记忆中的痛苦吞噬了，干涩的双眼发着光，就像眼睛后面有两团火在熊熊燃烧。此时我能想到的最好的措词就是：

“但他还是留在了你身边。”

---

① 美国纽约州东南部的城镇。
② 二战中，日本为了抵御美军，利用武士道精神实施自杀式袭击的特攻队。

“不。他是回来了，可他在乎的不是我，是我的钱，以及他战后开工程公司的计划。他对这件事一直很坦诚，而且他觉得自己有外遇并没错，还觉得是施给我极大的恩惠。在他看来，没有孩子的夫妻——”她又捂住了嘴。

我敦促她继续：“可你们有汤姆啊。”

“汤姆是之后的事了，”她说，“来得太晚了，没能拯救我们的感情。”她的声音越发低沉，“来得太晚了，也没能拯救我丈夫，他是个典型的、过得很不开心的人。可惜我没法儿可怜他。”她用手碰了碰瘦削的胸口，停在了那里。

“他和汤姆之间的矛盾因何而生？”

“谎言。”她继续以低沉的声音答道。

“谎言？”

“我还是告诉你吧，阿彻先生，反正你早晚会发现。这事儿可能很重要，至少对当事人的心态有着重要影响。”

“汤姆……是领养的？”

她缓缓点了点头：“可能终归会公开吧，我不知道。不过，现在我请你不要告诉其他人。这里没人知道，汤姆自己也不知道。我丈夫离开海军不久，我们在洛杉矶领养了汤姆，之后一家三口搬到了这里。”

“可他看起来很像你先生。”

“拉尔夫也是因为这个原因才选中他。拉尔夫很爱面子，阿彻先生。他耻于向朋友谈及我们生不了孩子，但不育的原因在他身上。我对你说这个，是因为如此一来你就能明白为什么他对领养的事闭口不提。他特别渴望能有自己的儿子，我觉得他有时甚至相信汤姆是他的亲生骨肉。”

“所以他没对汤姆说领养的事？”

“没，我也没提过，拉尔夫不让我说。”

“一直把孩子蒙在鼓里，太不妥了。”

“我从一开始就是这么和我丈夫说的。我说你只有对汤姆坦诚，他才会对你坦诚。可他不听，我们家一直守着一个大谎言过日子。”她的声音有些许颤抖，低头看着地毯，好像地毯下面是空洞，“你也看到后果了。对汤姆而言是被摧毁的童年，对家庭而言是破裂不堪，如今是这场悲剧。”

“还不能算是悲剧。他还活着，我们会把他找回来。”

“可这个家还能完整吗？”

“这要靠你们三个人努力。我见过更破碎的家庭最终握手言和，但要实现这一点需要足够多的支持。我指的可不是求助迷湖中学，需要求助的不仅仅是汤姆。”

“我知道，我一直都过得很悲惨，很难受。而我丈夫对于领养汤姆这件事，这么多年来一直很不理智。我觉得这要追溯至中途岛之战①，当时拉尔夫的舰队几乎全队覆没。当然了，他把这一切都怪罪到自己的头上，因为他是船长。他觉得自己好像失去了几十个儿子。”

“你怎么知道？”

“他当时给我写信，”她说，“信里什么都写，毫无保留，我们彼此坦诚交流。他多次写到想要自己的孩子、想生儿子。虽然他从没明说，但我知道他的这种执念和那次海战有关，和那些战死的部下给他带来的打击有关。当他发现自己要不了孩子时，决定收养汤姆，可……”她的手重重地放在了大腿上，没有针线给她忙活，她的手似乎无处安放。

---

① 二战时美国和日本的一次重要战役，美国海军以少胜多，成功击退了进攻中途岛的日本海军。

“你刚刚要说什么，希尔曼夫人?”

“我不知道，虽然我学过哲学，但毕竟不是心理学家。我觉得拉尔夫想把汤姆打造成他所希望的样子，也许是为了修复战争给他留下的创伤，又或者是为了弥补失去的东西。可他不能这样利用别人啊，不能把活生生的人当作幻想中的人来对待。最后汤姆和他彻底闹翻了。”

“汤姆发现了你丈夫不是他亲生父亲?”

她紧张地看着我：“你觉得他知道了?”

“我有理由认为是这样。”我说，想起弗雷德·廷德尔对我说的话，“希尔曼夫人，你们送汤姆去迷湖中学那个周日的早上发生了什么?”

她马上回答道：“那是拉尔夫干的，与我无关。”

“他们吵架了?”

“是的，拉尔夫对汤姆特别生气。”

“为什么生气?”

她低下了头：“我先生不许我说。”

“汤姆说错了什么还是做错了什么?”

她仍低着头，不肯说话。最后，她终于开口：“希望能早点了结这桩烦心事，我已经告诉了你太多事情，现在换你来告诉我，好吗?你提到巴塞罗那酒店，还说汤姆一直躲在那儿——你说的是‘躲’。”

“对。”

“所以他不是被关起来了?”

“我不知道，如果有人禁闭他，也是在心理上禁闭他。我不认为有谁限制了他的人身自由。”

她看着我，脸上写满了厌恶。她从我嘴里听到了不少坏消息，这一个估计是令她最难消化的。

“你从一开始就暗示汤姆是自愿和绑匪合作。”

“是合理的怀疑，而且这个怀疑至今成立。”

“请不要回避这个问题，给个明白的答案，我受得了。”她露出黯淡的笑，“都到了这个时候，不要再瞒着我。”

“好吧。我觉得汤姆是自愿去找哈利的，然后躲在哈利车子的后备厢里去了巴塞罗那酒店，待在那儿，没人拿枪强迫他。我不清楚他这么做的理由，要弄清楚就得和他谈谈。不过他应该不知道敲诈的事，没有证据显示他收了钱。他现在身无分文。”

“你怎么知道？你见过他了？”

“我和别人谈过，有人和他聊过天，汤姆说他需要钱。”

“从某种程度上说，这算是好消息？”

“是的。”

我起身想离开，可她留住了我，一脸复杂。

“你说的那家巴塞罗那酒店，是不是滨海公路上那座古老的破旧建筑？”

“是的，现在已经关门了。”

“汤姆要么是自愿，要么是被人藏在那儿？”

我点点头：“酒店的看门人叫赛普，参与了敲诈勒索，很可能是主谋。他今早上被击毙了，而另一个嫌疑人哈利昨晚被捅死了。”

她脸上满是诧异，好像一下子没法儿接受这么多可怕的消息。

“这也太离奇了。”她吸了口气。

“没什么离奇的，这些人都是匪徒，没什么好下场。”

“我不是说他们的死，虽然死得很惨。我是没想到人生各个时期的联系居然如此紧密，过去与现在紧紧相扣。”

“这让你想到了什么？”

她苦笑了一下：“一些丑陋的事。虽然不是什么好事，我还是得说出来。你知道，巴塞罗那酒店，我儿子——养子，和那帮罪犯待在一起的地方，恰恰是，”她颤抖着吸了口气，“恰恰是拉尔夫和苏珊娜搞外遇的地方。你说的那个看门人，就是被枪打死那个人，是不是叫赛普？”

“是，奥托·赛普。”

“他原来是不是酒店侦探？”

“没错，他是给我们这行抹黑的那种人。”

“我再清楚不过了，”她说，“我认识赛普先生，和他说过一次话。那一次，他给我留下了足够深刻的印象，忘都忘不掉。他这令人恶心，极不道德。1945年春，他来到我在布伦特伍德的家，告诉我拉尔夫和德鲁小姐的奸情。”

“他肯定是想要钱？”

“对，我给了他钱，两百美元，这是他开的价。当他发现我愿意给钱时，就狮子大开口改为五百，那是我手头所有的现金。算了，钱不重要，一直都不重要。”她说道，暗示自己从不缺钱。

“赛普对你怎么说？”

“说我先生犯了通奸罪，他拍下了照片，有义务逮捕他。我不知道是不是真的有那样的法律依据……”

“的确有，但一直都没有执行，要不然坐牢的人太多了。”

“对，他提到会坐牢，还说这件事会给拉尔夫的名声带来极大影响。当时拉尔夫有机会晋升船长，虽然现在听起来特别幼稚，但那时算是他的人生大事。他来自普通的家庭，父亲是失败的小生意人，他觉得自己要不停地努力才能和我家门当户对。”她眼里透着悲伤的机敏，“谁都需要点儿什么来保护自己的自尊心，不是吗？即便是碎片也好，才不至于被彻底打垮。”

“你在和我说和奥托·赛普的对话。”

“是的，我经常讲着讲着就想到别的东西去了。得知拉尔夫对我不忠，我虽然既震惊又悲痛，可我还是不想看到他前途尽毁。于是我给了那恶棍他想要的钱，而他给了我照片。”

“他之后又找过你吗？”

“没有。”

“他居然没有纠缠你。”

“可能他有这想法，但被拉尔夫阻止了。我对拉尔夫说了那件事。”她又补充道，“没给他看照片，我把照片都毁了。”

“拉尔夫怎么阻止他？”

“应该是狠狠揍了他一顿，把他吓跑了。他没和我细说，从那时起我们之间有了隔阂。我回了波士顿的娘家，直到当年年底才又和他见面，当时他们的船开到了波士顿港口。我们多少和解了，决定领养一个孩子。”

我并没有仔细听这一段，这桩案子牵扯到的各种关系慢慢浮现。拉尔夫和两个绑匪曾都有过交集：他是麦克·哈利的上级，把麦克踢出了海军；还揍了奥托·赛普一顿。他们好好地让他付出了代价。

伊莱恩也在想着同样的事情，温柔的声音里带着沮丧：“如果拉尔夫没在那家肮脏的酒店干出那肮脏的勾当，赛普就不会出现在我们的生活里。”

“你不能把所有过错都怪到你丈夫头上，他的确犯了错，谁都会犯错，十几二十年前做错的事，并不是导致这起绑架的唯一原因。没那么简单。”

“我知道，我也没把所有事都怪罪到他头上。”

“赛普无论如何都会参与这起绑架，毕竟他的好兄弟麦克·哈利认识你丈夫，而且对你丈夫心怀怨恨。”

“但为什么我的汤姆，我可怜的汤姆会去那家酒店？那家酒店里不是发生命案了吗？”

“话虽这么说，但对赛普和哈利而言，他们选这个地方把汤姆藏起来只是图方便。”

“汤姆为什么和他们待在一起？他们都是危险、可怕的怪物！”

“青春期的孩子，有时就爱寻求刺激。”

“也是，”她说，“汤姆做出这些事也不能怪他。拉尔夫和我没给他多少选择。汤姆是个敏感、内向的孩子，他热爱艺术，但我丈夫不想他成为那样的人——可能这些特质不停地在提醒他：汤姆不是他亲生的。他努力想改变他，当他发现自己做不到时，就不再那么关注他。但仍还是爱他的，这一点我可以确定。”

“他花了不少时间和迪克·莱昂德罗在一起。”

她撇了撇嘴，半边脸颊和眼睛皱了皱，就像沧桑和幻灭一下子降临到了那半边脸上：“你观察得真仔细，阿彻先生。”

“干我们这行的必须细心，而且迪克·莱昂德罗没有掩饰，我刚刚在车道上遇见他了。”

“对，他来找拉尔夫。他很依赖他。”她干涩地说。

“你会怎么形容这种关系，希尔曼夫人？干儿子？”

“可以这么说。迪克的父母几年前分开了，他父亲出了城，母亲拿到了监护权。可他需要一个父亲，拉尔夫也需要有人和他出海——我有时觉得那才是他最迫切的需要。他需要有人和他一起分享那种男子汉的爱好，又希望这个人是自己的儿子。”

“他可以选择更好的，不是吗？”

她沉默了片刻：“也许吧，但当一个人有很迫切的需求时，就只能和那些同样有迫切需求的人合作了。可怜的迪克有太多迫切的需求。”

“有些需求算是得到了满足。他告诉我，你先生供他读大学。”

“是的。迪克的父亲原本就是拉尔夫公司的职员，拉尔夫特别看重忠诚。”

“迪克忠诚吗？”

“对拉尔夫特别忠诚。”

“我问你一个问题，请客观坦诚回答我。假设……假设你先生剥夺了汤姆的继承权，迪克继承的概率是不是很大？”

“这假设太过分了吧？”

“你的回答对我的调查很有意义，告诉我吧。”

“迪克可能会继承一部分，无论在任何情况下，拉尔夫都会留一点财产给他。但你别多想，可怜的迪克，四肢发达头脑简单，他没那种能力策划绑架勒索。”

“我不是这个意思。”

“你别让迪克难堪。出了这种事，我们是靠着他熬过来的。”

“我知道，我不会找他麻烦。”我起身打算离开，“谢谢你的坦诚。”

“这种时候没必要遮遮掩掩，你如果还想知道什么……”

“有一件事，你能不能告诉我——你们是通过哪家机构收养了汤姆？”

“不是通过机构，是私下收养。”

“是通过律师还是医生？”

“医生。”她说，“我不记得他的名字了，他在希达斯黎巴嫩医院给汤姆的妈妈接生，医疗费全由我们支付。这是我们和汤姆妈妈达成的协议。”

“他妈妈是谁？”

“一个陷于困境的可怜女人，我没见过，也不想见。我想把汤姆当作自己的亲生孩子。”

“我明白。”

“就目前的情况而言，他的亲生父母和这案子有关系吗？”

“如果他是去洛杉矶寻找亲生父母，那就有关系。我有理由相信他是去寻找亲生父母。你应该记下了医生的名字吧？”

“去问我丈夫吧。”

“我现在找不到他。”

“他或许把相关文件放在了书房的抽屉里。”

我跟着她去了书房。在她翻抽屉的时候，我又看了看墙上的照片。那张甲板上的合照肯定是希尔曼带领的飞行队。我仔细看着每一张脸，心想究竟是哪些人殒命于中途岛海战。

之后我看了看迪克·莱昂德罗的照片。他的脸英俊、阳光、空洞，没有透露任何线索，但有人可能会看出点什么。我把照片从墙上取下来，放进了外套口袋。

伊莱恩·希尔曼毫无察觉，她刚找到那个医生的名字。

“医生名叫伊利亚·温特劳布。”她说。

22

我给温特劳布医生打了个长途电话，他确认托马斯·希尔曼的领养手续是他安排的，但拒绝在电话里谈。我约了下午去他办公室见面。

回洛杉矶前，我去见了巴斯蒂安警督。他忙这个案子近三天，脾气还是老样子。他脸上伤疤般的线条又深了些，声音沙哑刺耳，语带嘲讽的时候就更明显了。

“隔三岔五就来看我，你真贴心。”

“我现在为希尔曼工作。”

“我知道，现在你更占优势了，看得出来你好好抓住了优势。不过你我办的是同一件案子，理应合作，定期交换消息。”

“不然你以为我来干吗？”

他垂下了眼睛：“行了，关于希尔曼家的孩子，有什么发现？”

我把所有发现都对巴斯蒂安讲了，满足了他的需要，也对得住我的良知。我没说领养及温特劳布医生的事，也没透露汤姆晚上九点可能会出现在圣莫妮卡车站。但有关汤姆的其他事，包括他主动藏在巴塞罗那酒店等等，我都坦白告知。

“奥托·赛普死得太不是时候了，”巴斯蒂安嘟囔着说，“他本可以帮我们弄清很多事情。”

我表示同意。

“你是目击证人，赛普究竟是怎么死的？”

“他拿铁锹攻击本·戴利，当时我正查看哈利的尸体，让戴利帮我拿着枪，枪走火了。”

巴斯蒂安不满地啧了啧舌：“这个戴利是什么情况？”

“了解不多。他在巴塞罗那酒店对面开了个加油站，给我的感觉挺靠谱，是二战老兵——”

“希特勒也算二战老兵。洛杉矶那边说戴利之前曾和赛普有过交易，赛普跟他买过二手车。”

“那不奇怪，戴利的加油站离赛普工作的酒店那么近。”

“你不认为戴利是想让他闭嘴而开枪？”

“不，但我会多留心。我更关心另外那桩命案。你看到插在哈利胸口的刀了吗？”

“还没，但拿到报告了。”他从桌上的文件堆抽出几张纸，“是猎刀，上面刻有制造商的名字，是俄勒冈州一家叫福斯特曼的公司。刀刃较宽，长约六英寸①，很锋利，刀头很尖，橡胶把手是黑白条纹，有专门的手指凹槽。刀很新。和你看到的一样吗？”

“我只检查了橡胶条纹把手，如果说刀刃又宽又锋利，刀头又很尖，那这把刀可能也是杀害卡罗尔的凶器。”

“我也是这么和洛杉矶警方说的，他们会把刀送过来让我们

① 约合 15 厘米。

比对。”

“我刚想这么建议。”

巴斯蒂安往前探了探身子，两手重重地放在文件上：“你觉得凶手是本地人？”

“这一点值得考虑。”

“为什么？为了钱？”

“不大可能，哈利离开洛杉矶时身无分文，这一点我和赌局里的赢家确认过。”

“哈利居然没把那赢家弄死。”

“那种地方的专业枪手太多，哈利顶多算三流枪手。”

“那么杀人动机是什么？”巴斯蒂安说，眉毛挑得高高的，“如果不是为了钱，为什么要杀哈利？”

“估计得找到凶手才能知道。”

“你有怀疑的对象吗？”他问。

“没有。你呢？”

“我有些想法，但还不能说。”

“因为我现在替希尔曼办事？”

“我可没那么说。”他把眼神移开了，转移了话题，“一个叫罗伯特·布朗的人，也就是受害者的父亲，之前来这儿找你。他住在城市酒店。”

“我明天再去找他。你对他态度好些，行吗？”

“我对谁都态度好。哈罗德·哈利几分钟前来电话，他弟弟的死对他的打击很大。”

“那是肯定的。你是什么时候放他走的？”

“昨天。没理由继续关着他，法律又没有强制公民大义灭亲。”

“他回长滩了？”

“是的。如果最后还有活口可以起诉的话，会召他来作证。”

他又在拿奥托·赛普的死揶揄我。我转身离开。

去见温特劳布医生的路上，我绕上海滨公路，去了本·戴利的加油站。他正站在油泵旁，头上打着绷带，看见我来，转头进了办公室，再没出来。一名少年出来了，看上去就像戴利的翻版，用很不友善的口吻问我有什么需要帮忙。

“我想和戴利先生谈一谈。”

“抱歉，爸爸不想和你说话。因为今早的事，他的心情很差。”

“你告诉他我和他一样，问他愿不愿意出来看一张照片，帮忙指认一下。”

少年进了办公室，把门关上。嘈杂的公路对面，巴塞罗那酒店耸立在阳光下，如同一座纪念碑，纪念着死去的文明。车道上有几辆车出了事故，巡警正在围观人群中维持秩序。

戴利家的小孩冷着脸出来了：“爸爸说他什么照片都不想看，他说你和你的照片害他倒霉透顶。”

“和他说我很抱歉。”

男孩儿像使节似的端正地退下了，再也没有出现，他父亲也没有。戴利这条线索，我暂时放弃了。

温特劳布医生的办公室在威尔希尔大道上新建的医院大楼里，就在希达斯黎巴嫩医院附近。我进了自助电梯来到五楼的等候室。等候室是加州-丹麦风的装修，放着轻音乐，让我心烦。对面坐着的两名孕妇望向我，视线交会时，她们的眼神中流露出怜悯：一个无名之辈。

化着浓妆的女孩突然从等候室角落的柜台后喊：“阿彻先生？”

“在。”

“温特劳布医生差不多可以见你了。你不是来看病吧？我们不必询问你的病史，对吧？”

“我的病史会吓着你，亲爱的。”

她装作受惊，夸张地眨了眨眼。她的假睫毛又长又厚，眨动起来笨拙得就像在空中胡乱挥舞的蜘蛛腿。

温特劳布医生开了门，示意我进入诊室。他看起来年纪和我差不多，可能大我几岁。跟多数医生一样，他对自己疏于照顾：肩膀下垂，身材发胖，一头黑鬈发的发际线正在往后辙。

眼镜背后的乌黑双眼却炯炯有神，握手的时候，我感受到了那股冲击。我觉得在哪儿见过他。

“你看起来需要好好休息一下，”他说，“别担心，这个建议不收费。”

“谢了，还得等等再休息。”我没告诉他，他才需要休息。

他重重地坐下，我就坐在他对面的凳子上。整整一面墙都被书架占满，都是医学书，主要是精神科与妇科用书。

“你是精神科医师？”

“不，不是。”他的眼里满溢着忧郁，“当年为了竞选董事会委员而学的，但之后爆发了战争，所以我选了另一个专业，专门替人接生。”他笑了笑，抬了抬眼，“工作舒心，成功率也高，极少失手。”

“托马斯·希尔曼是你接生的？”

“是的，我在电话里说了。”

“关于那天的事，你还记得吗？”

“我让秘书去查了，托马斯是1945年12月12日出生的。一周之后，也就是12月20日，我安排了希尔曼船长及其夫人对托马斯的领养手续。托马斯对他们来说是绝佳的圣诞礼物。”他温柔地说。

“他的亲生母亲呢?”

“她不想要他了。”

“是因为没结婚吗?”

“她虽然很年轻，但已经结婚了，只是她和丈夫当时都不想要小孩。”

“能告诉我他亲生父母的名字吗?”

“这违背我的职业操守，阿彻先生。”

“即便是为了帮助破案，为了寻找一个失踪的孩子也不行?”

“那我得知道所有细节，而且你得给我时间考虑。问题是我没有时间，现在和你谈话所占用的是我的其他病人的时间。”

“托马斯·希尔曼这周找过你吗?”

“这周没有，以前也没有。”他站起来，挪动着肥胖的身体走到门边，不耐烦地等着我出门。

23

苏珊娜家立有圆柱的门廊融合了希腊庙宇风和南部园林风，只是漆成了蓝色。穿过门廊，我走进冷冰冰的大理石门廊。德鲁小姐不在，外出一整天未归。

我看了看表，快五点了，估计她和希尔曼吃完早饭就赶去上班了。我退出门廊，坐进自己停在路边的车里，看着晚高峰时段慢慢挣扎着前进的车辆。

五点刚过，一辆黄色出租车从车流里出来，停在我后方。下来的人正是苏珊娜。趁她付车钱的时候，我走上前去，她看见我的一瞬间掉落了一张五美元纸钞，被司机捡走了。

“我一直盼着你来探望我，卢，”她这话说得并不是很有底气，“进来吧。”

开门的时候，她的钥匙始终对不准孔，我帮了她一把。华美的客厅如今在我看来有些破败，像一个上演了太多戏的舞台，连窗外的夕阳都像是陈旧的二手货。

她瘫坐在沙发上，伸长了漂亮的双腿："累死了。你自己倒点儿喝的吧。"

"我喝不下，这注定是一个漫长的夜晚。"

"听起来很不吉利，那么你给我倒一杯吧。调一杯'暗夜旅程'鸡尾酒，放点儿天仙子①。或者调一杯'遗忘之河'也行。"

"你累了。"

"我工作了一整天，因为男人必须哭泣，女人必须工作，港口酒吧哀声一片。②"

"如果你安静片刻，我想和你谈点正经事。"

"有意思。"

"安静。"

我给她调了杯酒拿过去。她抿了抿："谢谢你，卢，你真是个贴心的男人。"

"别说这种假惺惺的话。"

她用乌黑的双眸看着我，很受伤的样子："我说什么都是错，你这是在生我的气。我是不该留斯特拉一个人在家，可她那会儿睡得正香，我又得去上班。好在她安全到家了，我离开办公室前刚接到她爸爸的电话，他打来谢谢我。"

"谢谢你？"

"顺便核对你的说辞。斯特拉好像又从家里跑了，卡尔森先生说，如果斯特拉来我家，让我和他联系。我可以那么做吗？"

"我不介意，斯特拉不是问题。"

"我是问题吗？"

---

① 草本植物，有镇静作用。

② 出自查尔斯·金斯利的诗《三名渔夫》，原诗为："男人必须工作，女人必须哭泣。"

“你是问题的一部分。你今早留斯特拉一个人在家，不是因为工作。你早上和拉尔夫·希尔曼共进早餐。我来是告诉你一声，我全都知道。”

“我们是在公共场所用餐。”她没心没肺地说。

“这不是重点，我才不管你们是在床上还是在哪儿吃早餐，重要的是你想把你和希尔曼的事轻描淡写地掩盖掉！”

她眼里的委屈眼看就要转为愤怒，可没成功。愤怒不过是她的另一种逃避方式罢了，而她也清楚自己无处可逃。她喝完杯里的酒，用尖刻的声音说：“你是说对你个人来说重要，还是出于其他原因？”

“都一样。我今天和希尔曼夫人聊过了，实际上都是她在爆料。”

“关于拉尔夫和我的事？”

“是的。那并不是一次令人愉快的谈话。我宁可听你自己亲口告诉我。”

她把脸转向了别处，把光线全挡住。我只看见她黑黑的后脑勺，像一片漆黑的土地。

“那并不是我引以为豪的一段人生经历。”

“因为他年纪大你很多？”

“那是原因之一，我现在年龄也上去了，越来越能体会到偷走别人的丈夫是一件多么无耻的事。”

“那你为什么继续呢？”

“我没有！”她恶狠狠地说，“我们之间的事很快就结束了，如果希尔曼夫人有其他想法，那是她自己的臆想。”

“有其他想法的是我，”我说，“你今天早上和他共进早餐，他事前给你打过电话，别忘了，你一直拒谈那个电话。”

她慢慢转过身，看着我的脸：“那不代表我跟他之间余情未了，不是我让他给我打电话。今早我和他出去是因为他需要有人听他倾诉，而我不想吵醒斯特拉。还有，在外面他就没法对我动手动脚了。”

“他的意图很明显吗？”

“我不知道。我十八年没见他了，看到他变成那副样子，我还是挺吃惊的。他整个人都很糟糕，喝了不少酒，说自己一夜没睡，在洛杉矶到处找他的儿子。”

“我也在找人，却没有人陪我去吃饭，也没有人握着我的手安慰我。”

“你嫉妒了，卢？别这样，他老了，他是个衰弱的老人。”

“你抗议过头了吧？”

“我是认真的。我今早感到很厌恶，不仅仅厌恶拉尔夫·希尔曼，而且厌恶我这误入歧途的、微不足道的人生。”她环视房间，似乎也看到了我所看到的破败，“行了，想听我的自传，什么时候开始都行。”

“就等你这句话了，苏珊娜。你是怎么认识他的？”

“再给我调一杯酒。”

我照做，把调好的酒递给她：“你是什么时候、怎么认识他的？”

“1945 年 3 月，我当时在华纳工作，一队海军军官来演播室参加一部战争片的试映会，之后他们打算开派对，我也去了。拉尔夫把我灌醉，带我去了巴塞罗那酒店，给我尝了尝禁忌的、浪漫的甜头。那天我体验了两个人生第一次：第一次喝醉，第一次和人睡觉。”她的声音很刺耳，“别站着，卢，放松点儿。”

我拉过一张坐垫，在她脚边坐了下来：“你说你们没有继续发展下去？”

“只持续了几个星期。但实话告诉你，我爱上了拉尔夫，他特别英俊、勇敢。”

“还结了婚。”

“这就是我离开他的原因，”她说，“我最终离开他的原因。希尔曼夫人伊莱恩·希尔曼听到了风声，来到我在伯班克的公寓。我们吵得很难看，要不是卡罗尔在，都不知道会出什么事。卡罗尔让我俩都冷静了下来，理智地和对方沟通。”她顿了顿，又哀伤地补了句，“虽说自己也有麻烦，但卡罗尔总能平息局面。”

“卡罗尔为什么掺和进去？”

“不是告诉过你她当时和我一起住？我带她去了我家。伊莱恩细数我对她和她的婚姻犯下的种种罪行，揭露我丑陋的一面，卡罗尔就像个小娃娃一样坐在那儿。我意识到自己不能再这样破坏别人的婚姻了，也对伊莱恩那样说了，她很满意。她是个了不起的女人，至少那个时候是。”

“只要深入一点去了解，就会发现她现在也是。拉尔夫·希尔曼也是个了不起的男人。”

“的确，他当年是很了不起。”

为了检验她有没有说实话，我又问：“除了伊莱恩·希尔曼的造访，还有其他原因让你甩了希尔曼吗？”

“我不知道你是什么意思。”她说。看来她没通过我的谎言测试，或者说，记忆测试。

“伊莱恩·希尔曼怎么发现你俩的事？”

“哦，那个啊。”她内心深处的羞耻感涌起，表现在了她的脸上，低声说，“希尔曼夫人肯定和你说了吧？”

“她提到照片。”

“她拿给你看了吗？”

“她是个好太太。”

“你这话太无耻了吧！”

“我没那个意思，是你想太多。”

“你说得对，医生。我是不是该在沙发上躺好，跟你讲讲我做的梦？”

“说起这个，我知道沙发有更好的用场。”

“现在不行。”她很快打住话题。

“是的，现在不行。”但这段交流中，最黑暗的部分让我们亲密起来，至少开始互相理解，“很抱歉把这些陈年旧事都翻出来。”

“我知道，我了解你。我也知道你还没问完。”

“照片是谁拍的？奥托·赛普吗？”

“他在场，我听见他的声音。”

“你没看见他？”

“我把脸挡住了，”她说，“突然有闪光灯，就像现实被轰炸了。”她扶了扶额头，“我觉得照片是走廊里的男人拍的。”

“哈罗德·哈利？”

“可能，但我没看见他。”

“那天是几号？”

“我记得很清楚，1945 年 4 月 14 号。为什么问？这重要吗？”

“现实是无法被轰炸的，不同的人生相互交织，共同存在。每一件事都息息相关，关键在于找出彼此之间的联系。”

她略带讥讽地说：“这就是你的人生任务吧？你感兴趣的不是人，而是人与人之间的联系。你就像……”她在脑子里搜寻羞辱我的字眼——“水管工。”

我大笑。她报以微笑，眼中没有丝毫醉意。

“我们还得谈谈另一个‘联系’，”我说，“和水管无关，和电话有关。”

“你是说拉尔夫的那个电话？”

“对，他要你对某件事情保密，是什么事情？”

她不自然地扭了扭身子，盘腿而坐：“我不想给他招惹麻烦，我亏欠他太多了。”

“别用老套的人情牌打发我。这次是说真的。”

“你没必要措词如此失礼。”

“我道歉，你说吧。”

“他知道你见过我，所以要我和他统一口径。有一件事他并没有老实地告诉你：他对你说自己没见过卡罗尔，但其实他见过。在麦克·哈利被捕后，她曾向他求助，他尽力帮了忙。他让我为他和卡罗尔的兴趣保密。”

“兴趣？”

“不是你以为的那种，”她仰着头说，“我才是他的情人。卡罗尔那会儿还是个孩子，他觉得留她一个人在巴塞罗那酒店不太好，就把她送到我的庇护之下——我那已然破碎的庇护。我答应了，后来的事情，你也知道了。”

“听起来非常清白。”

“的确清白，我发誓。而且，我喜欢卡罗尔，我爱她，伯班克的那个夏天，她肚里的孩子就像是我们爱的结晶。”

“你有过孩子吗？”

她十分悲伤地摇了摇头：“永远不会有。我确定我怀过一次，就在那个春天。但医生说是假孕，是我太想要而产生幻觉。”

“和你一起住的时候，卡罗尔看过医生吗？”

“看过，我逼她去的。她一直去看同一个医生，温特劳布医生。”

“他给她接生?”

“这我就不知道了。别忘了，她后来跟麦克·哈利跑了，离开了我。因为这件事，我再也没去找过温特劳布医生，怕勾起不好的回忆。”

“你们有过不愉快的经历?”

“我是说，他也认识拉尔夫·希尔曼。是拉尔夫介绍我去温特劳布医生那儿的，他们是好战友。”

我脑海里浮现出温特劳布医生的圆脸，想起来为什么会觉得他眼熟，因为我看过年轻时的他。那天在希尔曼的书房里，墙上挂的那张甲板上的合影里就有他，现在发福了不少。

“真有趣，”苏珊娜说，“一个十七八年没听过的名字突然间蹦出来，几小时、几天之后再次出现。温特劳布就是这样一个名字。”

“最近还有别人向你提过这个名字?”

“今天下午办公室里来了个特别的访客，我本来要告诉你的，可事情一多就忘了。这个人对温特劳布医生也很感兴趣。”

“这个人是谁?”

“一开始他不肯说，我套了话，他说自己叫杰克曼。”

“山姆·杰克曼?”

“没说名字。”

“山姆·杰克曼是个中年黑人，肤色比较浅，无论外表还是说话腔调都像是穷困潦倒的爵士乐手，现实也确实如此。”

“这孩子看起来是走投无路的样子，但肯定不是你说的那个山姆。可能是他儿子，只有十八十九岁。”

“他长什么样?”

“脸很瘦，很英俊，乌黑的眼睛，黑得我看着有点儿怕。他看起来是个聪明孩子，但可能因为紧张，说话语无伦次。”

“他紧张什么？”我也紧张起来。

“卡罗尔的死。他没直接说，可他问我在1945年是不是认识卡罗尔。他去伯班克找我，遇上了我原来在华纳认识的老秘书，我俩现在还有联系。他给我现在的秘书报上了那个老秘书的名字，我才让他进门。他想让我和他说说哈利那个孩子的事情，发现我什么都不知道，就问我卡罗尔的医生是谁。我想起温特劳布医生的名字——伊利亚·温特劳布，要忘记这个名字是很难的——告诉了那个孩子。把他送走，我才算是松了口气。”

“你把医生名字告诉他，这可不是什么好事。”

她惊讶地看着我：“你是说，他是哈利的孩子？”

我没说话，掏出一摞照片查找。时间像电流般从我的指缝穿过，我的手有点儿发抖。

苏珊娜很害怕，低声问我：“他没死吧，卢？我没法再看死人照片了。”

“他还活着，至少我希望他还活着。”

我给她看汤姆·希尔曼的照片。她说：“就是这个男孩，可是穿戴没这么好。他是哈利的孩子？”

“应该是。他也是拉尔夫和伊莱恩·希尔曼通过温特劳布医生领养的孩子。你觉得他是不是去找温特劳布医生了？”

“是的。”她也紧张起来，“好像古老的身份疑案，孩子回来寻找杳无音信的亲生父母。”

“讽刺的是，他的亲生父母现在都死了。你几点见到他的？”

“大概四点左右。”

现在都快六点了。我走到电话旁，往温特劳布医生的办公室打电话，电话局说办公室晚上停止营业，不接听电话。接线的女孩不肯给我温特劳布医生的家庭住址，也不肯告诉我他的私人电话。打给电话局的经理也不肯给。我只能给电话局留了我的名字和苏珊娜家的电话，等着温特劳布给我回电，如果他肯回的话。

一个小时过去了。苏珊娜给我煎了份牛扒，我俩味同嚼蜡地吃了起来。我们坐在露台上一张大理石桌前，她和我讲了好多关于身份疑案的传说，俄狄浦斯、哈姆雷特、斯蒂芬·迪达勒斯[①]。她父亲原来就是教这些的。讲这些东西消磨了一些时间，可我心里特别担心那个孩子。哈姆雷特的结局太血腥，俄狄浦斯轼父娶母，最后刺瞎了自己的双眼。

“托马斯·哈利，”我大声说，“托马斯·哈利·希尔曼·杰克曼，他知道自己不是希尔曼的亲生儿子，觉得自己被调包了。”

“神话里都是这样写的。”

“我说的是现实，他逃离了养父母去找亲生父母，结果他们却是哈利夫妇。这太残酷了。”

“你这么确定他就是哈利的孩子？。”

“一切都符合我所掌握的信息，也解释了为什么拉尔夫·希尔曼想掩盖自己认识卡罗尔的事实。他不想被别人知道领养的事。”

“为什么？”

“这么多年来，他守口如瓶，甚至不告诉汤姆。他对这件事好像着了魔。”

“我今早也有同感。”她靠过来，碰了碰我的手指，“卢，他不会失去理智，杀了卡罗尔吧？”

“有这个可能，但概率不大。他今天早上怎么了？”

“他觉得自己的耳边响起生活坍塌的声音，还问我愿不愿意和

---

① 乔伊斯小说《一个青年艺术家的画像》中的主人公。

他一起拼凑新的生活。十八年后，他再一次想改变我的人生。”她的声音里满是对自己和对希尔曼的不屑。

“我不太明白。”

“他让我嫁给他，卢。当今的社会风气就是这样，先找好下家，再结束当前的婚姻。”

“我不喜欢‘结束’这个词。他说了自己对伊莱恩的打算吗？”

“没有。”她看起来脸色惨白，很不安。

“希望他只是想离婚。你的答案是什么？”

“我的答案？”

“他向你求婚，你的答案是什么？”

“噢，我说我在等一个更好的男人。”

她漆黑的眼睛意味深长地看着我。我坐在那儿，努力给出一个沉稳的回应。可话还没出口，电话就响了。

我出了房门，拿起了听筒。“喂，我是阿彻。”

“我是温特劳布医生。”他的声音里带着慌张，“我刚刚遇到了特别糟糕的事情。”

“你见到了希尔曼家的孩子？”

“是的，我刚要下班，他就来了，问了和你一样的问题。”

“你怎么回答他，医生？”

“我把真相告诉他了，可他早就知道了。他想确认麦克和卡罗尔·哈利是不是他的亲生父母。我说是的。”

“他如何反应？”

“很粗暴，他打了我，把我的眼镜打烂了。没了眼镜，我像个瞎子似的，然后他就跑了。”

“你报警了吗？”

“没有。”

“现在就报警，顺便把这个孩子的身份告诉警方。”

“但他父亲……他的养父不会希望让我这么做的。”

“医生，我懂得和老上级打交道是什么感受。他曾是你的上级，对吧？”

“是的，我是他的军医。”

“可你现在不是，你不用等希尔曼指挥你做事。由你报警还是我来？”

“我会报警，以这孩子现在的状况，不能让他在外面晃荡。”

“他的状况？”

“他很难过，而且像我刚刚说的，行为很粗暴。”

一点都不奇怪，我想，这是遗传。

24

我和苏珊娜吻别后沿着威尔希尔大道驶向西木区。我打算在九点抵达圣莫妮卡车站，假设汤姆会出现。还有时间，所以我先去本·戴利那儿看看。我驶下圣维森特大道，朝海滨公路驶去。

太阳已经半沉入地平线，把天和海都染红了，就连巴塞罗那酒店前方也被染上了虚假的、地中海般的粉红色。车道那边无所事事地晃悠的人换了一拨。人数也少了总有一些人等着围观比他们自己的生活更有趣的事情发生。

这是一个温暖的夜晚，多数人穿着沙滩装，唯有一个人穿着正式的深灰色西装，戴着深灰色毡帽，看起来很眼熟。

我靠路边停了车，走下来，穿着深灰色西装的男人是哈罗德·哈利。他还系着条黑色领带，肯定是莱拉给他选的。他一脸愁容。

一看到我，他的愁容更明显了："阿彻先生？"

"你该不会记不得我了吧，哈罗德？"

“不不，只是一切看起来都不一样了，不论是人的脸，还是那家酒店。现在看来它不过是坍塌的土堆，而我过去一直以为这地方奢华高档。甚至连天空看起来都不一样了。”他抬眼望着布满红色划痕的天，“像手工上色的赝品，内在空无一物。”

这个小个子男人说起话来像艺术家。也许换个身世他早就成了艺术家，我想。

“我不知道你这么爱自己的弟弟。”

“我也不知道，但令我难过的不仅仅是他。我讨厌加州，在加州，我从没遇到过好事，麦克也是。”他对着一排公务车做了个茫然的手势，“真希望我能回到爱达荷。”

周围的女人穿着宽松长裤和吊带上衣，露着明晃晃的肉。年轻一点儿的女孩披散着头发，风一吹，头发便抚过她们的前额和蓝眼睛。晒得黝黑的男孩眼神警觉，顶着晒白的头发和明亮的前程。我把哈罗德从人群中带走，来到一棵需要浇水的玉兰树下。

“发生在你弟弟身上的一切是从爱达荷开始的，哈罗德。”同样的事也发生在你身上，或者说差点发生在你身上。

“你以为我不知道吗？那老家伙经常说麦克会死在绞刑架上。他这样算是骗过了绞刑架。”

“我昨天见到你父亲了。”

哈罗德突然很粗暴，回头环视说：“他来城里了？”

“不，我去波特卡洛见他。”

他看起来既松了一口气又很焦虑：“他怎么样？”

“老样子。你没告诉我他的精神不是很稳定。”

“你又没问，他也不是时时刻刻都不稳定。”

“但他进出精神病院不止一两回了。”

“是啊。”他垂下了头。在最后一缕阳光里，我看到他帽檐上的衣柜积灰和帽带上新的汗渍。

“你弟弟变成这样，不怪你，”我说，“我从你父亲身上找到了根源。”

“我知道。麦克还是个孩子的时候，老家伙就是可怕的存在。他最后也因为对麦克和我妈妈做了那样的事而被送进了精神病院。麦克离家后再也没回，谁又能怪他？”

“但你留了下来。”

“只留了一阵子。在家里，我假装自己在别的地方，假装在加州。最后我也来了这儿，去了摄影学校。”

我回到了最感兴趣的问题上。麦克·哈利和卡罗尔·布朗，始于爱达荷，终结于加州，两段人生相互交织。对此，我有一系列问题要问。两人的开始和结局都已经再清楚不过，可中间的部分令我困惑不已，正同整件事的终极结局，隐没在黑暗里。

“我也见了卡罗尔的父母，”我说，“卡罗尔今年夏天早些时候回了家，把行李箱留在了房间里。里面有一封信让我明白了你为什么说自己对绑架案负有一定责任。”

“你看了我的信，对吧？我不该写那封信给麦克，我早该想到。”他又低下了头。

“我们很难预见到某种小事会带来何种影响。而且你写那封信并非有意误导。”

“天呐，当然不是。”

“不管怎么说，你的信帮我找到了奥托·赛普，希望接下来能帮我找到汤姆。这孩子从周一早上到周三晚上，也就是昨晚，都躲在赛普那里。”

“不是吧？”

“你和奥托·赛普熟吗？”

哈罗德避开了这个问题。我觉得要是可以，他宁可彻底消失，只在枯黄的草地上留下深色西装和黑色领带，用落灰的帽子盖住凋落的木兰花。“他是麦克的朋友，我是这么认识他的。他为麦克训练拳击，帮他开启职业生涯。”他说话很小声，好像不想被任何人听到。

“那么他帮你开启了什么职业生涯，哈罗德？”

“我？”

“对，你。赛普是不是在酒店里给你谋了个摄影师的工作？”

“那是因为我是麦克的哥哥。”

“当然那也有一定的关系，但赛普没找你帮他拓展副业吗？”

“什么副业？”

“敲诈。”

他猛地摇起头来，帽子都要被晃掉了：“他没付过我额外的钱，真的。他按照标准费用让我拍照，一张一块钱。我如果不干就要丢饭碗。后来我一有机会就辞了职，那勾当太肮脏了。”他抬头朝着公路方向凝视着巴塞罗那酒店剥落的外墙，黄昏的巴塞罗那酒店泛着贫瘠的白，“我从来没拿过一点儿好处，也不知道那些人是谁。”

“一次都没拿过？”

“我不知道你是什么意思。”

“你是不是拍了希尔曼船长和一个女孩的照片？”

他的脸煞白，冒着汗：“我不知道，我从来不知道那些人的名字。”

“去年春天，在纽波特，你认出了希尔曼。”

“他是麦克那艘船的副船长，我登船时遇见过他。”

“只有那一次？”

“是的，先生。”

“也就是你和麦克被逮捕的那次？ 1945 年春天？”

他点点头。“3 月 5 日，我永远忘不了。我人生中唯一一次被逮捕，被释放后，我再也没来过这儿，直到现在。”他朝四周看了看，好像这个地方又一次背叛了他。

“如果你说的是实话，那张令我感兴趣的照片就不是你拍的，那是在同年四月拍下的。”

“我没撒谎，那时候奥托·赛普雇了另一个男孩。”

“谁给他那么大的权力在酒店为所欲为？”

“他应该握有酒店的把柄，替酒店隐瞒了某些事情，是很久以前和在那儿下榻的一名电影明星有关的事。”

“麦克被逮捕的时候是不是正住在酒店里？”

“是的，我让他和卡罗尔住在我的房间里，我那份工作包住。我把房间让给他们后住在员工宿舍里。我和麦克被逮捕后，奥托·赛普让卡罗尔又多住了一段时间。”

“那个房间是不是就在赛普房间的隔壁，走廊的尽头？”

“是的。”

“里面有一张铜床？”

“是的，为什么这么问？”

“房间的装潢自战后就没变过。这样说来，共用浴室对赛普来说太方便了，如果他对卡罗尔意图不轨。”

他摇摇头：“他不喜欢女人，卡罗尔对他而言没什么好利用的。她一有别的出路就离开了酒店，和一个女性朋友同住了，在伯班克。”

“苏珊娜。”

哈罗德眨了眨眼：“是的，她叫苏珊娜。我从没见过她，准是个大好人。”

“卡罗尔是什么样的女孩？”

“卡罗尔？大美人。看到那样的脸蛋儿，人们通常不会去想太深刻的东西。我是指，她就是如此美丽。我一直觉得她是很天真的女孩。但莱拉说我太不了解女人，用一本书都数落不完。”

我看了看表，过了八点，从哈罗德口中问不出更多情况了。为了试探这一点，我请他和我一起去马路对面会会他的老熟人本·戴利，他一口答应。

戴利的办公室亮着灯，坐在门口的戴利一看到我们就怒目圆睁。随后他认出了哈罗德，紧锁的眉头舒展开来。他走出来和他握手，没理我。

“很久没见，哈罗德。”

“是啊。”

尽管隔了这么多年没见，他们也能自在地聊天，很热情，不带一丝尴尬，看得出来两人之间没什么见不得人的勾当。我很快就确定他们和绑架案无关。

我打断了他们的谈话：“能给我一分钟吗，本？你有可能帮我破解谋杀案。”

“怎么帮？再杀一个人？”

“可以的话，帮我指认一下。”我拿出迪克·莱昂德罗的照片，塞到他手上，“你见过这个人吗？”

他仔细看了看照片，手在发抖：“可能见过，但不确定。”

“什么时候？”

“昨晚，他可能是昨晚去酒店的人之一。”

“带着一个女孩子，开着蓝色雪佛兰？”

“是的，可能是他，但我不能在法庭上为此宣誓。”

25

圣莫妮卡车站就在下威尔希尔大道的一条小巷上。八点四十五分，我把车停在路边，进了车站。了不起的孩子斯特拉早在里面等着了。她坐在快餐店长柜台的最里面，从那儿能看到所有进出口。

自然而然地，她看到了我，拿咖啡杯挡住了脸。我在她旁边坐下，她不耐烦地放下杯子，发出“砰”的一声。咖啡看起来冷掉了，浮着一层灰色。

“快走开，你会把汤米吓跑的。”她说道，眼睛盯着别的地方，就像电影里的间谍。

“他又不认识我。”

“但他让我一个人来，而你看上去太像警察。”

“汤米为什么怕警察？”

“他们会把他关起来，换作是你，你也会怕。”

“你要是老从家里跑出来也会被关起来，斯特拉。”

“他们不会得逞。”她说，用余光瞥了我一眼，我能感受到她目光之锐利，“我爸爸今天带我去看了心理医生，看看是不是需要送我去迷湖中学。我什么都和那医生讲了，就像对你那样毫无保留。她说我什么问题都没有。我趁爸爸进去和她谈话的时候从前门溜出去，打车去了车站，刚好有一班车。”

“我又得送你回家了。”

“青少年难道一点权利没有？”她的声调如此年轻。

“你们有权利接受大人的保护。”

“不见到汤米我不走！”

她激动得破了音。小小的车站里，有一半的人都在看我们。柜台后的女服务员向斯特拉走去。

“小姐，这个人骚扰你了吗？”

她摇摇头：“他是我的好朋友。”

虽然这么说只会加重对方的疑心，但她没再追问。我点了杯咖啡，她去端的时候，我对斯特拉说：“接不到汤米我是不会走的。那名心理医生对汤米有什么看法？”

“她没告诉我。为什么这么问？”

“好奇而已。”

服务员给我端来了咖啡，我端着坐到柜台尽头处慢慢地喝。还有八分钟到九点，候车处排起了队，也就是说，车快进站了。

我走出店门时差点撞到汤米。他穿着长裤和脏兮兮的白衬衫。除了胡楂之外，白皙的脸上也脏兮兮。

“借过，先生。”他说，从我身边绕过。

我不想让他进入店内，否则带走他时势必会引发骚乱，招来警察。我得赶在其他人之前和他好好聊聊。劝说肯定没用。他很瘦，动作又快，我肯定没他跑得快。

这些念头在他靠近店门的瞬间从我脑海里闪过，然后我伸手从后面环住他的腰抱起来，强行抱进我的车里。我把他推进前座，自己也坐了进去。路上不停地有车子驶过，但没有人拦车质问。他们从不多事。

汤姆从鼻子里发出了一声干号，他肯定很清楚，逃亡结束了。

“我叫卢·阿彻，”我说，“是你父亲雇的私家侦探。”

“他不是我父亲。”

“养父也是父。”

“对我来说，他不是。我不想和希尔曼船长扯上任何关系。”他用受伤少年冷淡疏离的语调说，“也不想和你扯上关系。”

我注意到他的右手指关节处有伤，上面有凝固的血。他把伤口放到嘴里吮了起来，抬头看向我。这种时候很难一脸严肃地对待他，可他又是如此严肃的年轻人。

“我不想回到我那所谓的父母身边，太恶心。”

“你身边没有其他亲人。”

“我有我自己。”

“但你没有好好照顾自己。”

“别给我上课。”

“我指出事实而已。要是你能照顾好自己，或许可以证明自己能独立生活。但你一直在发脾气，还动手打了那位上了年纪的医生……”

“因为他逼迫我回家。”

“你正在回家，否则你就要和流浪汉与犯罪分子为伍。”

“你是指我的父母，亲生父母。”他刻意用夸张的口吻说，声音里带着一丝苦涩的畏怯，“我妈妈不是流浪汉，也不是犯罪分子。她是好人。”

“我没说她。”

“我爸爸也不是那么坏。”这句话听起来就没什么底气了。

“汤姆，是谁杀了他们？”

他突然两眼空洞，面无表情，好像为了避开痛苦而戴上了木制面具。

“我什么都不知道。”他冷冷地说，“直到昨晚看了报纸，我才知道卡罗尔死了，今天看了报纸才知道麦克也死了。你可以问下一个问题了。”

“别这样，汤姆。我既不是警察，也不是你的敌人。”

“有这种所谓的父母，谁还需要敌人？我的——希尔曼船长想要的只不过是个宠物，供他耍猴戏。我累了，不想再摇着尾巴陪他玩。”

“最后一招使完，你是该累了。真是绝妙的一招。”

他第一次正眼看着我，眼里一半是愤怒，一半是恐惧：“我有权利跟亲生父母走。”

“或许吧，这事儿我们先不谈。但你没有权利和他们一起去敲诈你的父亲。”

“他不是我父亲。”

“我知道。你非得一直强调吗？”

“你非得一直说他是我父亲吗？”

虽说这孩子很难相处，但我心情愉快。我抓到他了。

“这样吧，”我说，“我们称他为 X 先生，称你母亲为 X 夫人，称你为逃亡的法国皇太子。”

“不好笑。”

他说得对，不好笑。

“说说被拿走的两万五千美元。敲诈是重罪，你帮了他们，算是共犯。”

“我不知道钱的事，他们没告诉我。我觉得卡罗尔也不知道。”

“没人相信，汤姆。”

“是真的，麦克没对我们说，他只说有个计划。”

“如果你不知道，为什么要藏在他车子的后备厢里？”

“那样才不会被人看到啊。麦克说我爸爸……”他厌恶地吞了吞口水，“他说希尔曼船长发动了所有警察在找我，要把我送回迷湖……”

他开始意识到自己的处境，偷偷看了看四周，向门边挪去。我把他拉回座位中央，用手臂锁住他。

“老实和我待在一起，汤姆，不然我就用手铐。”

“臭条子！”

这个词从他嘴里出来，感觉太奇怪了，就像他在努力学说一个外来词。这让我陷入了思考。男孩，跟男人一样，必须有所归属。汤姆觉得自己被一个世界背叛了，那是由拉尔夫·希尔曼搭建的虚伪世界，金碧辉煌的背后是迷湖中学那种地方。于是他盲目地一头扎进另一个世界，而现在这个世界也消失了。他的内心肯定极为渴望一个可以栖息的地方，而我却没能帮上忙。

一辆大巴驶过来。在它驶进候车区时，我瞥见了窗边乘客的脸上写满了旅途的疲惫与厌倦。加州，我们来了，回到了原点。

我放开锁住汤姆的手臂。“即便我愿意，”我说，“也不能放你走。你不笨，想想这件事在别人看来会是什么情况。”

“这件事？”

“你的出逃游戏。先是从学校跑掉——当然那不怪你。”

“还真是谢谢你。”

我无视他的嘲讽。

“然后是假装绑架，还有之后一系列的操作。对父母而言，养子和亲生儿子一样重要，你的养父母快担心疯了。”

“肯定的。”

“他们担心的不是钱，而是你。他们唯一担心的是你。”

“这里少了点东西。”他说。

“什么东西？”

“小提琴伴奏。”

“汤姆，和你说话太累了。”

“我的朋友可不这么想。”

“什么朋友？让你为所欲为的朋友？”

“那些不想把我扔进加尔各答黑洞[1]，也就是迷湖中学的人。”

“我也不希望你去迷湖中学。”

“你嘴上说不希望，但你还不是为希尔曼船长办事？他很想把我送去那儿了。”

“他现在不会了。”

这孩子摇摇头：“我不相信你，也不相信他。经历了某些事情之后，我学会了相信人们的行为而不是他们的言语。希尔曼那种人觉得卡罗尔一无是处，但对我而言，她有着很大的意义。她喜欢我，对我很好。我的亲生父亲从没打过我，我和他唯一的矛盾在于他对待卡罗尔的方式。”

他摘下了暴躁、挖苦的面具，开始像个正常人那样和我说话。就在这时，斯特拉从候车区出来，走到了人行道上，脸上写满了失望。

汤姆和我几乎同时看到了她，他眼里闪着光，就像看到了天

---

① 1756 年，孟加拉国王道拉为驱赶英殖民者而占领了加尔各答，用一间小牢房监禁英国俘虏。因条件恶劣，俘虏均窒息身亡。

使。他朝我这一侧的窗口倚过来："嘿！斯特拉！"

她跑过来。我下车，让她坐在汤姆身边。他们没有拥抱，也没有亲吻，可能稍微碰了碰手。我坐到了驾驶座。

斯特拉说："感觉像过去了好多年。"

"我也这么觉得。"

"你应该早点给我打电话。"

"我打了。"

"我是说，一开始你就应该让我知道。"

"我怕你会——采取行动。"他的下巴朝我这边抬了抬。

"我没有，是他自己跟来的。不管怎样，你得回家，我们都得回家。"

"我没有家。"

"我也没有，我家和你家一样糟。"

"不。"

"就是。"她话锋一转，结束了争论，"你得洗个澡，我都闻到味儿了。还得刮刮胡子。"

我瞥了一眼汤姆，他脸上挂着愉快、尴尬的傻笑。

此时，街上已经没什么车辆。我发动了车子，U形转弯朝南开去。汤姆没有抗议。

上了高速公路，在飞逝的车灯与黑暗组成的无名世界里，汤姆开始和斯特拉聊天。卡罗尔数周前打了他的私人电话，说要见面。那天晚上，他开着拉尔夫·希尔曼的凯迪拉克去达克汽车旅馆附近那个能眺望整个大海的地方接她。

他把车停在弥漫着婚礼气息的柑橘树丛里，听卡罗尔给他讲自己的人生故事。虽然他一直怀疑自己不是希尔曼的亲儿子，可他还是很难相信卡罗尔是自己的亲生母亲。他对她入了迷，这段关系对他而言就像是应急舱口，供他逃离希尔曼那令人窒息的小船。他经常去找卡罗尔，最后相信了她的话，在某种方式上爱上她。

“为什么不告诉我呢？”斯特拉说，“我会想去了解她的。”

“不，你不会。”他的声音粗暴起来，“再说了，我想先自己了解她。我必须重新思考关于母亲这件事，然后做出决定。你看，她想离开我的父亲，他对她太糟了，一直都不好。她说如果自己不趁早离开他，就再也没机会了。她不敢独力反抗他，所以需要我的帮助。而且，我觉得她知道他在谋划些什么东西。”

“你是说绑架的事？”她问道。

“我觉得她知道，又不敢确定。你知道女人都那样。”

“我知道我妈妈是什么样。”她应对机智。

他们完全忘记了我的存在。我是好司机，老好人卢·阿彻，我们将一直向前行驶，穿越如此危险而又使人安心的黑夜。我想起苏珊娜多年前引述的一首诗或寓言故事，说一只鸟儿从灯火通明的长廊尽头一扇窗户飞进来，飞过整条长廊，然后从另一扇窗户飞了出去，回到黑暗里。这个过程便是人的一生。远处闪耀的车灯慢慢驶近，闪过，渐渐消失在我们背后的黑暗里。这一切让我想起苏珊娜说的那只鸟儿。我真希望她此时在我身边。

汤姆在对斯特拉讲述自己第一次见他父亲的情景。头一周，麦克一直没现身，他本该在洛杉矶找工作。最后，在周六的晚上，两人在汽车旅馆见了面。

“就是你借用我家汽车的那个晚上，对吧？”

“是的，我爸——拉尔夫不让我出门。卡罗尔曾不小心洒了点红酒在前座上，被他闻到了，他以为我边喝酒边开车。”

“卡罗尔很能喝吗？”

“喝了不少，周六晚上也喝了很多，他也是。我只喝了一点儿。”

“你还没到可以喝酒的年龄。”

“吃饭的时候喝的，”他说，“卡罗尔煮了意面，她说是波特卡洛意面，还给我唱了些老歌，比如《忧伤的旅程》，挺有趣的。”他含糊地说。

“这就是你不回家的理由？”

“不是，我……”这个词卡在他喉咙里，“我……”我从后视镜看到他的脸扭曲成一团，没说完这句话。

“你想和他们一起住吗？”过了一阵，斯特拉问道。

“不，我不知道。”

“你喜欢你爸爸吗？”

“他这人还行，但喝醉了就不行。我们玩纸牌，他输了就要赖不玩，还把气撒在卡罗尔身上。我差点就和他打起来。他说自己以前是拳击手，我要是和他打架，准是疯了。他说他能徒手杀人。”

“听起来像恐怖之夜。”

“这部分不太妙。”

“妙的部分是？”

“她唱老歌的时候，还聊起住在波特卡洛的外公的事。”

“聊一整夜？”她有点尖刻地说道。

“我没说我一整夜都和他们在一起。我大概是十点走的，当时差点和他打起架来。我……”他卡在同一个词上，好像要吐露出什么秘密。

“你怎么了？”

“我走后，把车开到第一次去接她的地方，从那里可以俯瞰大海，在那儿坐到接近两点，看星星，听海的声音，听高速公路上车流的声音。我一直在想自己该做什么、属于哪里。我到现在还没想明白。”末了，又补了一句，仿佛突然意识到了我的存在，“现在我没得选了，他们又要把我送回加尔各答黑洞了。”

“我也是，”她紧张地笑了笑，“这下我们可以互传秘密小纸条了，或者在栏杆上敲密码。”

“斯特拉，这不好笑。那儿的人都疯了，有些员工也有问题。待久了，谁都受不了。”

“你在转移话题，”她说，“你两点去干什么了？”

“我去见山姆·杰克曼，他那会儿下班。我想请他替我出出主意，告诉我该怎么做。后来发现行不通，因为我根本没办法告诉他关于我亲生父母的事。于是我开着车在外面转悠了几个小时。不想回家，也不想去汽车旅馆。”

“所以你撞翻了车，想自杀？”

“我……”他再次卡住了，这一次，他持续地沉默了。他坐得笔直，盯着前方，望着黑夜里闪烁着的车前灯。过了一阵子，我看到斯特拉用双臂抱住他的肩膀。他脸上泪水纵横。

26

我先把斯特拉送回家。她一开始不肯下车，直到汤姆向她保证，再也不会不告而别。

她父亲从房子里急匆匆地走出来，紧紧地搂住了她。出于爱，她缴械一般把头靠在他的肩膀上。也许他们醒悟到了什么，或者说吸取了什么教训。人，有时是会醒觉的。

他们走进房子，我把车开回车道上。

“他就是个伪君子，”汤姆说，“斯特拉把车借给我，他回头就报警说我偷车。”

“他当时不知道。”

“但他之后明明知道了啊，斯特拉告诉了他，结果他仍坚持说车是我偷的。”

“人啊，”我说，“一个不留意，就丢了诚信。”

他思索了一会儿，认为我是在指桑骂槐：“你在说我吗？”

“不，根据你所说的，你是个诚实的人。但你只看到了事情的一面，只从你的角度看问题，以致满腔怨恨。”

“我是有很多不满。”他承认这一点。过了一会儿，他又说：“你说我只看到了事情的一面，这不对。我知道我的……我的养父母是什么感觉，但我也知道我自己是什么感觉。我觉得自己就像是被劈成两半，我不想再这样了。你知道，头几个晚上，我觉得有人拿着刀活生生把我劈成了两半。我躺在那张旧铜床上，那张麦克和卡罗尔把我造出来的床上，赛普在隔壁打鼾，我觉得自己在那儿又不在那儿，你懂吗？我无法相信躺在床上的是我自己，也无法相信这就是我的命运，无法相信他们就是我的亲生父母。当然，我从来不相信希尔曼夫妇是我的父母，他们总给我一种演戏的感觉。”他半认真半开玩笑地说，“我就像是从另一个星球掉落的。”

“你看太多科幻小说了。”

“跟那没关系，我知道自己的父母是谁。卡罗尔告诉我了，麦克也告诉我了，医生也说了，板上钉钉的事。但我还是花了很长时间才接受事实。”

“不要把自己逼得太紧，亲生父母是谁并不重要。”

“对我来说很重要，”他认真地说，“是我一生中最重要的事。”

看到希尔曼家的邮箱了。我一直得很慢，以便好好地和汤姆对话。现在我干脆在车道边停了下来。

“有时候，我觉得孩子应该是无名无姓的。”

“什么意思，阿彻先生？”这是他第一次喊我的名字。

“我也不清楚，我只是喜欢改变一下关注的重点。大人千辛万苦地让孩子延续生命，孩子千辛万苦地不辜负父母的期望，或者辜负他们的期望。每个人都过得很辛苦，不停地为别人付出，不停地实现他人对自己的期望，不停地反抗他人对自己的要求。这既不合乎情理，也无法行之有效。”

我想借此机会让他想开一点，毕竟接下来他还要面对下一个大考验，可没奏效。“他们骗了我，假装我是他们的亲骨肉。我觉得自己不像他们的儿子，我身体里没有属于他们的东西。”

“我和你母亲伊莱恩谈过这件事，她为此很后悔。”

“我赌她没有。”

“别又来这种态度，汤姆。”

他安静了一会儿。

“也就是说，我得进去和他们谈谈了。可我不想和他们待在一起，也不想掩饰自己的真实情感。”

不伪饰，不作假，我想，这就是新一代年轻人的特点，至少是那些有价值的年轻人所具备的特点。有好的理想，但要实现理想，有时必须经历非常残酷的过程。

“你能原谅他们送你去迷湖中学吗？”

“你能吗？”

我得思考一下才能回答：“这要看他们是出于什么理由把你送过去的。我想，面对无法管教的孩子，有些绝望至极的家长把迷湖当作最后的救命稻草。”

“是啊，他们可绝望了，”他说，“拉尔夫和伊莱恩很容易绝望，一出现什么问题就受不了，就想眼不见为净。当我不再讨好他们时，他们就不想看到我了。我脑子里都是些可怕的想法。”他用手捂住了头，就像在安抚那些可怕的想法。他快要崩溃了。

“听到这些，我很抱歉，汤姆。但周日那天早上是不是发生了什么事？”

他仍双手捂头，眼睛看着我：“他们对你说了？”

“没有，我想让你告诉我。”

“你去问他们吧。”

他不肯说。

我顺着蜿蜒的黑色车道继续开，来到了尽头。希尔曼家屋里屋外都亮堂堂的，刺眼的白光使得粉刷过的墙面更显丑陋，虚假。黑色阴影埋伏在夸张的拱门下。

拉尔夫·希尔曼从拱门里走出来，进入明晃晃的光里，就像登台演出。他并不像苏珊娜形容的那样糟糕，至少看起来不像，一头光滑的银发梳得整整齐齐，面色沉着。他挺直了身子，边走边小跑了几步。他穿了件酒红色翻领外套。

“浪子回家了，”汤姆在我身旁语带恐惧，故作强横，“可他们没宰肥牛犊，而是把浪子宰了。①”

希尔曼说：“我还以为是巴斯蒂安警督来了。”

“你在等他？”

“是的，他说要给我看点儿东西。”

他弯下腰来和我说话时看见了车里的汤姆，瞳孔一下子变大。

“我的孩子！”他那嘶哑的、满是威士忌酒气的嗓音似乎不相信自己在说什么，“你回来了。”

“对，我回来了。”

希尔曼跑到车身的另一边打开门：“出来，让我好好看看你。”

汤姆飞瞥了我一眼，下了车。他的动作又僵硬又缓慢，就像一位老年人。希尔曼把手放在他肩膀上，让他转圈，让灯光照在他脸上。

“你还好吗，汤姆？”

“我很好，你呢？”

---

① 源自《圣经·新约·路加福音》，浪子知错回家后，父亲把肥牛犊宰了设宴。

“你回来了，太好了。”我不怀疑希尔曼真情流露，可我总觉得他的表达方式有问题。太假了，我都能看出来汤姆很不自在。

伊莱恩·希尔曼从屋子里出来，我朝她走过去。亮白的光不仅照出了她脸上所有的皱纹，也洗去了原本的血色。她太瘦了，不禁让我想起战时的集中营，即使她的双眼闪闪发光。

“你把他带回来了，阿彻先生。上帝保祐你。”

她挽住我的手臂，让我带着她走向汤姆。她踮脚亲吻他的时候，他乖乖站着，泪水不停地滚落他的脸颊。

接着，他后退了几步，倚在我的车边，手插入口袋，大拇指露在外面。我曾看见过太多男孩像他这样倚在熄火和未熄火的车旁，倚在街道上的栏杆旁，倚在高速公路的路肩旁，面对警察的盘问。一片沉寂，只能听到从远处高速公路上传来隐隐约约的车声。

汤姆说：“我不想伤害任何人，也从没伤害过任何人。也许无意中伤害过，我不知道。不管怎样，没必要再装模作样了，我知道自己是谁了。麦克和卡罗尔·哈利是我的亲生父母，你们也早就知道，对吧？”

“我不知道。”伊莱恩立刻回答。

“但你知道你不是我的亲生母亲。”

“是的，我当然知道。”

她低头看了看自己的肚子，然后忧愁地望向了她的丈夫。他转过头避开了她的目光。他的脸一下子垮了。他似乎沉浸在苦痛中，也想藏在苦痛中。

“你们两个肯定有人知道我是谁。”汤姆对希尔曼说，“你知道，对不对？”

希尔曼没有回答。汤姆抬高声音，绝望地说道：“我无法留在这儿，你们两个骗子，演戏演了这么多年，稍有不合意就苛待我。”

希尔曼终于开口了：“我想这话应该反过来说吧。”

“好，错的是我。我靠墙站好，一枪毙了我吧。”

这孩子有点声嘶力竭起来，但我并不是很担心。他似乎在不断地变换态度，甚至可以说是在尝试不同的角度，寻找立足之地。我走过去站到了他的身边。

“没人要惩罚你，”希尔曼说，“但杀了人不能一笑而过。”

“你胡说八道。”汤姆说。

希尔曼被激怒了：“不准你这样和我说话！”

“否则怎样？把我关进疯人院再把钥匙扔掉？”

“我没那么说。”

“当然，你直接那么做。”

“也许是我草率了。”

“是的，”伊莱恩插了进来，“你爸爸太草率了，忘掉这些事吧。进屋来，我们重归于好。”

“他不是我爸爸。”汤姆执拗地说。

“但我们可以当朋友，对不对，汤姆？”她恳求道，“我们把不开心的事情都忘掉，好不好？事情结束了，我们团聚了，应该开心才是。”

“我不知道。我想离家一段时间，独自生活。我有很多东西要思考。不行吗？我不再是小孩子了。”

“胡说八道。”希尔曼不该说句这话，话音刚落，他自己也察觉到了。他走上前把手搭在汤姆的肩膀上：“也许那不是什么坏主意，我们都是聪明人，可以解决。俄勒冈有家旅馆，我们原本计划下个月去，不如我们把行程提前，怎么样？”

这番表演宛如被动演出。汤姆听着他说话，无动于衷，脸上看不到一丝兴趣和期盼。过了一会儿，伊莱恩挽住丈夫的胳膊，拖他进了屋。我和汤姆跟在他们后面。

佩雷兹夫人在门边等着，温暖地迎接汤姆，汤姆的回应也带着暖意。二人讨论了一下吃什么，汤姆说想吃汉堡三明治和豆子汤。佩雷兹夫人开心地忙活去了。

借着大吊灯的光，希尔曼仔细端详起他的孩子来："你最好上楼洗个澡，换身衣服。"

"现在？"

"我只是提个建议而已，"希尔曼安慰道，"巴斯蒂安警督已经在来的路上，我希望——希望你收拾干净。"

"他是要把我带走吗？你们是这样计划的？"

"我会想办法的，"希尔曼说，"我和你一起上楼。"

"我自己会穿衣服，爸爸！"这个称呼冲口而出，收不回来，否认不了。

"我想和你统一口径，总不能束手就擒，我是说……"

"我会告诉他真相。"

汤姆向楼梯那边走去，拉尔夫和伊莱恩只能看着他，直到他离开视线。接着，他们仔细聆听他的脚步声。家里这个难服侍的神回来了，整个家又得以运转，艰难地运转了。

我们进了客厅，希尔曼穿过客厅向吧台走去，心不在焉地给自己倒了杯酒，就像要找点事情让自己的手和嘴忙活。

他拿着酒从吧台走过来时，我想到演出结束后从舞台下来准备与观众谈笑风生的演员。

他自言自语道："忘恩负义的孩子简直就是毒蛇的利齿。"

长椅上的伊莱恩发声了："你如果想引用《李尔王》，正确的说法应该是：‘一个负心的孩子，比毒舌的牙齿还要多么使人痛入骨髓！①’不过你如果这么说也没什么，毕竟汤姆不是你的亲生孩子。这本书里，更契合的是爱德蒙的台词：‘神啊，帮助帮助私生子吧！②’”

他把酒一口吞了，向她走过去，俯下身子：“我最讨厌你说这种话。”

“那是你的特权，你一向不喜欢听这种话。”

“汤姆不是私生子，他的父母是合法夫妻。”

“鉴于他们的背景，是不是夫妻已经无所谓了。你和你亲爱的温特劳布医生是特意挑选了犯罪分子的后代吗？”

她的声音里充满冷酷与挖苦，好像在沉默了这么多年后终于得以反击。

“听着，”他说，“他回来了，我很高兴他回来了，你也高兴。我们都希望他继续和我们生活在一起，不是吗？”

“我只求他过得好。”

“我知道怎样对他最好。”他张开手，上下挥舞着，就像在给汤姆送上一份礼物，这份礼物就是这个家和被安排好的生活。

“拉尔夫，你从来不知道怎样对任何人才是最好。手下有一帮人听你使唤，你以为自己什么都懂，可你并不懂。我更想听听阿彻先生的意见。过来吧，坐到我身边来，”她对我说，“对我说说你的想法。”

“关于什么的想法？”我坐了下来。

“汤姆，我们应该给他一个怎样的未来？”

“我觉得他的未来不该由你们决定，得让他自己决定。”

---

①②《李尔王》，采用朱生豪译本。

希尔曼在客厅的另一头说道："但他只想一个人过。"

"这的确不大合适，不过可以找一个折中的方案，让他去和别的家庭过上一年，或者送他去预科学校，反正他也要读大学了。"

"天啊，你真觉得他能考上大学？"

"他当然考得上，拉尔夫。"她转过头看着我说，"但他现在能适应一般的预科学校吗？受得了吗？"

"上两周他不是熬过来了？"

"也是，不过那多亏了神明保佑，也多亏了你。"

希尔曼走了过来，站在我旁边，晃着杯子里的冰块："究竟是怎么回事？汤姆是跟那些人合谋来对付我们吗？请理解我不是想惩罚他或做其他类似的事，我只想知道真相。"

我一字一句、小心翼翼地回答说："你不能说一个孩子和他的父母合谋。他当时非常迷茫，现在依然迷茫。他觉得你在把他送去迷湖中学的那一刻就背叛了他。其实，即便你不是心理医生也理应知道，不该把他送去那种地方。"

"那是因为你并不知晓全部的实情。"

"什么？"

他摇摇头："你继续说吧，他和那些人合伙谋划了整件事？"

"不是你想的那样。他们给汤姆提供了一个逃避的机会，不仅逃避现实，也逃避心中的苦闷，而汤姆抓住了这个机会，仅此而已。而且他母亲对他很好。"

"我对他一直很好，"伊莱恩说着，恶狠狠地盯了一眼自己的丈夫，"可惜这个家有事瞒着他，对他再好也没有用。"

我说："那个家同样没对他开诚布公。毫无疑问，麦克·哈利斯骗了他，利用他搞了一场虚假的绑架。面对自己的孩子，麦克并没有家长的担当，照骗不误。可卡罗尔就不一样了，如果卡罗尔有份参与，那她就是在欺骗自己。汤姆说过这样的话：她知道哈利在谋划些什么，但她没有过问。和那样的男人共同生活了二十年之后，她学会了不随便过问。”

伊莱恩轻轻地点了点头，对她来说，婚姻教给她同样的东西。她说：“有这样的父母，我很担心汤姆会不会遗传了不好的东西。”

希尔曼的脸涨得通红：“天啊，你这不是自找麻烦？”

“用不着自找，”她冷冷地说，“麻烦都堆到怀里了。”她看着希尔曼，就好像麻烦是希尔曼带过来的。

他转身走到房间的另一头，又折回来去了吧台。他往杯子里添了更多的威士忌，一口气喝完。伊莱恩冷眼看着他，他感受到了。

“酒能让我平静。”他说。

“我还真没留意。”

他看了看表，在房里踱起步来，还打了个趔趄。

“巴斯蒂安怎么还不来把这事儿给解决了？”他说，“天晚了，迪克说今晚要过来。现在还没来，估计找到更有趣的事儿做了。”

他突然朝自己的妻子爆发了：“你知道吗？这个家里真是阴沉得可怕！”

“很多年前我就感受到了。我努力维持这个家都是为了汤姆，但现在看看，可笑吧？”

“我不觉得有什么好笑。”

我也不觉得可笑。这对夫妻支离破碎的婚姻就像错位的骨头，虽然有裂痕，但仍能勉强活动。

巴斯蒂安终于来了，带着一个黑色的金属制证物盒，脸色阴沉，连汤姆平安归来的消息都没能让他开心起来。

“他在哪儿？”

“在洗澡。”希尔曼说。

“我得和他谈谈，录份详细的口供。”

“今晚不行，警督。经历了这么多的事情，孩子会受不了的。”

“但他是最重要的证人。”

“我知道。明天吧，明天让他一五一十地告诉你。”

巴斯蒂安看了看他，又看了看我。我们都站在门廊处，希尔曼不大愿意让他进去。

“希望你能更配合，希尔曼先生，我们一直都很配合你。现在想来，你并没有配合过我们的工作。”

“别给我讲什么大道理，警督。虽然我的儿子回家了，却不是你们的功劳。”

“警方出了不少力，”我说，“巴斯蒂安警督和我一直紧密合作，现在也是。”

希尔曼把愤怒的目光转移到了我身上，看来他准备把我俩都赶出去。我对巴斯蒂安说：“你要给我们看一些东西，对吧，警督？”

“是的。”他拿出证物盒，“这个你已经看过了，阿彻，但不知道希尔曼先生看过没有。”

“什么东西？”

“我会给你看的，但还是不事先和你说为好。能找个地方坐下吗？”

希尔曼把我们带到书房，在一张桌子旁坐下。桌子中央放着一盏阅读灯，灯罩是绿色的。他拧开灯，桌面顿时明亮了，光透过绿色的灯罩，给整个房间，包括我们的脸，铺上了一层绿影。巴斯蒂安打开证物盒，里面是那把插进麦克·哈利胸口的、有着条纹刀把的猎刀。

希尔曼倒吸了一口气。

“你认得这刀，对吧？”巴斯蒂安说。

“不，不认得。”

“拿起来仔细看看。没关系，已经采集过指纹和血迹了。”

希尔曼一动不动：“血迹？”

“这把刀就是杀害麦克·哈利的凶器，我们相信这也是杀害卡罗尔·哈利的凶器。采集出来的血迹，有的符合她的血型，有的符合她丈夫的血型。尸检结果显示，刀口和她的伤口吻合。你仔细看看刀，希尔曼先生。”

希尔曼小心翼翼地伸出手，从盒子里拿起刀。他把刀翻过来，宽宽的刀身冷光闪闪，他看起了上面刻着的制造商名字。

“是把好刀，”他说，“可惜我没见过这把刀。”

“到了庭上，你是要宣誓的。你确定没见过？”

“我确定从没见过。”

巴斯蒂安小心地拿走希尔曼手里的刀，就像大人取走小孩手里的危险玩具：“我不想指出你在撒谎，希尔曼先生，可我们有证人证明这把刀是你的。博特金先生，下缅因路二手店的店主说他把这把刀卖给了你。”说着，他晃了晃刀，指着希尔曼。

希尔曼看起来很难受，脸上写满了恐惧和难以置信：“不是我买的，他肯定认错人了。”

“不，他认识你。”

“我不认识他。”

“先生，你可是名人，博特金先生肯定这个月初你去过他的店里。我给你提个醒，看能不能想起来。你买刀的时候和博特金先生说，你要和儿子去俄勒冈，还向他抱怨博伦酒吧乱七八糟，应该是指他们卖酒给未成年人。想起来了吗？”

“没有，”希尔曼说，“我没去那家店里，那人在撒谎。”

“他为什么要撒谎？”

“我不知道，你们去查啊，难道指望我完成警察的义务？”

他站起来，想赶巴斯蒂安走，可巴斯蒂安一动不动：“希尔曼先生，这种态度可不明智。如果你从博特金先生那儿买了这把刀，现在就应该说明，你之前的否认不会泄露出去。”

巴斯蒂安看向我，想得到我的支持。我还记得博特金和我说过的话，很明显他的确和希尔曼有过交谈，虽然并不能证明刀就是希尔曼买的，但现在看来的确是他买的。

我说：“是时候打开天窗说亮话了，希尔曼先生。”

“我难道不能说不是他说的那回事？”

“我不建议你用这种态度来回应。你不打算和自己的律师讨论一下吗？”

“我正在考虑。”希尔曼冷静下来。他额头挂着清澈的小汗珠，好像这紧张的气氛把他体内的酒精逼出来了。他对巴斯蒂安说：“你多少是打算指控我谋杀吧？”

“不。”巴斯蒂安换上了更加官方的口吻，“当然了，你有权依据宪法保留权利。”

希尔曼狠狠地摇了摇头，几缕漂亮的发丝垂在前额，两眼散发着金属般冷冷的光。他以前肯定是个英俊无俦的男人。只见他轻轻地用手指把发丝拨回去，显示他一直都很清楚自己的英俊。

“听着，”他说，“我们明早再继续好吗？我这周过得太辛苦了，从周一到现在都没好好睡过觉。这件事我们明天再谈吧。”

“我也没睡过好觉。”巴斯蒂安说。

“你也需要好好睡个觉，骚扰我不是什么好主意。”

“我没骚扰你。”

“这由我说了算。”希尔曼抬高嗓音，“你带那刀过来，还拿着它在我面前晃。我是有人证的。”这个人证指的是我。

我说：“别为这种小事争论不休。巴斯蒂安警督和我还有事要商量。”

“你们有什么事就当着我的面说。”

“好吧。”

“等我和汤姆聊完再说。”巴斯蒂安回答。

希尔曼做了个斩钉截铁的手势：“你别想和他说话。明天我都不一定同意让你见他，考虑到他的精神状况。”

“你是医生吗？”

“我马上就能叫一名医生过来。”

“我相信你能，我们也能。”

两人之间弥漫着浓烈的火药味。这两个人可以说是截然不同的两种人。巴斯蒂安是阴郁的清教徒，做事绝对诚实，注重细节，警察是他最重要的身份。而希尔曼的性格就有点令人捉摸不透了，既浪漫又矫揉造作，借此掩盖他内在的逃避心理。他在职业生涯上很快取得了成功，可那样的人到了中年，有时却沦落到两手空空的境地。

“巴斯蒂安警督离开之前，你还有什么想和他说吗？”希尔曼问我。

“有，但我想说的你可能不喜欢听，希尔曼先生，我也不喜欢。昨晚在巴塞罗那酒店的车道上，有人看见一名年轻人开着一辆旧款蓝色雪佛兰去了那里。巴塞罗那酒店就是麦克·哈利的尸体被发现的地方，是被那把刀捅死的。”我指了指桌上的证物盒，“目击证人指认，那个年轻人可能是迪克·莱昂德罗。”

“谁指认的？”巴斯蒂安问道。

“本·戴利，加油站的店长。”

“那个杀了赛普的人？”

“对。”

“他要么认错人，要么撒了谎，”希尔曼说，“迪克的确是开辆蓝色车，可那是凯旋牌的小跑车。”

“他有没有机会蓝色的雪佛兰？”

“据我所知，没有。你不是想把迪克也拖下水吧？”

“如果他有份参与，我们就必须查出来。”我对巴斯蒂安说，“也许你能帮忙确定一下，看他昨天晚上有没有租过一辆蓝色雪佛兰，或者有没有偷一辆。”

“没问题。”巴斯蒂安表示。

希尔曼一言不发。

27

巴斯蒂安拿起证物盒，扣好。他没和任何人打招呼就走出去。他把希尔曼当作透明人，对待我也是如此，但那是为了能让我留下来，和希尔曼待在一起。

希尔曼一直看着他走出书房，穿过门廊，直到出了大门。随后他回了房间，没走向我旁边的桌子，反而去了照片墙那里，飞行甲板上的那张合影被暗绿色的光笼罩着。

“怎么回事？”他说，“有人把迪克的照片拿走了。”

“我拿的，出于指认需要。”

我从口袋里掏出照片，希尔曼走过来拿走了。照片表面沾了些手指印，希尔曼用外套袖子擦干净。

“你没权利拿走我的照片。你究竟想把迪克怎么样？”

“我想知道真相。”

“他没什么瞒着你的。他是特别好的孩子。”

“希望如此。”

“听着，”他说，“我委托给你的任务，你已经完成了，别觉得我忘恩负义——虽然我向你提供了丰厚的报酬，但我没请你去调查谋杀案。”

“你的意思是，如果我继续调查谋杀案，就拿不到报酬？”

“我没那么说。”

“你不用明说。”

他双手撑着桌子靠过来，气势迫人，一脸凝重：“你对你的大客户也这样说话？”

“你是说那些出价更高的人？”

“可以这么说。”

“那我告诉你，希尔曼先生，我很喜欢你，对你一直是实话实说，因为总得有人把话挑明。你正行走在法律的边缘，如果继续这么走下去，总会受伤的。”

他的脸僵住，眉头也皱了起来。他不喜欢别人告诉他该怎么做，他更喜欢指挥别人。

“我可以和巴斯蒂安做交易。”

“他如果不买账，你就指挥不了。你我都知道他不是受摆布的人。”

他站直身子，从明亮的灯光下退回绿色的阴影里，脸色铁青。过了一会儿，他说：

“那你觉得我该怎么办？”

“说出真相。”

“该死，你在暗示我没说真话？”

“我说得很明白了，希尔曼先生。”

他朝我转过来，攥着拳头，想给我来一拳。我岿然不动。他走开，又回来。没了威士忌，他变得很暴躁。

“你觉得是我杀了他们?”

“我没有推测，我只是觉得刀是你买的。”

“你凭什么确定?”

“我和那个人聊过。”

“谁允许你去打探?我可没花钱让你去找坑害我的证据。”

我厌倦了:“你能不能先别只考虑钱?好好坐下来，像正常人那样好好和我聊一聊?就像两个陷入困境的人那样共同想想办法?”

他想了想，最后说:“陷入困境的人不是你，是我。”

“那就和我说说吧，除非你真的杀了人。如果真是那样，不要和别人说话，直接去找律师。”

“不是我干的，我还真想干呢。”他在我对面坐了下来，身子稍微向前倾，手肘撑在桌上，“我承认我买了刀。我并不打算向其他人承认这一点。必须劝说博特金改口供。”

“怎么改?”

“他那家破店赚不了多少钱，我父亲在南波士顿有一家类似的店，我可以给博特金足够多的钱，让他去墨西哥退休。”

我惊呆了，不是因为他提议收买证人——对此我常有耳闻——而是因为他真打算这么干，和几十年前在中途岛海战中当船长的时候相比，他的道德底线下降了不少。

我说:“最好忘了那种想法，希尔曼先生，这就是我刚才说的，行走在法律的边缘。继续走下去，你的船就要沉了。”

“已经沉了。”他平静地说道。

他把头埋进双臂，灰白的头发像麦穗一样散开。我能看到他头顶秃掉的地方露出了粉色的头皮，通常被他用周边的头发遮盖得严严实实，现在这块地方散发着死亡的气息。

“你把刀怎么处理了？”我对他说，“你把刀给了迪克·莱昂德罗？”

“没有。”他用双手撑了下桌子，坐直。他的手掌汗湿了，在光滑的桌面滑了一下，发出了吱吱声：“若是给了他多好。”

“你给了汤姆？”

他哽咽了一声：“我不光给了汤姆，还告诉博特金我买那把该死的刀是要送给汤姆当礼物。巴斯蒂安肯定知道，故意不说罢了。”

“巴斯蒂安肯定知道，”我说，“不过没办法证明汤姆拿刀伤了自己的父母，他没有理由杀害自己的母亲。”

“他不需要理由，你不了解汤姆。”

“你一直这么说，可又不肯告诉我原因。”

“事实太丑陋了。”

“关于自杀式攻击？”

“我没想说漏嘴。”

“谁攻击谁？为什么？”

“汤姆拿着一把上了膛的枪威胁伊莱恩，不是开玩笑那种。”

“这就是你一直不愿说的、周日上午发生的事？”

他点点头：“我觉得可能是车祸伤了他的脑子。我从法院回来的时候，他把她关在他的屋里，拿我的左轮枪抵着她的头，”希尔曼把手指抵在太阳穴的地方，“逼她下跪，求她放过他。真的是哀求她。我当时不知道他会不会把枪交给我，有那么一分钟，他拿枪指着我，我觉得他要杀了我。”

我觉得颈背后的头发在刺痒。真的是丑陋的画面，更可怕的是，那也是经典画面：精神分裂的行刑式杀手。

“你把枪拿走的时候，他说了什么吗？”

“一个字都没说，他以一种很正式的方式把枪交给了我，动作很机械，似乎没有意识到自己做了什么，或者说企图做什么。”

“他对你夫人说了什么？”

“他说如果她不让他独自待着的话，就杀了她。她去他房间只是给他拿吃的，结果他不声不响地爆发了。”

“他脑子里乱极了，”我说，“又整晚没睡。他倒是和我说了一些，昨晚恐怕是他长这么大以来最关键的一个晚上。他第一次见到了自己的生父。”希尔曼做了个苦相，“这种经历对他来说太难以承受了。可以说，他迷失在两个世界之间，毫无心理准备，只能把后果怪罪到你和你妻子身上。你不该瞒着他，你自己也清楚。无论喜不喜欢，你都没有权利对他隐瞒真相。以致当真相展现在他面前时，他完全承受不住。那天早上，他是故意撞翻车的。”

“你是说他想自杀？”希尔曼问道。

“他尝试自杀，我觉得那更像是他发出的信号：自己的人生失控了。他没放开方向盘，也没受严重的伤。周日上午的持枪事件中也没人受伤。”

“但问题还是很严重，他做这些事并不是闹着玩儿。”

“我的意思不是让你置之不理。你和心理医生谈过吗？”

“还没，有些家务事最好不被外人知道。”

“这取决于家人。”

“听着，”他说，“我担心的是，如果迷湖中学知道他有暴力倾向，不肯收他怎么办？”

“落得今天这种局面难道更好？”

“我总得做点什么吧？接下来我也不知道该怎么办了。”他低下头，头发乱糟糟的。

“我给不了你建议。你得和律师、医生谈谈。”

“你觉得是他杀了那两个人？”

“不一定。你怎么不找温特劳布医生给你推荐专家？”

希尔曼倏地坐直了：“那个老家伙？”

“我知道他是你的老朋友，也学过点儿心理学。”

“老温只懂点儿皮毛。”他的声音里带着蔑视，“中途岛之后，他精神崩溃了。我们把他送回国治疗，其他人则不断地战死沙场。战死沙场。”他重复地说，陷入了沉默。

他坐着，一言不发。我等着他。渐渐地，他那张愤怒的脸缓和了下来，声音也柔和了：“上帝啊，那是怎样的一天啊，一大半的战士都战死了，面对零式舰载战机，他们就是砧板上的肉。我只能眼睁睁地看着他们死去。我不怪老温崩溃，死在他眼前的人太多了。”

他的声音很沉重，两眼迷离，思绪飘去远方，忘记了我的存在。他就像是站在记忆世界的边缘望着死去的战友，内心又死掉了一点。

“都见鬼去吧，”他说，“我爱汤姆。我们疏远了很多年。虽然他很难管教，但他仍然是我儿子。我爱他。”

“你当然爱他，但也许你对汤姆的要求太多了，他可没法让你逝去的飞行员起死回生。”

希尔曼不明白我的意思，看上去迷惑不解，灰色的眼睛像罩上了一层迷雾。

“你说什么？”

“也许你想从汤姆那儿得到的东西太多了。”

“什么东西？”

“算了。”我说。

希尔曼很受伤：“你觉得我要求的太多？我得到的少得可怜。

你看，我什么都愿意给他。”他再次张开双臂，就像要环抱住这栋房子和他拥有的一切，“我身上的每一分钱都可以给他。我们可以帮他脱身，送他出国。”

“希尔曼先生，你想太多了。他现在还没背负什么罪名。”

“他会的。”他的声音里，既带着听天由命的妥协，又带着挑战命运的不屈。

“也许吧，但我们先仔细考虑一下可能性。目前唯一指向他的证据是那把刀，但想一想，就会觉得这个证据站不住脚。你把他送去迷湖的时候，他身上并没带刀。”

“可能带了，我没搜他的身。”

“校方肯定搜了。”

希尔曼眯起眼思忖起来，上下眼睑都要碰着了：“你说得对，阿彻。他离家的时候没带刀，我记得在他走后还看到了那把刀。”

“哪儿看到的？”

“在他房间里，就在抽屉里。”

“你没拿走？”

“没有理由拿走。”

“也就是说，只要能进他的房间，就有可能拿刀？”

“是的。但也包括汤姆，他可能在逃离学校后悄悄溜回家把刀拿走了。”

“照这样说，迪克·莱昂德罗也有嫌疑，而且他完全可以光明正大地进去。他经常出入这个家，不是吗？”

“虽是这样，但证明不了什么。”

“但联系到昨晚目击证人在巴塞罗那酒店见到的人有可能正是迪克，这就值得深思了。不过如果要破案，还缺了点儿什么。”

“迪克不是你要找的人。”他急忙说道。

“你总是在保护他。”

“我喜欢他，有什么不对？他是个好孩子，我一直在帮他。真该死啊，阿彻，”他声音又低沉了不少，“人到了一定的年龄，就得把自己所知道的东西传给年轻一代。”

“你要传下去的东西是不是还包括钱？”

“最后也许会留点儿什么给迪克，但这都取决于伊莱恩，钱是她在管。但我敢肯定，拿不拿钱对迪克来说没什么。”

“钱对谁都很重要，对迪克而言更重要，他是一个取悦他人的人。”

“你这话是什么意思？”

“你清楚得很，他靠取悦他人为生，主要是取悦你。告诉我，迪克知不知道汤姆周日早上的持枪事件？”

“知道，那天早上他和我在一起，是他开车送我去法院，又送我回家。”

“感觉很多事情都有他的份。”我说。

“很正常，他就是家里的一分子。我今晚还要见他，他说有事和我谈。”他看了看手表，“但现在太晚了，都过了十一点。”

“把他喊过来，行吗？”

“不行，今晚乱七八糟的事太多了，我累极了，不想装模作样地见他。”

他有点儿不安地看着我。他在我面前展露了真正的自己，一个时时刻刻顾脸面的人，一个无时无刻不在装模作样的人。他捋了捋自己的白发，拍了拍，让它们服帖。

“想让真相水落石出，只有趁今晚了，”我说，“明天一早，巴斯蒂安、治安官，也许还有检察官，都会来敲门的。到时候，光说你没买那刀可没法让他们走人。你得一五一十地向他们解释。”

“你真觉得刀是迪克拿的？”

“在我看来，比起汤姆，他的嫌疑更大。”

“好吧，我打电话让他过来。”他站起来向放电话的桌子走去。

“别告诉他你要问他什么，万一他跑掉就不好了。”

“我当然不会那么做。”他凭记忆拨通了电话，等着那头接起来。他说话时，声音又变了，更加轻快，更加年轻：“迪克吗？你和伊莱恩说过今晚要过来，我知道现在很晚了。你不舒服？怎么了？……这样，你还是过来一趟，好吗？不用待很久，汤姆今晚回家了，他想见你，我也特别想见你……没错，这是命令……好，我等你过来。”他挂了电话。

“他怎么了？”我问。

“他说身体不舒服。”

“生病了？”

“心情不好，不过当我告诉他汤姆回家时，他听起来好多了，说很快就过来。”

“很好，在他过来之前，我想和汤姆聊聊。”

希尔曼走过来，站在我旁边。在绿光的笼罩下，他的半边脸模糊不清：“在你去找他之前，有些事得让你知道。”

我等着他开口。最后，只能我主动发问：“是关于汤姆的？”

“和我俩都有关。”他顿了顿，两眼看着我，“算了，今晚还是不说那么多了。”

“现在不说，也许就没有机会说了，到时候被牵扯出来，可就不容易过关了。”

“你错了，除了我，没人知道这件事。”

“这件事和你跟汤姆有关？”

“是的。忘了我提过这件事吧。”

可他不想忘记，他希望有人和他一起分担秘密，又不想为坦白后果负责。他在桌子旁徘徊了一会儿，两眼看着我，眼中泛着不锈钢似的光。

我想起希尔曼说他爱汤姆时声音里的那种感觉，也许那正是案子的关键。

“汤姆是不是你的亲儿子？”我说。

他毫不迟疑回答道：“是的，我的亲骨肉。”

“你是唯一知道这件事的人？”

“卡罗尔也知道，麦克·哈利也知道。他答应只要我给他某些好处，就保守秘密。”

“好处是保他不被送去朴次茅斯军事基地。”

“是，我出了力。你千万别以为我是故意要挟卡罗尔，麦克和他哥哥被捕后，卡罗尔来找我，求我帮忙。我答应了。她是个可爱的女孩儿，她选择用本能的方式来报答我。”

“选择和你睡觉？”

“是的，她给了我一个晚上。我去了她在巴塞罗那酒店的房间。你真该看看她，阿彻，当她在我面前脱去衣服时，那间摆着铜床的破房间瞬间就被点亮了……”

我打断了他激动的话语：“那铜床还在，直到昨晚，赛普也还在。赛普知道你在那铜床上干了什么吗？”

“赛普？”

“酒店侦探。”

“卡罗尔说他那天晚上出去了。”

“你说你只去过巴塞罗那酒店一次？”

“和卡罗尔只有一次，还和另外一个姑娘去了几次。我想自己当时是为了重新寻回和卡罗尔在一起时的那种感觉吧。另外那个姑娘是自愿和我去的，但她不过是卡罗尔的替代品罢了。”

我站了身。他看见我脸上的表情，后退了几步：“你怎么了？有什么问题吗？”

“苏珊娜·德鲁是我的朋友，很好的朋友。”

“我怎么知道？”他说着，咧了咧嘴。

“你是不知道，”我说，“你不知道坐在这儿听你重提那些肮脏的情事多么令人作呕！”

他惊呆了，我也被自己的反应吓呆了。在法庭里朝着证人大喊大叫，是三流检察官才会做的事。

“没人可以这样和我说话，”希尔曼声音发抖，“给我滚出去，再也不要踏进我家一步。”

“乐意至极。”

我走到前门，像蹚过一片又深又黏的泥地。希尔曼的声音从门廊另一头传来。

“听着。”这是他的常用词。

我回头看他，他向我走来，顶上是那盏危险的吊灯。他轻轻抬起手，掌心摊开：“阿彻，我没法儿一个人应对这些事，如果我伤害了你的私人感情，我很抱歉。”

“没关系。”

“有关系，你是不是爱着苏珊娜？”

我没回答他。

“如果你想知道，”他说，“1945年之后，我就没再碰过她了。我和那个酒店侦探有点过节，那个叫赛普的……”

我不耐烦地说道：“我知道，你揍了他一顿。”

“我给了他人生中最狠的一次教训，”语气里流露出一丝天真的骄傲，“那是他最后一次从我这儿讹钱。”

“直到这周。”

他陷入了短暂的沉默：“不管怎样，苏珊娜对我失去了兴趣……”

“我不想和你谈苏珊娜。”

“很好。”

我们走回了通往书房的那条走廊，从伊莱恩的房间听不到这边的说话声。希尔曼靠着墙，就像巷子里看热闹的人。看着他，我突然意识到这个家对他来说只是一个歇脚点而已，没有丝毫安全感。

“有几件事我不明白，”我说，“你告诉我，你和卡罗尔只共度了一个晚上，但你确定你就是她孩子的父亲？”

“他是九个月后出生的，12 月 12 号。”

“这也证明不了你就是孩子的生父，第一胎的孕期一般都比较长。很可能是麦克·哈利被巡逻队抓回去之前怀上的，或者是和其他人怀的孩子。”

“没有其他人了，卡罗尔当时是处女。”

“你开玩笑吧？”

“她和麦克·哈利结婚后一直没有同房。麦克不举，这也是为什么他乐意说汤姆是他的孩子。”

“那你为什么还折腾那些事？怎么不直接抚养孩子？”

“我是抚养了他。”

“我是说，当作自己的亲儿子。”

“不行，我有其他责任。当时我已经和伊莱恩结婚了，她是新英格兰人，是最传统的清教徒。”

“还有财富。”

“我承认创业的时候需要她的钱，作为男人，我必须做出抉择。”

他抬头看着那盏吊灯，灯光直直落在他空洞的、古铜色的脸上。他撇开了脸。

“谁告诉你麦克·哈利不举？”

“卡罗尔，而且她说的是实话。我说了，当时她是处女，那天晚上她和我说了很多事情，说她的人生。她说麦克所谓的同房就是叫人拿皮带抽打她。”

“叫她打？”

“是的。她很不喜欢，但还是心甘情愿为了他照做。她觉得那比正常性交要少一些危险。”

一阵不适感涌了上来，不是生理上的。然而我却闻到了那个老人的牛棚里的味道，听到了那条独眼狗的哼唧声。

“我还以为不举、不育的人是你。”我说。

他向我投来犀利的目光：“你跟谁聊这个？”

“你夫人，都是她说的。”

“她觉得我不育？”

“是的。”

“那就好。”他再次把脸从灯光里转开，松了口气似的笑了一声，“这就好办了，领养汤姆的时候，我告诉伊莱恩说温特劳布给我做了检查，说我不育。我怕她觉得其中有猫腻，怀疑我是孩子的父亲。”

“在为人父母这件事上，你的确不育。”

他没明白我的意思：“不，不育的是伊莱恩，我没必要做检查。我拥有汤姆就证明我是个男人。”

然而他并不拥有汤姆。

28

我们来到了客厅，那个供所有人等待的地方。虽然汤姆回来了，但这种等待看起来仍没有尽头，就像和时间融为一体，不停地流淌下去。伊莱恩坐在她的长椅上打毛线，不锈钢织针在红色毛线里来回攒动，闪着光。她抬头看着她丈夫，脸上明艳动人。

“汤姆呢？”他说，“还在楼上？”

“我听见他下楼去厨房了，可能是佩雷兹夫人给他弄了东西吃。比起客厅，他更想待在厨房。这也自然，毕竟他的基因如此。”

“我们别讨论这个话题了，好吗？”

希尔曼走到吧台那边，给自己倒了一杯颜色很深的威士忌，问我要不要也来一杯。我拒绝了。

“警察来问什么？”伊莱恩问他。

“都是些愚蠢的想法，我不想谈这些。”

“过去二十五年来，你一直这样和我说，你不想谈。你只想要面子，不管内心已经烂掉。”

“能不能别搞这些煽情剧？”

“不是煽情剧，是悲剧。这个家已经被悲剧摧毁了，而你从没想过要阻止。你就像个傻子，生活在肤浅的世界里。”

“我知道，我知道。”他的声音很轻，但看起来快要把酒杯扔她脸上，“我是个无知的工程师，没学过哲学。”

她继续打毛线，手上的织针因为碰撞发出了声响：“我可以接受你的无知，但我再也受不了你逃避的态度。”

他喝了口酒，另一只手在脑袋上方无奈地挥了挥手：“天啊，伊莱恩，你能不能消停一会儿？现在不是谈这些的时机和场合。”

“永远没时机、没场合。”她说，“即便有时机，你也会拨动你的时钟，你的拉尔夫国际时刻表，忽的一下，就变成东京时间早上六点。即便有场合，你马上也能找到逃生舱，我只能看着你挣扎着双腿一头扎进你的拉尔夫世外桃源。你从不直面你人生中的任何东西。”

面对她尖锐有力的攻击，他退缩了：“不是你说的那样，”他的声音很不自在，“阿彻和我一整晚都在努力梳理。”

“梳理你天性中的温暖的浅滩？我还以为你把那些温情时刻都留给你的女人了，比如苏珊娜·德鲁。”

这个名字给了我一记暴击。多美好的一个名字，天真、大胆，略点荒诞，不值得被这些人当球似的踢来踢去。如果希尔曼夫妇曾经天真过，那么他们的天真早就在虚伪的婚姻中消失殆尽了。我突然意识到，希尔曼和苏珊娜的恋情也是伪装术之一。他劝说苏珊娜照顾卡罗尔，却绝口不提自己是卡罗尔肚里孩子的父亲。

“天啊，”他说，“这么多年了，还要提德鲁吗？”

“是啊，还要提吗？”伊莱恩反问道。

幸好这时电话铃响了起来。希尔曼走去吧台那儿接，然后手捂住话筒对我说："巴斯蒂安找你。你去餐具室接，我在这里听。"

为此和他争论没用，我穿过琴房和餐厅来到餐具室，在一片漆黑中摸索着找到电话。我能听到佩雷兹夫人在厨房和汤姆讲话的声音，她用悦耳的嗓音向他描述自己的家乡锡那罗亚州①。与她相比，电话那头巴斯蒂安的声音就显得又急又冷漠。

"阿彻？"

"是我。"

"太好了。我调查了迪克·莱昂德罗的行踪，刚和他的一名女性朋友聊过，她是一名大三学生，叫卡蒂·奥希尔维。蓝色雪佛兰轿车是她的。她承认昨晚把车借给了迪克，里程表显示他开了一百多英里。"

"她没和他一起？戴利说有个人和他同行，不过不确定是女孩还是男孩。"

"那个人不是奥希尔维小姐，"巴斯蒂安说，"她很生气，因为他开着她的车带别的女孩儿去了那么远的地方。"

"她怎么知道和他同行的是个女孩？"

"那位女士在前座落了支口红。一支精美的14开白金口红。"他又冷冷地补充道，"要不是因为那支口红，奥希尔维小姐也不会向我坦白。莱昂德罗要她保密。"

"他有没有说为什么？"

"和汤姆的绑架案有关。她只知道这么多。我们要不要把莱昂德罗带过来？由你定夺。"

"他已经在来希尔曼家的路上。你最好也过来。"

① 位于墨西哥西北部，被誉为墨西哥的谷仓。

“听你的口吻，谜团即将解开。”

“没错。”

整件事的大致轮廓在我面前闪烁着，像达克汽车旅馆一闪一闪的霓虹灯。巴斯蒂安挂断电话后，我在黑漆漆的餐具室里坐了一会儿，眨眨眼想把眼里的霓虹灯驱走，可它们倾泻进了我周遭的黑暗，融入了现实世界。

锡那罗亚州，佩雷兹夫人在厨房里向汤姆描述着，像唱歌般。锡那罗亚的土地上流淌着十一条河流，她和家人就住在其中一条河的附近，她的兄弟们每天都穿上泳裤，欢快地跑出家门去河里游泳。每个周日，她父亲都会带着鱼网去河里捕鱼，然后分给邻居，家家户户每周日中午都有新鲜的鱼吃。

汤姆说，听起来很有意思。

是啊，天堂般的生活，她说，而且她父亲在当地德高望重。夏天当然炎热，这是主要的不利条件，有时连阴凉处也高达120度。①之后，大片乌云便会聚集在西马德雷山脉上方，下起瓢泼大雨，短短两个小时的降雨量高达好几英寸。大雨过后又是大晴天，阳光灿烂！这就是锡那罗亚州的生活。

汤姆想知道她父亲是否仍健在。她开心地说，父亲仍健在，身体可好了，已经八十几岁了。佩雷兹先生这次去墨西哥，也一并去探望他。

“我想见见你父亲。”

“也许有一天，你真会见到。”

我推开厨房的门。汤姆坐在桌前，正在喝最后一点汤。佩雷兹夫人俯身望着他，嘴角带着母性的微笑，眼神恍惚。她向我投

① 此处为华氏度（F），与摄氏温标（C）换算关系为：C =（F – 32）÷ 1.8。照此计算，约合48摄氏度。

来不信任的一瞥。我是闯入了他们的锡那罗亚州的外星人。

“有事吗？”

“我想和汤姆说句话，不得不请你回避。”

她僵住了。

“我想了想，这个家里再也没有什么秘密了。佩雷兹夫人，你可以留下。”

“谢谢。”

她拿过汤姆的汤碗走到水槽边，开始放热水。汤姆从桌子那头看着我，一脸年轻人无尽的厌倦。他身上干干净净，脸色苍白。

“我不愿意逼你回忆细节，”我说，“可你是唯一能解答我疑问的人。”

“问吧。”

“我不太清楚昨天，特别是昨晚发生的事情。麦克·哈利从拉斯维加斯回来时，你仍待在巴塞罗那酒店吗？”

“是的。他当时的情绪很差，对我说最好在他杀我之前离开。我也正打算离开。”

“没人阻止你？”

“他想摆脱我。”

“赛普呢？”

“他醉得一塌糊涂，根本不知道发生了什么事。我离开之前他就不省人事了。”

“你什么时候离开的？”

“刚过八点。天还没黑，我在街角上了大巴。”

“迪克·莱昂德罗到的时候你不在？”

“不在，先生。”他张大了眼，“他当时在酒店？”

“毫无疑问。赛普或者哈利提到过他吗？”

“没有，先生。”

“你知道他去做什么吗?”

“不知道，先生。我不太了解他，他是他们的朋友。”他耸了耸一侧的肩和臂，示意外面。

“具体是指谁的朋友?他还是她?”

“他的。但她也使唤。”

“他开车接送她?”

“她想让他干什么他就得干什么。”他的声音里带着一个被取而代之的儿子受了伤害却又徒劳无用的愤怒，“只要他言听计从，她就说以后会在遗嘱里给他留钱。如果他不听话，诸如他刚好有约会之类的，她就威胁说要把他的名字从遗嘱里划掉。所以他经常爽约。”

“他会为了她杀人吗?”

佩雷兹夫人关上热水，在她背后雾汽腾腾的静寂中，这小小的开关声宛一声爆炸。

“我不知道他会干什么，”汤姆不慌不忙地说，“他这人见风驶舵。他们是一路货色，但又各行其是，得看他们要冒什么样的风险，报酬如何。”

“哈利，”我说，“是被你父亲送给你的那把刀捅死的，是那把条纹把手的猎刀。”

“我没捅他。”

“你最后见到那把刀是在什么时候?”

他仔细思考我的问题：“刀放在我房间里，和手帕及杂物放在最顶上的抽屉里。”

“迪克·莱昂德罗知道刀在哪儿吗?”

“我从没给他看过，他也从没进过我房间。”

“你妈妈，呃，伊莱恩·希尔曼知道刀在哪儿吗？”

“我想她知道，她经常——她以前经常进我的房间，检查我的物品。”

“他说得对。”佩雷兹夫人说。

我同意她的观点，同时给了她一个眼神，示意她不要再说话。

“我听说某个周日早上她出入你的房间太频繁，于是你拿了你父亲的枪，威胁要杀了她。”

佩雷兹夫人又发出了她独有的爆炸声。汤姆用力咬着自己右手的大拇指指尖。他的眼神迷茫地越过我的头顶望去，就像有人站在我背后。

“他们是这么和你说的？”

佩雷兹夫人爆发了：“不是这样的。我听到她在楼上叫嚷，然后她跑下楼，去书房拿了枪，然后带着枪又上了楼。”

“你为什么不拦住她？”

“我很害怕，”她说，“况且当时希尔曼先生回来了，我听到他车子的声音，于是我跑出去对他说楼上出事了。我还能怎么办？佩雷兹先生远在墨西哥。”

“没事，”汤姆说，“没出事，我把枪从她手里夺走了。”

“她企图对你开枪？”

“她说如果我不收回我说的话，就开枪。”

“你说了什么？”

“我说我宁愿和亲生母亲住在汽车旅馆里，也不愿和她待在这栋房子里。她暴怒，冲下楼拿了枪上来。”

“你为什么不告诉你父亲？”

“他不是我父亲。”

我没有反驳，要证明亲子关系没那么简单。

“你怎么不把实情告诉他?”

他摆了摆手，很不耐烦：“说了又有什么用?反正他不会信我。而且我当时很生气，她一直瞒着我的身世。我把枪夺过来，对准了她的脑袋。”

“你准备朝她开枪?”

他点点头。他的头看起来很沉，就像脖子快撑不住了。佩雷兹夫人突然给自己找了点跑腿的活儿，急匆匆从他身边走过，经过时轻轻地拍了拍他的肩膀。仿佛为了强调这个手势，餐具室门外传来电铃声。

“来客人了。”她这句话不是对我们说。

我和希尔曼争着赶到了门口，他开门让迪克·莱昂德罗进来。这一周来，迪克的衰老速度仿佛加快了不少，只有一头黑发看起来还有点活力。他耷拉着蜡黄的脸，勉强给了我一瞥，然后转向希尔曼：“船长，能和你单独谈谈吗?事态紧急。”他简直在颤抖。

伊莱恩从门廊上对他说：“不至于紧急到连礼节都不管了吧?进来和我说说话，迪克，我整晚都孤零零的。”

“我们稍晚过来。”希尔曼说。

“已经够晚了。”她烦燥不安地说。

莱昂德罗的眼神黯淡，棕色的眼珠子在他和她之间逡巡，像一名为比赛押上了全副身家的网球观众。

“你要是不为我好，”她轻轻说，“我也不会为你好，迪克。”

“我……我无所谓。”他的声音里带着明显的轻蔑。

“你会有所谓的。”她挺直身子，退回了客厅。

我对莱昂德罗说：“别浪费时间了。你昨晚有没有开车送希尔曼夫人去别的地方?”

他不敢看我，整个人快要倒在希尔曼身上。他压低了声音，着急地对希尔曼说："我必须单独和你谈谈，发生了你不知道的事情。"

"去书房说。"希尔曼答道。

"不管去哪儿说，我都会跟着，"我说，"干脆就在这儿说吧，我不想让希尔曼夫人离开我的视线。"

年轻人转过来，用另一种全新的眼神看着我，既困惑又解脱。他知道我知道了。

我想，希尔曼也早就知道了，要不然他不会跑去向苏珊娜求婚。汤姆是他亲骨肉这件事让我明白了案子背后的动机。他靠在门边的墙上，如同一尊又沉重又叵测的雕像，半闭着眼。

我转向迪克："你昨晚送她去巴塞罗那酒店了？"

"是的，先生。"他以尴尬的扭曲姿势站着，一侧的肩膀耸得特别高，斜着头说，"我……我不知道她在想什么，我现在也不知道。"

"可你办事很聪明。为什么费那么大功夫对昨晚的行踪保密？"

"她让我去借辆车，因为绑匪打电话来要更多的钱，船长又不在，只能由我们把钱送过去，不然他们就把汤姆杀了。她说我们不能告诉警察，之后又让我对谁都不要说。"

"你觉得她说的是真话？"

"当……当然。"

"你是什么时候起疑心的？"

"我不知道她从哪儿弄来那么多……多钱。"

"有多少？"

"两万五，她说放在她包里。她带着她那个编织袋出门，可我没有亲眼看到钱。"

"你看到了什么？"

“我什么都没看到。”他的头发慢慢地落下来挡住了眼睛，像一只小动物在偷偷占据他的前额，“我是说，我看到一个人，就是她……我看到那个人出来了，然后他俩一起绕到酒店后面去了，之后我听到了尖叫。”他抓了抓自己的喉咙。

“你做了什么？”

“我留在车里，她叫我待在车里别动。她回来后，告诉我之前是猫头鹰在叫。”

“你相信她？”

“我对鸟不太了解，是吧，船长？”

伊莱恩从门廊上发出尖锐的喊叫：“你们这群男人究竟在谈什么？”

我朝她走过去：“在谈你。昨晚在酒店花园里你听到了猫头鹰叫。那是什么样的猫头鹰？”

“尖叫——”她的手捂住了嘴。

“我看是人吧？那尸体不是什么好标本，可生前绝对是个人。”

她屏住了呼吸，之后又大口喘起气来：“他是魔鬼，”她说，“人渣。”

“因为他想要更多的钱？”

“只会没完没了，我必须阻止。”她站在门廊上，浑身发抖，直至用极强大的意志力让自己冷静了下来，“说到钱，我能让你满意。警察肯定能明白我的处境，没有必要硬把我和这宗……这宗……”她想不出恰当的措词，“我能照顾你，也能照顾迪克。”

“你打算出多少？”

她傲慢地看着我，站在她所继承的财富的道德高跷上。

“来客厅吧，”她说，“我们好好商量。”

我们三个跟着她进了客厅，围着她的靠椅坐下。希尔曼好奇地看着我，他非常安静，一言不发，脑子却在快速运转着。迪克·莱昂德罗恢复了血色，眼睛也亮起来，也许他真以为能拿到钱。

“你出多少？”我对她说。

“两万五。”

“这比起肋骨间挨一刀好。你是说一共给两万五，还是两起谋杀各给两万五？”

“两起谋杀？”

“是啊，同一把刀杀了两个人，可以确定凶手是同一个人。都是你。”

我指着她，她把头转开，像一名害羞少女登台表演，面对观众时不好意思地转开了头。是啊，这少女正在扮演一个日益衰老的女人，满脸皱纹，金发黯淡。

“一共给你五万。”她说。

“他在耍你，”希尔曼开口了，“你没法儿用钱收买他。”

她转过去看着他：“我死去的父亲有一次对我说，有了钱，谁都能收买，任何人都不会和钱过不去。他说得没错，我不就是用钱把你收买了吗？”她做了个厌恶的手势，“我真后悔，这不是一笔好买卖。”

“你没买到我，你充其量只是拿钱租到我的服务而已。”

两个人冷冰冰地盯着彼此，像两个骷髅头。

她说：“你怎么有脸让我帮她养杂种？”

“我想要个儿子。我不是故意的，她碰巧怀上。”

“你是计划好的。把她的小孩带到我家里来，让我养他，当亲儿子养。你怎么能这么虚伪？”

“少和我谈虚伪，伊莱恩，这是解决问题的最好办法。”

“还真当自己是种马了，”她说，“肮脏至极。”

我听到隔壁房间有轻微的响声。我转头看向那一片漆黑，看到汤姆坐在钢琴前的凳子上。我想把门关上，但已经太迟了，他大概全都听到了。

希尔曼出人意料地淡定：“伊莱恩，我一直无法理解你们清教徒的想法。你们觉得但凡在床上有一丁点乐趣都是终极罪恶，比杀人还严重。天啊，我还记得新婚之夜，你的反应好像我要把你杀了。”

“我真希望你当时把我杀了。”

“我也希望。你杀了卡罗尔，对不对，伊莱恩？”

“是我干的。周一早上你刚走，她就打电话到家里来。汤姆给了她电话号码，我在他房间里接了电话，她什么事都和我说了。她说她发现她丈夫的计划，害怕他会伤害汤姆，因为汤姆并不是他的亲生儿子。我敢说，她和我说这些是故意拿刀扎我的心。”

“刀？”

“这比喻不大好，对吧？我是说她在我面前散发着圣母的光辉，抹去我存在的意义。”

“她只想救自己的儿子。”

“是她的儿子，不是我的。是她和拉尔夫的儿子，这就是关键所在，你不明白吗？她杀了我，我不过是这世界上一个渐渐消逝的鬼魂，仅剩一点点反击的力气。我下了凯迪拉克，一路走着，那会儿下着雨，我能感到雨穿过了我的身体，连雨都比我有存在感。

“她丈夫显然发现她给我打电话了，在小屋里把她打得半死不活。她神志不清地躺在地上，弄死她很容易，白刀子进红刀子出，比我想象的容易多了。

“第二次比较难，”她说，“刀卡在肋骨间，拔不出来。”

她的声音很尖，带着一股稚气和不服输。皱纹背后的那个小女孩踏入了一个险恶世界，在那里事事不顺，无法用钱收买人心。

“你为什么非得杀了他？”我说。

“他怀疑是我杀了卡罗尔，打电话来指控我。当然了，他这么做无非是想要钱。”因为她有钱，钱把她供上了一个特殊的位置，在她眼里，那些渴望钱的人都是低下的，“要了第一回，就没完没了。”

是啊，没完没了。汤姆从漆黑的房间里出来，用可怜而又疑惑的眼神环视一圈。伊莱恩把脸转开，像患了见不得人的病。

汤姆转向希尔曼：“为什么不告诉我？说出来，也许就不会变成这样。”

“还有转机，”希尔曼声音里的希望盖过了绝望，“儿子？”

他向汤姆走去。面对他张开的双手，汤姆躲开了，跑出了房间。希尔曼踉跄地跟在后面，我听到他们上了楼，一前一后，脚步声很凌乱。

迪克·莱昂德罗小心翼翼地站起来，像刚从无形的束缚里挣脱出来。他走到吧台那里，我听到他在给自己倒酒。

伊莱恩·希尔曼还在考虑钱：“怎么样，阿彻先生？这钱足够收买你吗？”她的声音很平静，发动怒火的引擎耗尽了能量。

“无论你出多少，都不能收买我。”

“你不同情我？”

“我的同情心没那么泛滥。”

“我没打算向你提什么过分的要求，我只想在自己家里再睡一个晚上。”

“这对你有什么好处？”

“老实跟你说，我攒安眠药好一段时间了……”

“多久？”

“快一年了，我陷入绝望至少有这么久。”

“你该早点儿把药吃了。”

“你是说在这些事发生之前？”她朝空荡荡的屋子挥了挥手，好像这是一个堆满尸体的悲剧舞台。

“没错。”我说。

“可我不能死得不明不白！我知道我的人生既空虚又没有意义，我得找到这背后的原因。”

“你觉得现在就充实了？圆满了？”

“走到尽头了。”她说，“听着，阿彻先生，我今天就向你坦白，请行行好，给我吃药的时间。”

“不行。”

“这是你欠我的，我今天下午帮了你不少忙。”

“你那不是帮我，希尔曼夫人，你只是告诉我我早就知道或者迟早要知道的事情。你告诉我汤姆是领养的，来隐瞒他是你丈夫亲儿子的事实。你说你丈夫不育，是为了掩盖你谋杀卡罗尔·哈利的动机。”

“你的推理太精妙，我可没那么厉害。”

“我不同意，你是个心思缜密的女人。”

“我？心思缜密？我不过是个傻子。街上的闲人，即便是人渣，都比我更明白我的生活……”她停住了，“你不肯帮我？”

“很抱歉，帮不了，警察快到了。”

她沉思了一会儿：“我还有时间用枪解决。”

“不行。”

“你真冷酷。”

“冷酷的不是我，真的，希尔曼夫人，是甩不掉的现实。”

执法车辆开上了希尔曼家的车道。我站起来，走到客厅门边喊巴斯蒂安过来。伊莱恩在我背后像激情中的女人叹了口气。

那是一种寂寞无依的激情。她双手捧着织物，把两根冷冰冰的钢针插入了自己的胸脯。在我赶到她身边之前，她拔出来它们又插了一次。第二天中午，她以死获胜。